Fuego - Aus der Asche der Vergangenheit

AF189482

Deutsche Erstausgabe August 2020
Alle Rechte am Werk liegen beim Autor
Copyright © Jaliah J., Berlin

Fuego
Aus der Asche der Vergangenheit

Lektorat: Günter Bast
Cover/Buchgestaltung: Wolkenart - Marie-Katharina Wölk
Herstellung und Verlag: BoD – Books on Demand, Norderstedt.

ISBN: 978-3-7504-9725-2

www.jaliahj.de

Jaliah J.

Fuego

Band 1

Aus der Asche
der
Vergangenheit

Kapitel 1

»Siehst du das, Thiago?« Rosa pinnt das Ultraschallbild ihres ungeborenen Sohnes an den Kühlschrank. »Nur noch vier Monate. Ich kann es gar nicht erwarten.« Thiago geht zu seiner Frau und umarmt sie, wobei er aufpasst, sie nicht zu eng an sich zu ziehen, um somit ihre süße Kugel zu schützen. »Ich kann nicht glauben, wie viel man schon erkennt auf dem Bild. Er sieht aus wie die perfekte Mischung aus uns beiden.« Rosa lächelt und beugt sich zu ihm hoch, um ihn zu küssen, doch da ertönt die Stimme von Dallas.

»Fuego, du Sack, unser Flug geht gleich. Bist du so weit?« Rosa atmet tief aus. »Der andere Thiago arbeitet schon lange nicht mehr für die Familia. Wieso nennen sie dich immer noch Fuego?« Thiago lacht und greift nach seiner Tasche. »Weil sich alle daran gewöhnt haben und das ist ja auch mein Name, Rosa Fuego.« Sie lächelt, als er sich zu ihr hinabbeugt und einen Kuss auf ihre runde Kugel gibt. »Kann ich nicht hierbleiben? Ich mag das Haus am Meer ja, doch ich kann dort so schlecht schlafen.«

Thiago steckt sich seine Waffe ein. »Es ist momentan sehr unruhig, und wenn wir Honduras verlassen, seid ihr dort am sichersten. Wir beeilen uns und dann gehen wir die Babysachen besorgen, wie versprochen.« Er gibt Rosa einen Kuss auf den Mund und geht aus dem Haus, wo Dallas auf ihn wartet.

»Thiago.« Er wendet sich noch einmal um und sieht direkt in Rosas schöne Augen. »Ich liebe dich!« Sein Herz füllt sich mit Stolz, als er auf seine schwangere Frau blickt, die seinen Sohn unter ihrem Herzen trägt. Er will ihr sagen, dass er sie auch liebt, als große Flammen aus dem Boden aufschlagen und sie darin einhüllen. Er schreit auf, will zu ihr, doch er schafft es nicht. »Rosa! Rosa!«

Völlig verschwitzt steht Thiago auf und schiebt das weiße Laken von sich. Noch immer quält ihn dieser Traum fast jede Nacht. Wütend geht er ins Bad. Diese Wut und diese Enttäuschung werden niemals aus seinem Herzen erlöschen. Jedes Mal, wenn er nach solch einem Traum wach wird, kann er seine Trauer wieder in jeder Faser seines Körpers spüren. Er hat Rosa wieder in seinen Armen spüren können. Nur für wenige Sekunden, doch das allein ist es wert, nach dem Traum erneut durch diese Hölle der Erkenntnis zu gehen, dass er das nur noch in seinen Träumen spüren kann.

»Thiago, Malik ist zurück.« Thiago wäscht sich das Gesicht. Er wird später duschen, erst einmal muss er nachsehen, ob alles so geklappt hat, wie er es geplant hat. Es ist das erste Mal, dass er einen seiner Brüder alleine losgeschickt hat, Malik war so weit.

Deswegen durchquert er ungeduldig, nur in Boxershorts, den kleinen Wohnbereich seines Bruders und schlägt den schweren weißen Stoff zurück, der vor dem Eingang hängt, um Mücken und die Sonne aus dem kleinen Steinhaus herauszuhalten, in dem Thiago nun seit knapp zwei Jahren bei seinem Bruder Elam lebt.

Sobald er auf den Hof tritt, werden die Hühner aufgescheucht. Malik steht grinsend da und hat eine Reisetasche auf den Tisch gepackt. »Ich habe alles bekommen. Nun haben wir alles verkauft. Ich soll dich von Hektor grüßen und sobald du neue Ware hast, kannst du dich melden.« Thiago macht die Tasche auf, sie ist gefüllt mit Bargeld. »Sehr gut.« Er legt sie zu den anderen zehn auf die Ladefläche ihres Transporters und schließt diese. Sie werden alles auf ihre Konten einzahlen.

»Das war die letzte Lieferung, die nächste werden wir in Honduras machen.« Malik und Elam sehen ihn an. Einen Moment sagt keiner etwas. Es ist so weit. Darauf hat er das gesamte letzte Jahr hingearbeitet.

Am Anfang, als er hier ankam, war er nicht einmal mehr in der Lage aufzustehen. Alles, sein gesamtes Leben ist in Flammen aufgegangen. Er konnte nichts tun, nichts verhindern und es hat Wochen gedauert, bis Elam ihn so weit aufgebaut hatte, dass er wieder vor die Tür gegangen ist.

Elam hat in Guatemala auf dem Bau gearbeitet. Als Thiago damals zurück nach Honduras kam und in die Familia von Raphael eingestiegen ist, haben seine Brüder und seine Familie das nicht verstanden und akzeptiert. Sie haben den Kontakt zu ihm abgebrochen, nur mit Elam hat er hin und wieder gesprochen. Sein Vater wollte, dass seine Söhne ihr Geld mit richtiger Arbeit verdienen, er hat nicht einmal gewusst was Thiago genau macht, doch er hat es nicht akzeptiert. Er wollte nichts davon wissen, wie das Leben in einer Familia wirklich aussieht und hat auch seinen Brüdern jeglichen Kontakt zu ihm verboten.

Thiago hat Elam jeden Monat Geld geschickt; erst als er vor zwei Jahren herkam, hat er erfahren, dass Elam die Beträge auf einem separaten Konto gesammelt hat. Sie wollten nichts davon ausgeben. Auch da ist eine beachtliche Summe zusammengekommen.

Als in Honduras alles, was er geliebt hat, in Flammen aufging und er sich vor Schmerzen kaum noch auf den Beinen halten konnte, kam Thiago zu Elam. Auch sein Vater kam dann hin und wieder und somit auch Malik, der noch bei seinem Vater gelebt hat. Nach und nach haben sie wieder zusammengefunden. Es gab ein sehr starkes Band zwischen ihnen, die Jahre in Honduras, in denen er getrennt von ihnen gelebt hat, haben es nicht zerreißen können. Thiagos Mutter ist schon früh verstorben und leider hat auch sein Vater vor einem Jahr im Schlaf einen Herzinfarkt gehabt und ist nicht mehr aufgewacht. Heute ist Thiago froh, dass sie am Ende ein gutes Verhältnis hatten.

Als er langsam wieder angefangen hat, klar denken zu können und versucht hat, nach vorne zu schauen, wollte er alles hinter sich lassen und neu beginnen. Er hat auch angefangen zu arbeiten, versucht, ein normales Leben zu führen, doch schon nach wenigen Monaten hat er gespürt, dass er das nicht ist. Dass das nicht sein

Leben ist. Er hat sich an ein Leben in einer Familia gewöhnt. Damals, als er angefangen hat, für Raphael zu arbeiten, hat dieser immer gesagt, dass er es noch nie erlebt hat, dass jemand so schnell und so gut in diesen Sachen war. Er hat behauptet, Thiago sei dazu geboren, eine Familia zu leiten und es ist ihm auch sehr leicht gefallen, alles zu erlernen, was er wissen musste. Das war nie Arbeit für ihn. Er hat all das geliebt, den Zusammenhalt, die Geschäfte, das Leben, die Partys … alles, und es hat ihm immer gefehlt. Das Geld aus Honduras hat er noch immer auf seinem Konto gehabt und nie angerührt.

Je mehr er aber aus der Trauer herauskam, umso mehr hat er Elam und Malik, seinen beiden jüngeren Brüdern von seinem alten Leben erzählt. Sie hatten ganz falsche Vorstellungen, was er in Honduras gemacht hat und auch sie beide haben ihre Heimat immer vermisst. Er hat kaum mehr schlafen können, bis er sich die Hälfte des Geldes genommen und einen alten Geschäftspartner getroffen hat, von dem er noch die Nummer hatte. Er hat Malik und Elam mitgenommen und ihnen von Anfang an alles gezeigt.

Er hat den alten Lieferanten von Raphaels Familia Waffen abgekauft und an die Familias hier in Guatemala verkauft. Die Kontakte hatte er noch und sie alle waren froh, ihn wiederzusehen und wieder an gute Waffen heranzukommen. Seitdem es ihre Familia nicht mehr gibt, gibt es einige Länder, die auf gute Waffenimporte warten. Die Da Silvas beherrschen den größten Teil Lateinamerikas, doch sie schaffen es nicht, sich um alle Länder zu kümmern, und die Länder, die früher unter Raphaels Einfluss standen, warten nur darauf, dass es weitergeht.

Bei jedem weiteren Treffen wurde Thiago immer wieder gefragt, was nun sei, ob er wieder da ist und weitermacht, und dann vor knapp zwei Monaten hat Malik die Tasche mit dem Geld entgegengenommen. Er hat gesagt, dass Thiago zurück ist, mit einer neuen Familia, mit ihrer Familia und dass sie sich melden, sobald sie zurück in ihrer Heimat sind.

Somit war es beschlossen. Sie haben das Geld fast vervierfacht und er hat seinen Brüdern alles beigebracht, was er gelernt hat. Dallas, mit dem er bis heute ständig im Kontakt stand, kam sie besuchen und war sofort dabei, genau wie die anderen Männer, die all das damals überlebt haben. Er hat in Honduras den Auftrag zum Bau eines neuen Gebietes gegeben. Sie haben alles vorbereitet, um ganz neu anzufangen.

Morgen geht ihr Flug zurück in ihre Heimat – nach Honduras.

Als er seinen Brüdern nun in die Augen sieht, weiß er, dass das, was auf sie zukommt, nicht leicht wird. Es wird mit Sicherheit die schwerste Aufgabe, vor der er je gestanden hat, doch sie werden etwas ganz Neues beginnen. Sie werden eine neue Familia gründen und etwas erschaffen, was es noch nie zuvor gegeben hat.

Kapitel 2

»Ist das dein Ernst?« Elam bleibt stehen und Thiago legt den Arm um ihn. »Ja, ich habe doch gesagt, dass ab heute unser neues Leben beginnt und das gehört dazu.« Malik, der nun auch neben ihm stehenbleibt, hebt die Augenbrauen. »Mir hätte auch ein normaler Flug gereicht, Hauptsache ich komme endlich wieder zurück nach Hause, doch so ist das natürlich noch besser.« Er geht als Erster weiter in Richtung des Privatjets, den Thiago letzte Woche für sie gekauft hat.

Es hat sich eine Menge Geld auf seinem Konto angehäuft. Er hatte noch das Geld von seinem Leben in Raphaels Familia und auch das war schon mehr als genug. Zwei seiner Cousins waren mit in der Familia und auch von ihnen hatte er das Geld auf sein Konto übernommen. Sie beide hatten keine andere Familie mehr und er weiß, dass sie es gewollt hätten, dass Thiago weitermacht und auch ihr Geld dafür benutzen. Allein dieses Geld hätte schon für einiges gereicht, doch Thiago kennt den Aufbau und die Struktur einer Familia ganz genau. Er saß tagelang mit Raphael zusammen und sie haben Pläne geschmiedet und vieles geändert, damit es besser läuft.

Thiago hat lange gebraucht, um diesen Verlust, den er vor knapp zwei Jahren erfahren hat, zumindest so weit zu verarbeiten, um wieder in die Zukunft zu blicken und sobald er das geschafft hatte, war klar, dass er nichts anderes möchte. Er hat das Leben in einer Familia geliebt und je mehr er seinen Brüdern davon erzählt hat, umso mehr hat er begriffen, dass es das ist, was er braucht, um weiteratmen zu können. Raphael hat ihm damals so oft gesagt, dass er dafür geboren wurde, eine Familia zu führen. Vieles in der Familia hat er alleine geregelt und Raphael hat ihm volles Vertrauen geschenkt und je klarer er wieder im Kopf wurde, umso mehr wurde sein Willen darin gestärkt, dass es an der Zeit ist, das zu tun, wozu er geboren wurde: eine Familia anzuführen und nicht nur irgendeine, sondern seine eigene.

Er hat die Lagerräume der alten Familia leergeräumt und die Waren verkauft. Jemina hatte ihn darum gebeten, und als er gesehen hat, wie schnell und wie einfach all das zu verkaufen ist, hat er weitergemacht, bis er genug Geld hatte, um in Honduras ihr neues Gebiet bauen zu lassen, ihre neue Zukunft entstehen zu lassen. Und nun stehen die ersten Mauern und es wird Zeit, wieder richtig einzusteigen.

Er weiß, was man dafür braucht, um die Familia groß werden zu lassen und ein Privatjet ist unumgänglich.

Thiago muss lächeln, als er sieht, wie Malik schon die Stufen zum Jet hinaufgeht, seine Tasche lässig über die Schulter geworfen und das Cap tief im Gesicht, während Elam die Arme verschränkt und unschlüssig zum Jet sieht. Das beschreibt seine Brüder sehr genau.

Thiago ist der Älteste von ihnen, doch nur knapp ein Jahr nach ihm kam Elam zur Welt. Wenn ihre Mutter sie früher im Kinderwagen zum großen Marktplatz von Honduras gebracht hat, haben immer alle gedacht, sie wären Zwillinge. Malik kam zwei Jahre nach Elam auf die Welt.

Sie alle drei waren schon immer sehr wild und stur. Es war nicht leicht für ihre Mutter, sie alle drei in den Griff zu bekommen, und hätten sie nicht auch die strenge Hand ihres Vaters gehabt, hätte sie sicher ihren Verstand verloren. Etliche Male ist sie ihnen mit hochgebundenem Rock hinterher gelaufen ist, um sie einzufangen, wenn sie abends am Strand entlang gerannt sind und nicht ins Bett wollten.

Das gehörte zu den schönsten Zeiten, an die sich Thiago zurückerinnert. Sie hatten nie viel, aber sie hatten dieses große Stück Land am Meer, was ihr Vater von seinem Urgroßvater geerbt hatte. Dort haben sie gefischt und Gemüse angebaut und hatten eine einfache Hütte, in der sie gelebt haben, doch es hat gereicht und sie waren glücklich.

Es hat sich erst geändert, als die Wirtschaft in Honduras mit dem neuen Präsidenten immer weiter den Bach runterging. Er hat sich alles in die eigene Tasche gesteckt und die Leute konnten sich kaum noch frisches Gemüse und Fisch leisten. Nach und nach wurde es schlimmer und schlimmer, bis ihr Vater über seinen Bruder eine Arbeitsstelle in Guatemala bekommen hat. Thiago weiß bis heute, wie viele bittere Tränen es sie alle gekostet hat, als sie ihre paar Sachen zusammengepackt und ihr schönes Grundstück am Meer verlassen haben, um in der staubigen Hauptstadt Guatemalas in eine kleine Hütte in irgendwelchen Hinterhöfen zu ziehen.

Ihr Vater musste von da an viel arbeiten, Thiago war dreizehn und hat angefangen, auf den Straßen herumzuhängen. Diese Zeit war wirklich wild. Sie haben viel Mist gebaut. Thiago war immer der Wildeste von ihnen. Er hat sich auf der Straße schnell einen Ruf gemacht. Er hat das alles gehasst, dieses Land, dieses Leben, ihm hat Honduras gefehlt und das hat er jeden spüren lassen. Bis er fünfzehn war, war er so bekannt in ihrer Gegend, dass die großen Drogenbosse ihn ihr Geld haben einsammeln lassen. Damals hat er all das gelernt, was Raphael die Augenbrauen hochziehen lassen hat, als er das erste Mal vor ihm stand.

Malik fand es immer gut, was Thiago gemacht hat, somit hat sich nie jemand getraut, sich mit ihm anzulegen. Elam hat immer alles beobachtet und stand immer direkt hinter Thiago, er war immer da, wenn es brenzlig wurde, doch trotzdem hat er das alles nie wirklich gut gefunden. Elam war schon immer sehr stark; auch wenn Thiago irgendwann viel trainiert hat und eine Menge Kraft dazugewonnen hat, war Elam oft derjenige, der eine Sache beendet hat. Bis heute hat sich das nicht geändert. Auch wenn Thiago sehr durchtrainiert ist, hat Elam durch die harte Arbeit auf dem Bau genauso viele Muskeln aufgebaut.

So waren die beiden schon immer. Malik ist Thiago grinsend gefolgt, während Elam erst einmal stehenblieb und alles beobachtet hat. Sein Vater hat ihn fast jeden Abend bestraft für den Blödsinn des Tages, doch er konnte seiner Mutter das Geld bringen, was ihr für den Monat gefehlt hat und das hat ihm gereicht.

Doch sie alle haben Honduras vermisst, so sehr vermisst, dass ihre Mutter durch all den Kummer krank geworden ist, und kurz nach Thiagos siebzehntem Geburtstag ist sie gestorben. Damals fing der Streit mit seinem Vater an. Thiago hat darauf bestanden, seine Mutter in Honduras zu beerdigen. Sein Vater aber hat sie auf dem Friedhof einige Straßen von ihrem neuen Haus in Guatemala beerdigt. Das hat ihn so wütend gemacht, heute nach all den Jahren versteht er, dass sein Vater davon ausgegangen ist, sie würden für immer in Guatemala bleiben und er wollte zu ihrem Grab gehen können, doch Thiago wusste, dass sie in Honduras ihre letzte Ruhe finden wollte.

Es gab sehr viel Streit. Sein Vater wollte, dass Thiago ihm auf dem Bau hilft wie Elam, doch Thiago hat weiter sein Geld auf der Straße verdient und kurz nach der Beerdigung seiner Mutter hat es Thiago gereicht. Er ist alleine zurück nach Honduras geflogen und direkt zu ihrem alten Grundstück gefahren. Er wollte wieder zurück in ihr Haus, alles wieder aufbauen und dann seine Brüder und seinen Vater zurückholen, doch all das ist anders gekommen.

Er weiß noch, wie sauer er war, als er gesehen hat, dass eine komplette kleine Stadt auf ihrem Grundstück entstanden ist. Das Gebiet wurde erweitert, viele Häuser erbaut und er ist sofort auf die Wachleute losgegangen. So hat er Raphael kennengelernt, der ihm dabei zugesehen hat, wie er sich ohne mit der Wimper zu zucken mit seinen besten Männern angelegt hat. Er hat ihm angeboten, sich in der Familia zu beweisen, und das hat Thiago getan.

Es hat nicht lange gedauert und er hatte ein großes Haus und viel Geld, doch wenn er seinen Vater und seine Brüder kontaktiert hat,

hat ihr Vater den Kontakt unterbunden. Er wollte nichts mit diesem Leben zu tun haben, für das sich Thiago entschieden hat. Erst nach zwei Jahren hat Elam wieder angefangen, mit ihm zu sprechen und das auch nur hinter dem Rücken seines Vaters.

Thiago hatte vor, mit Rosa und seinem Sohn zu seinem Vater zu gehen und ihm nach all den Jahren zu zeigen, dass er ein gutes Leben führt und nicht das, was er sich immer vorgestellt hat, doch es kam alles anders.

Seine Brüder und ihr Vater dachten, er würde noch die Geschäfte machen, die er auf der Straße getan hat, doch nach und nach hat er nun seinen Brüdern erklären können, wie sie ihr Geld verdient haben und nun hat er sie in all das eingewiesen, trotzdem sieht Elam noch skeptisch zum Jet. »Komm schon, Elam, versuch doch mal, deinem großen Bruder zu vertrauen. Wo bleiben Esau und Loris?«

Nicht nur seine zwei Brüder folgen ihm zurück nach Honduras, auch ihre Cousins, die Söhne des Bruders ihres Vaters, der damals zwei Jahre vor ihnen zum Arbeiten nach Guatemala gezogen ist, sind dabei. Sie haben nur zwei Straßen weiter gewohnt und sie sind fast wie Brüder großgeworden. Esau und Loris sind genauso alt wie Thiago und Elam. Esau und Thiago haben damals alles zusammen unsicher gemacht, und er wollte auch immer zu ihm nach Honduras kommen und zur Familia stoßen, doch ihr Vater war die letzten Jahre schwer krank und sie mussten sich um alles kümmern. Er ist nur wenige Wochen nach Thiagos Vater gestorben und sie haben nicht eine Sekunde gezögert, zusammen nach Honduras zu gehen und endlich den Namen ihrer Familie als Familia durch aller Munde gehen zu lassen. Zwei Cousins von der Schwester seiner Mutter, die noch in Honduras gelebt haben, sind zu ihm gestoßen, aber bei dem Angriff auf El Salvador gestorben.

Thiago verdrängt diese Gedanken schnell wieder, das tut er in letzter Zeit oft. Er ist stolz auf seine Brüder und Cousins und hat sich nur noch darauf konzentriert, das hat ihm richtig gutgetan.

Die Aussicht, wieder eine Familia zu haben und nach Honduras zurückzukehren, hat ihn wieder lächeln lassen und er kann mittlerweile besser schlafen; auch wenn es ihn immer noch einholt, was passiert ist, fühlt es sich schon ein wenig leichter an.

Sie alle haben sich alles von Thiago erklären lassen und bereits ihre ersten Geschäfte abgewickelt. Thiago, Malik und Esau sind die Macher. Sie stürzen sich ins größte Chaos und kommen mit vielen Schrammen wieder heraus, während Elam und Loris immer viel denken und planen. Thiago weiß, dass diese Kombination sie ganz weit bringen wird.

»Sie wollten noch die letzten Konten schließen und alles auf die in Honduras überweisen. Sie müssten gleich da sein.«

Im selben Moment, als Elam die Worte ausspricht, hören sie auch schon vertraute Stimmen hinter sich. »Du hattest schon immer einen guten Geschmack, sieh dir das an.« Esau und Loris kommen zu ihnen, genau wie sie haben beide nur eine Reisetasche bei sich. Sie wissen, dass sie neu anfangen, mit allem, also haben sie nur das Wichtigste bei sich.

Loris bleibt bei ihnen stehen, während Esau weiter zum Flieger geht. »Malik! Komm nicht auf die Idee, mir einen Schlafplatz wegzunehmen, ich habe die Nacht nicht geschlafen.« Und schon ist auch er im Flieger, während Thiago zu ihren beiden Denkern Elam und Loris blickt. Esau und Malik tragen vom ersten Tag an, als sie beschlossen haben, das durchzuziehen, Waffen. Er musste ihnen beiden gar nicht so viel beibringen, sie können gut damit umgehen. Bei einer Warenübergabe musste Esau schon seine benutzen und Thiago weiß, dass er sich um die beiden keine Sorgen machen muss. Er selbst hat seine Waffe nie abgelegt und nun zieht er aus seiner Reistasche die Waffen von Loris und Elam und hält sie ihnen hin.

»Seid ihr bereit?«

Sein Bruder und sein Cousin sehen sich einen Moment lang den Jet an, dann nimmt Elam als Erstes seine, nickt und geht zum Jet.

Loris sieht ihm in die Augen. »Wir werden mächtig werden, aber auch immer fair.« Thiago muss lachen und nickt. »Ja, Robin Hood.«

Er folgt ihm als Letzter in den Jet, wo ein bekanntes Gesicht ihm entgegenblickt. »Señor Fuego, es ist schön, Sie wiederzusehen. Vielen Dank, dass Sie gleich an mich gedacht haben. Es ist mir eine Ehre, für die Familia Fuego arbeiten zu können.«

Thiago hat den alten Piloten von Raphael kontaktiert. Er lebt in Honduras und stand der Familia jahrelang zur Verfügung und nun arbeitet er für seine Familia. »Natürlich. Bereit, uns wieder nach Hause zu bringen?« Er lächelt und nickt. »Mit dem größten Vergnügen.«

Thiago geht in den hinteren Teil des Jets. Er hat einen etwas größeren gekauft. Sie hatten damals mehrere Jets, die Zeit wird zeigen, ob auch sie mehrere brauchen, erst einmal reicht dieser.

Hier gibt es einen Sitzbereich mit Fernseher und bequemen Couchen. Malik hat den Fernseher eingeschaltet und sich aus dem gefüllten Kühlschrank bedient. Loris setzt sich zu ihm und Elam scheint sich die zwei Badezimmer anzusehen, neben den beiden Schlafbereichen. Esau liegt bereits auf einem Bett.

Thiago stellt seine Tasche ab und holt sich etwas zu trinken aus dem Kühlschrank, während der Pilot die Ansage macht, dass sie gleich starten. Er setzt sich und sieht sich den neuen engeren Kreis der Familia genau an.

Loris und Esau sind etwas dunkler als sie. Ihre Mutter war dunkler. Loris ist schlanker als Esau, der aus dem Training gar nicht herauskommt. Er ist in den letzten Wochen richtig aufgeblüht, als Thiago ihn damit beauftragt hat, Trainingspläne zu erstellen, damit sie ihre Männer fit bekommen und halten. Thiago musste alle Pläne mit ihm ausprobieren und einige Tage hat er es vor Muskelkater kaum aus dem Bett geschafft. Esau ist dunkel, er hat kurze Haare und das markante Gesicht seines Vaters. Seine Haare hat er zur Zeit kurz geschnitten und er trägt immer einen feinen Dreitagebart, der die grünen Augen noch mehr unterstreicht, die er von seiner Mutter geerbt hat.

Loris hingegen ist schmaler, er trainiert auch ein wenig, doch er verbringt mehr Zeit damit, über ihren Plänen zu sitzen und sich den Kopf zu zerbrechen. Doch er ist unheimlich schnell in seiner Reaktion, er hat Thiago wirklich überrascht im Umgang mit der Waffe. Er ist genauso dunkel wie Esau, doch er hat die dunklen Augen seines Vaters geerbt. Thiago liebt seine beiden Cousins sehr, vor allem Loris mit seiner durchdachten und ruhigen Art bringt ihn sehr oft wieder zurück auf den Boden und er hat gerade in den letzten Wochen viele Nächte mit ihm zusammen an einem Tisch gesessen und Pläne geschmiedet.

Thiago blickt zu seinem jüngsten Bruder, sein Sorgenkind. Sie drei sind etwas heller als ihre Cousins. Sie haben eher eine goldbraune Haut, ihre Mutter war heller. Sie hatte sogar dunkelblonde Haare und von ihr hat Malik auch seine hellbraunen Locken geerbt. Er hat dieselben dunklen Augen ihres Vaters, genau wie auch Elam und er. Doch sie beide haben auch seine dunklen Haare geerbt. Malik ist ihr jüngster Bruder, doch er kann es am allerwenigsten abwarten, mit der Familia zu starten. Thiago wird ihn im Auge behalten müssen.

Durch die Arbeit in der Familia hat sich Thiago immer etwas bei den beiden hervorgetan, doch das haben die letzten Wochen geändert. Sie alle sind nun gut trainiert. Elam und er wurden nicht umsonst für Zwillinge gehalten. Sie sehen sich von allen am ähnlichsten, auch wenn sie beide am häufigsten aneinandergeraten, sind sie nie lange wütend aufeinander. Wahrscheinlich ist deswegen auch ihr Band am stärksten.

Neben seinem Kreuz auf dem Rücken und dem eigentlichen Geburtsdatum seines verstorbenen Sohnes am Herzen haben sie alle El Fuego auf dem Arm tätowiert. Neben Dallas und Aden bilden sie nun den engsten Kreis der Familia.

»Die Arbeiten an den Fitnessräumen sind beendet.« Loris setzt sich zu Thiago und zeigt ihm die neuesten Pläne. Es hat eine Weile gedauert, bis sie sich ganz genau überlegt haben, wie sie alles neu entstehen lassen wollen. Die Straßen stehen, sie wurden nur repariert und etwas erweitert, damit waren die Arbeiter zuerst fertig. Statt eines Haupthauses gibt es nun direkt am Meer sieben große Häuser, die für die inneren Kreise gedacht sind und ein Haus, in dem die Treffen, Besprechungen und auch die Fitnessräume sind. Dieser Teil ist schon so gut wie fertiggestellt. Auch ein Großteil der Häuser für die Männer ihrer Familia ist bereits fertig. Raphael hatte immer um die 100 Männer unter sich. Wovon aber nur noch die Hälfte, die Vertrautesten, bei ihnen auf dem Gebiet gelebt haben.

Der Rest hat in der nächsten Stadt gelebt. Thiago wird das so beibehalten, wobei er noch nicht weiß, ob er so vielen Männern Vertrauen schenken wird, das wird die Zeit zeigen, doch die Häuser der Männer stehen kurz vor der Fertigstellung. Ihre Lager sind auf ihrem Gebiet; das war das Erste, was Thiago hat ändern lassen, und es gibt ein Haus für die Haushaltshilfen, die aus der nahegelegenen Stadt kommen. Dort können sie die Putzartikel lagern, Essen zubereiten, Partys planen und alles weitere. Dallas konnte die meisten von früher wieder ausfindig machen und sie haben sich gefreut, wieder für die Familia arbeiten zu können. Selbst die Innenarchitektin von damals hat Dallas sofort kontaktiert und sie war mehrmals bei ihnen, um jedes einzelne Haus so einzurichten, wie sie es wollten.

Thiago ist es wichtig, dass sie nicht alles gleich machen wie früher, es ist wichtig, dass sich einiges ändert, doch an gewissen Annehmlichkeiten wird er festhalten.

Er geht mit Loris die Pläne durch, während Esau schläft und Malik sich ein Footballspiel ansieht. Elam sitzt am Fenster, Thiago denkt erst, dass er eingeschlafen ist, doch als er sich kurz vor der Landung zu seinem Bruder setzt, sieht er, dass dieser aus dem

Fenster blickt. Thiago folgt seinem Blick und schaut auf das sich unter ihnen auftuende Land. Elam wendet sich zu ihm und er sieht seinem Bruder in die Augen.

»Willkommen zu Hause.«

Kapitel 3

»Home Sweet Home!« Thiago steigt neben Esau aus dem Flugzeug. Auch er schließt einen Moment die Augen unter seiner Sonnenbrille und atmet tief ein. Auch in Guatemala ist es heiß und schwül, doch das hier ist anders, es riecht nach zu Hause und er hat es vermisst.

»Also, wenn man euch so ansieht, hat man das Gefühl, da kommt eine Menge Ärger zurück nach Honduras.«

Dallas und Aden stehen an zwei schwarze Geländewagen gelehnt und sehen ihnen entgegen. Dallas hat er die letzten Wochen immer wieder gesehen, er ist schon eine Weile zwischen Honduras und Guatemala hin und her gereist, um einiges vorzubereiten und die Männer aus der alten Familia zusammenzutrommeln. Neben Dallas und Aden sind noch dreißig andere dabei. Sie alle haben überlebt, sie alle haben zusammen die Verräter unter ihnen herausgefunden und zur Rechenschaft gezogen. Sie haben den Da Silvas geholfen, die Gräber zu beschriften, doch dann hat jeder Zeit für sich gebraucht.

Als Thiago sich entschieden hat, mit seiner Familia zurückzukehren, wusste er, dass einige wieder dabei sein werden. Ihm selbst hat all das gefehlt, doch das wirklich fast alle zurückkehren, hätte er nicht gedacht. Jedoch freut es ihn, jedem einzelnen von ihnen vertraut er bereits blind, sie sind nun schon knapp vierzig Männer und er kann diesen festen Rückhalt gut gebrauchen. Er freut sich, die Männer wiederzusehen. Einige haben noch ein paar Freunde mitgebracht, die unbedingt Teil dieser Familia sein möchten. Dallas hat sie überprüft und eingewiesen, sie werden solange in der Nachbarstadt bleiben, bis die Häuser fertig sind und sie sich ihr Vertrauen verdient haben. Somit sind es zur Zeit schon vierzig Mann, die den Anfang der Familia bilden, wobei sieben zu den engsten Kreisen gehören, an denen auch niemand rütteln kann.

Es melden sich immer mehr junge Männer. Es spricht sich herum, dass Thiago wieder da ist. Neben Raphael war besonders er in Honduras und Umgebung bekannt, da er Raphael einiges abgenommen hat. Übermorgen soll es eine Veranstaltung geben, zu der die Männer, die sich gemeldet haben, eingeladen wurden. Dort wird sich Thiago die neuen Männer ansehen, ihnen erklären, was es bedeutet, zu einer Familia zu gehören und einige auswählen, die zum Training kommen. Sie werden das erste halbe Jahr Trainings veranstalten, wo die Männer ausgebildet werden. Sie müssen eine harte Schule durchlaufen, wobei immer wieder Neue dazukommen und die meisten aussortiert werden. Esau, Dallas und er haben ganz genaue Pläne. Sie werden sich Zeit lassen und keine Fehler machen. Sie möchten nur die allerbesten Männer haben, dafür werden sie sorgen, und wenn das etwas länger dauert, ist es so. Sie kommen auch mit wenigen Männern klar, solange diese komplett hinter der Familia stehen und das tun sie.

Thiago muss grinsen. Er liebt Dallas wie einen Bruder, das hat er schon immer getan. Der verrückte Kerl mit den wilden Locken, die gerade mit einem Cap verdeckt sind, der eintätowierten Träne unter dem Auge und den mexikanischen Wurzeln war sein Trauzeuge und sie waren unzertrennlich in ihrer Zeit in Honduras. Deswegen haben sie beide auch überlebt, zusammen mit Aden waren sie die zweite Front beim Angriff auf El Salvador. Sie haben es geschafft, die Männer in ihrer Gruppe zu retten und einige von den Guerillas aus dem Weg geräumt. Sie haben sich den Weg bis zum Dorf durchgeschlagen und dort einen blutüberströmten Mann von ihnen aufgelesen, der ihnen gesagt hat, dass Raphael gefangen genommen wurde.

Thiago war nicht zu stoppen, das war er in keiner Sekunde seit sie zurück gekommen sind und die brennende Erde vorgefunden haben, auf der alle verbrannt wurden, die sie liebten. Er ist zum Dorf vorgedrungen und dort auf so viele Männer gestoßen, dass sie keine Chance hatten. Sie waren zu zehnt. Thiago wusste das, doch er wollte trotzdem dorthin, seine Wut hat ihn blind gemacht, genau wie Raphael, doch Dallas hat es geschafft, einen klaren Kopf zu behalten und ihn mit seiner letzten Kraft von dort weggezogen.

Sie mussten sich zurückziehen, durchatmen und nochmal angreifen, sonst wäre all das in wenigen Sekunden beendet gewesen. Thiago kann sich an diese Stunden kaum mehr erinnern, er hat das alles wie unter einem Mantel der Wut erlebt. Er hat nur noch rot gesehen, nachdem sie diese verbrannte Erde vorgefunden haben. Dallas hat ihm später gesagt, dass er so außer sich war, dass er über und über mit Blut beschmiert war. Er hat jeden getötet, der ihm in den Weg gekommen ist, doch er kam zu spät, um zu verhindern, dass Raphael und die anderen Männer in die Falle der Guerillas gelaufen sind.

Dallas und Aden haben ihn weggezogen und ins Flugzeug gesetzt. Der Mann, dem es gelungen ist zu fliehen, hat ihnen gesagt, dass sie Jemina gefangengenommen haben und nun auch Raphael und die anderen. Wenn sie nicht klar denken und richtig angreifen, hätten sie ihre Leben riskiert. Das alles ist Thiago jetzt auch klar, damals mussten sie ihn mit Gewalt in das Flugzeug setzen. Er war so stark verletzt, dass er einige Tage bewusstlos war. Dallas und Mikael haben den Da Silvas Bescheid gegeben und er hat sich dann um die Verräter gekümmert.

All das hat er die letzten Monate immer wieder verdrängt, jetzt kommen diese Erinnerungen in ihm natürlich hoch, doch ihm war klar, dass Honduras nicht nur schöne Erinnerungen in ihm auslöst.

»Komm schon, du hast doch die Minuten gezählt, bis wir uns wiedersehen.« Esau begrüßt Dallas und auch alle anderen begrüßen ihn. Dallas hat seine Brüder und Cousins innerhalb weniger Stunden als Familie akzeptiert und sie ihn genauso. Thiago umarmt Aden, sie haben sich seit sie alle Honduras verlassen haben nicht mehr gesehen und Aden klopft ihm auf den Rücken. »Ich bin beeindruckt, was du hier wieder hast entstehen lassen.« Thiago lächelt und wirft seine Tasche in den offenen Kofferraum des Jeeps. »Das ist nur der Anfang, ich schätze, du bist schon in die meisten Pläne eingeweiht.« Aden nickt und Dallas stellt ihm die anderen vor, während Thiago auf seinem Handy nachsieht, ob seine erste Überraschung klappt, so wie er es geplant hat.

»Los geht's. Nächste Woche kommen die ersten Lieferungen, die Kunden stehen schon Schlange, mein Handy steht nicht mehr still, doch heute werden wir erst einmal eine alte Tradition hochleben lassen.« Dallas beendet die Begrüßung, während Thiago zufrieden sein Handy wegsteckt. »Ja, das stimmt, doch zuerst erledigen wir etwas. Diese zwei Autos werden uns nicht weit bringen.«

Alle sehen ihn verwundert an, als er sich neben Aden ins Auto setzt, doch sie werden sich daran gewöhnen müssen, ihm in Zukunft einfach mal zu vertrauen und tatsächlich steigen gleich danach Loris und Malik bei ihm ein, während Esau und Elam zu Dallas ins Auto steigen.

Es fühlt sich nur wenige Minuten ungewohnt an, durch die Straßen Honduras zu fahren, doch er kennt sich hier blind aus, deswegen lehnt er sich schnell entspannt zurück, dreht die Musik lauter und genießt es, wieder durch die vertrauten Gegenden zu fahren.

Als er zum Hafen fährt, sieht Aden ihn verwundert an. »Ich denke, die Lager wurden aufgelöst?« Thiago fährt direkt in Richtung der alten Lager, als ein Hafenarbeiter ihre Autos anhalten will. Thiago lässt sein Fenster herunter, der Mann sieht ihn an und erkennt ihn sofort. Sie waren früher fast täglich hier.

»Entschuldigen Sie, Señor, wir hatten gehört, dass Sie zurück sind. Willkommen zu Hause.« Thiago nickt und fährt weiter. Er spürt Maliks Blick in seinem Nacken. Er hat seinen Brüdern viel von der Macht erzählt, die sie hier hatten und immer noch haben. Sie selbst haben einen Einblick darin bekommen, doch erst hier in diesem Leben in Honduras werden sie wirklich begreifen, was Macht bedeutet.

»Haben wir auch. Aber als Jemina mich damals gebeten hat, alle Sachen, die der Präsident beschlagnahmt hat, zu verkaufen, waren es zu viele und um einen Teil konnte ich mich nicht kümmern. Ich habe sie hier lagern lassen und nun kommen sie uns gelegen.« Er hält genau vor dem Autohändler, mit denen ihre Familia damals immer zusammengearbeitet hat.

Aden steigt genauso verwundert aus wie alle anderen. »Thiago, Dallas, Aden, wie schön Sie wiederzusehen. Honduras hat Sie vermisst.« Dallas lacht auf. »Oh, glauben Sie uns, wir haben es noch mehr vermisst.« Der Autohändler öffnet die Lagerhallen. »Wir haben uns gut um sie gekümmert. Ich hoffe, Sie werden zufrieden sein.« Dallas flucht auf, als sie die Hallen betreten, in denen um die 100 Autos stehen. Es sind alles Autos von früher. Jeder von ihnen hatte mehrere vor den Häusern und in seinen Garagen herumstehen. Als der Präsident alles hat räumen lassen, wurden die Autos auf einen stillgelegten Parkplatz gebracht und sollten verkauft werden. Diego und Jemina kamen dem zuvor und Thiago hat ihren alten Autohändler kontaktiert. Er hat sich darum gekümmert, es waren viel mehr Autos, als jetzt hier stehen, doch Thiago hat den Auftrag gegeben, viele zu verkaufen und nur die besten aufzuheben und zu lagern, bis sie wieder da sind.

»Die beiden sind meine. Sieh mal, Thiago, hier ist noch die Beule von dem einen Mal, wo wir im Club waren und du den Rückwärts- und Vorwärtsgang verwechselt hast.« Thiago muss lachen, als Aden seine Wagen findet. »Das lag aber an den Stunden vorher und dem, was wir alles getrunken haben. Sucht euch alle die Autos aus, die ihr haben möchtet, der Rest ist für die anderen Männer.« Dallas findet auch gleich drei seiner Wagen und der Autohändler notiert sich, wer was geliefert bekommt. Seine Cousins und seine Brüder gehen durch die Reihen und suchen sich jeder ein oder zwei Autos aus. Hier stehen die besten Autos herum und sie kommen aus dem Staunen gar nicht mehr heraus.

Thiago läuft auch herum. Er entdeckt seinen Maybach und einen BMW, den er gerade erst neu gekauft hatte. Als er auf den VW daneben blickt, wird sein Mund trocken. »Wir brauchen ein richtiges Familienauto, Schatz. Wo wir einen Kinderwagen reinpacken können und Buddelsachen. Du denkst doch nicht, dass das unser einziges Kind bleiben wird?« Rosas Stimme klingt in Thiagos Kopf, als stände sie neben ihm.

»Was ist mit Ihnen? Die Autos?« Der Händler tritt neben ihn und Thiago ist dankbar, dass er ihn aus dieser Erinnerung zieht. »Nur den Maybach und den BMW, der VW soll hierbleiben, genau wie die Reihe da vorne. Die anderen Männer kommen die Tage vorbei und suchen sich ihre Autos aus.« Er deutet zu einer Reihe, in der sich die Autos von Raphael und seiner Frau befinden. Die sollen unangetastet bleiben, er wird noch entscheiden, was damit passiert. Auch Jeminas kleiner Geländewagen steht da, Thiago macht ein Bild davon und schickt es ihr, bevor er sich wieder zu den anderen umwendet und sie die Lagerhallen wieder verlassen.

Maliks Augen strahlen, er hat sich einen Mercedes und einen Porsche ausgesucht. Auch alle anderen können nicht glauben, dass sie sich gerade in wenigen Minuten Autos für viele tausende von Dollar ausgesucht haben. Thiago, Dallas und Aden kennen dieses Leben bereits und lächeln nur mild. Seine Brüder und Cousins haben noch keine richtige Vorstellung, wie ihr Leben nun aussehen wird, doch sie werden es in den nächsten Wochen kennenlernen, und das nicht nur von diesen guten Seiten.

Es fühlt sich gut an, wieder in Honduras zu sein.

Thiago hat diese zwei Jahre gebraucht, um den Verstand nicht zu verlieren, doch als er jetzt durch die vertraute Gegend fährt, spürt er, wie sehr er all das vermisst hat. Sie halten an ihrem liebsten Baleadas-Stand, ein traditionelles honduranisches Gericht, und essen dort welche, bevor sie weiterfahren und die Stadt vor ihrem Gebiet durchqueren. Er sieht sich alles genau an. Hier hat sich nicht viel verändert, die Geschäfte stehen noch, die Menschen gehen gerade in die große Kirche zum Gottesdienst und wenden sich zu ihren Wagen um. Sie werden wissen, dass nun eine neue Familia hier leben wird und man sieht in ihren Gesichtern Neugierde, einige lächeln, einige sehen verängstigt zu ihnen.

Dann kommt eine Weile nichts. Sie sehen auf flaches Land vor sich und erst nach einer ganzen Weile tun sich hohe Mauern auf. »Sie sind höher geworden, als ich es erwartet habe.« Ein schweres schwarzes Eisentor fährt auf, als sie vorfahren. Aden nickt. »Ich finde es gut, so kann man hier unmöglich unbemerkt eindringen, noch wird das Tor vom ersten Wachpunkt an kontrolliert, doch irgendwann müssen wir bei beiden Toren Wachen aufstellen.« Thiago nickt, sie haben lange darüber gesprochen, wie sie das Gebiet perfekt schützen können. Nicht wegen ihnen, sondern wegen der Frauen und Kinder, die mit Sicherheit eines Tages wieder hier leben werden. So etwas darf nie wieder passieren. Deswegen haben sie den äußeren Bereich, der früher nur mit einem schwarzen Zaun umgeben war, durch Mauern ersetzt. Der schwarze Zaun kommt erst Minuten später und Thiago muss lächeln, als sie über dem Eingang Fuego lesen.

Stolz erfüllt seine Brust. Er ist zurück, und allein, was er in den letzten Wochen erreicht hat, ist mehr, als einige Familias die ganze Zeit über erreichen und seine Ziele sind hoch, sehr hoch gesteckt.

Aus dem Wachhaus am Tor kommen zwei Männer von damals, Thiago steigt aus und begrüßt sie. Er stellt seine Brüder und Loris und Esau vor, dann erst fahren sie weiter. Die neuen Häuser, genau wie auch die Sachen für ihr Gebiet zu planen, hat sie Wochen gekostet. Sie haben viel Zeit damit verbracht zu planen, was wie am besten gebaut wird, und Thiago war es sehr wichtig, dass es nicht wie früher wird. Er möchte hier etwas Neues entstehen lassen, das Alte wird er immer in seinem Herzen tragen, doch umso wichtiger ist es, dass etwas Neues entsteht.

Beeindruckt sieht er auf die neuen Häuser, sie sind anders. Es wirkt wie eine nette kleine amerikanische Vorstadt, wenn man nicht wüsste, wer hier wirklich leben wird. Sie halten an den Häusern für die Haushaltshilfen und an den neuen Lagerräumen, die allerdings noch gebaut werden. Überall sind Baustellen. Es gibt viele Bauarbeiter, Bagger und Kräne auf dem Gebiet und sie alle wissen, dass es gerade nicht sehr sicher ist, doch gleichzeitig laufen die Männer, die schon zur alten Familia gehört haben, mit Waffen herum und behalten alles im Auge.

»Es läuft, es wird noch einige Zeit in Anspruch nehmen, doch es läuft. Die Haupthäuser sind alle fertig und eingerichtet.« Sie fahren hoch zum Meer, wo ihre Häuser stehen. Thiago weiß noch, als er das letzte Mal hier war und nur noch Schutt und Asche vorgefunden hat, nun stehen hier sieben große Villen und ein Gemeinschaftshaus. Aus dem Gemeinschaftshaus dringen aufgeregte Stimmen, sie riechen jetzt schon frisches Brot und sehen, wie Lampions in das Haus getragen werden.

»Natürlich werden wir all das gebührend feiern. Die Haushaltshilfen haben sich richtig gefreut, endlich wieder ein Fest ausstatten zu können.« Sie sehen sich alle um. Thiago nickt zufrieden. Jeder kennt sein Haus, sie alle haben es sich ausgesucht und einrichten lassen. »Dann sehen wir uns unser neues Leben mal an.« Esau zwinkert Thiago zu, Elam nimmt auch seine Tasche und geht in Richtung seines Hauses, Dallas begleitet Malik und Loris zu ihren Häusern. Thiago bleibt einen Moment vor seinem neuen Zuhause stehen. Sein Blick fällt die Straße hinunter, auch damals hat er weit hier oben gelebt als engstes Mitglied der Familia. Er hat den Platz, wo sein Haus stand, bewusst freigelassen. Dort wurden zwei Kirschbäume, die liebsten Bäume von Rosa, gepflanzt und eine Bank hingesetzt. Als er diese nun entdeckt, wendet er seinen Blick schnell ab und geht in das Haus.

Um weiteratmen zu können, muss er loslassen.

Thiago hat sich um alles gekümmert, die Geräte für den Fitnessraum, die Einteilung der Lager, die Häuser für die Männer. Als die Innenarchitektin sie besucht und ständig wegen der Inneneinrichtung ausgefragt hat, wusste er nicht, was er sagen sollte. Ihm ist das absolut egal. Das hat ihn noch nie interessiert. Er ist in ein fertiges Haus gezogen und hat nie etwas geändert. Er hat die letzten zwei Jahre mit Elam zusammen in einem kleinen Steinhaus gelebt und er hätte auch weiter so leben können. Luxus hat ihm immer nur etwas bedeutet in Form von Autos und dass er frei war, tun und machen zu können, was er will. Die Einrichtung seines Hauses war ihm egal und irgendwann hat Rosa das übernommen.

Als er jetzt in das Haus tritt, ist alles mit teuren Fliesen ausgelegt. Die Architektin hat davon geschwärmt und er muss zugeben, dass es gut aussieht. Sie hat alles sehr klassisch gehalten, es gibt ein Sideboard und einen großen Spiegel. Thiago streift sich die Sneakers von den Füßen und geht die Treppe hoch, die von hier abgeht. Die Häuser haben drei Stockwerke, im zweiten Stock befinden sich Schlafzimmer und Gästezimmer und jeder von ihnen hat hier auch noch einmal ein eigenes Büro. Thiago geht in das erste Zimmer, er hat sich ein großes Schlafzimmer bauen lassen. Auch hier hat sie gute Arbeit geleistet. Er sieht in einen begehbaren Kleiderschrank, ein sehr schönes Bad mit Badewanne und Dusche und es steht ein riesiges Bett im Zimmer. Thiago hat als einziges auf ein großes Bett bestanden, nachdem er sich knapp zwei Jahre mit einer schmalen Pritsche herumgeschlagen hat.

Er legt die Tasche auf das Bett und geht auf die Terrasse vor seinem Schlafzimmer. Von hier kann man in seinen Garten und auf das Meer sehen. In jedem Garten gibt es einen Pool, genug Platz zum Grillen und um auszuruhen. Alles weitere kann jeder sich selbst nach und nach zulegen. Hinter den Gärten beginnt direkt der Sandweg zum Meer. Ein hoher Graben trennt sie vom Sandstrand, die Treppen dahinter wurden schon wieder neu errichtet, doch meistens sind die Männer hinuntergesprungen, ganz so hoch ist er nicht.

Thiago blickt auf das wilde Meer. Hier in der Bucht ist es unruhiger als an den anderen Stränden, doch genau das hat Thiago immer geliebt. Er erinnert sich noch genau, wie Elam, Malik und er als Kinder Stunden auf dem Abhang gesessen und auf das Meer geblickt haben, bevor sie hinuntergesprungen und am Strand vor ihrer Mutter weggelaufen sind, als sie sie zum Schlafen nach Hause holen wollte.

Auch am Strand wird gebaut, sie haben einiges geändert und geplant, doch das will er sich lieber selbst ansehen. Er atmet noch einmal tief ein und sein Herz füllt sich mit Zufriedenheit. Er ist wieder zu Hause.

Auspacken und ausruhen kann er sich später, erst einmal will er sich alles ansehen. Er verlässt das Schlafzimmer wieder, die anderen Räume und den dritten Stock, wo es in jedem Haus ein Zimmer mit einem Billardtisch, Dart und Kino gibt, kann er sich auch ein anderes Mal ansehen.

Er geht nach unten und will eigentlich gleich wieder raus, da fällt sein Blick in den Wohnbereich und auf ein Bild, was dort schon aufgehängt ist. Hier ist alles in hellen und grauen Farben gehalten. Es gibt eine große Couch, einen Kamin, einen großen Fernseher und einen Esstisch und an der Wand sind einige Bilder angebracht.

Thiago stemmt seine Hände in seine Hüften, als er auf die Bilder blickt und er atmet tief ein. Es sind drei Bilder. Ein größeres, was die alte Familia zeigt. Raphael steht in der Mitte, Dallas und Thiago an seiner Seite und alle anderen engeren Kreise um ihn herum. Das war auf seiner letzten Geburtstagsfeier, sie alle strahlen. Herrgott, wenn Thiago daran denkt, wie glücklich er damals war, brennt wieder dieses Feuer in seiner Brust auf, gleichzeitig tut es gut, in die Gesichter der Männer zu sehen, die damals seine Familia waren.

Neben dem Bild hängt ein kleineres Bild, was Thiago, Aden, Mikael und Dallas zeigt, damals war Thiago frisch in der Familia und sie waren zusammen feiern. Er muss lachen, als er auf das Bild sieht und hört, wie jemand sein Haus betritt. Das dritte Bild ist wieder etwas größer. Es zeigt Dallas, Esau, Malik, Elam, Loris und ihn, sie alle halten lachend und stolz das frisch gestochene Fuego auf ihrem rechten Unterarm in die Kamera, sie haben Aden das Bild geschickt, damit er dafür sorgt, dass alle, die in die Familia wollen und dazugehören, dieses Tattoo tragen.

Thiago sieht weiter auf das Bild, als sich der Arm von Mikael um seine Schulter legt und er auch bei ihm das Fuego-Tattoo bemerkt. »Das war ich, ich hoffe, das ist in Ordnung. Der große Platz daneben ist frei für das erste Bild der Familia Fuego, was wir hoffentlich bald machen werden, doch ich finde, dass dieses Bild auch zur Geschichte gehört.«

Er deutet zu Raphael und Thiago nickt, bevor er seinen alten Freund umarmt und begrüßt.

»Das tut es. Es ist schön, wieder zu Hause zu sein.«

Kapitel 4

Thiago bekreuzigt sich ein weiteres Mal und atmet tief aus. Er streicht über den Namen seiner Frau und seines Sohnes. Seine Hand ballt sich automatisch zu einer Faust, als er sie vom Stein nimmt und noch einmal tief Luft in seine Lungen lässt, um die aufkommenden Tränen zu unterdrücken.

Nachdem er sein neues Haus verlassen hat, hat ihn sein Weg sofort an die Grabstätte all derer geführt, die er verloren hat. Er war lange nicht mehr hier und hat es sich schlimm vorgestellt, doch auch wenn ihm die Tränen kommen, fühlt es sich eigenartigerweise sehr befreiend an, hier zu sein.

Thiago ist so in Gedanken versunken, dass er erst, als Elam komplett neben ihn tritt und sich bekreuzigt, seinen Bruder bemerkt. Er kannte Rosa nicht. Sie haben sehr spontan geheiratet und Elam war sehr enttäuscht, dass er seiner Familie erst später davon erzählt hat. Doch es war auch Elams Neffe, der getötet wurde und Elam hat die Trauer von Thiago miterlebt, die Wut gesehen und die vielen schlaflosen Nächte mit ihm verbracht.

Sein Bruder streicht wie Thiago Sekunden vorher über den weißen Stein und die Namen und tritt dann zur Seite, um auf all die vielen Namen zu blicken. »Wenn man das so vor sich sieht, ist es … das ist …« Thiago wendet sich müde ab. Er hat es aufgegeben, für diesen Horror Worte zu finden. »Etwas, was nie wieder passieren darf. Deswegen müssen wir sehr gut aufpassen. Ab morgen beginnt unsere Arbeit hier und auch wenn das alles hier sehr luxuriös und einfach aussieht, es liegt ein langer Weg vor uns und ein sehr harter, deswegen müssen wir mit unserer ganzen Kraft daran gehen.«

Elam wendet sich zu ihm um. »Ich weiß, das werden wir. Wir alle sind bereit.« Thiago nickt, beide Brüder wenden sich um, als sich ein Mann räuspert und vor den Grabstellen stehen bleibt. »Señor

Fuego, man hat mir gesagt, dass ich Sie hier finde. Ich bin der Bauleiter. Meine Männer sind für heute fertig und ich wollte mit Ihnen die Fortschritte durchgehen und auch, was noch ansteht.«

Thiago reicht dem Mann die Hand. Elam bleibt zurück, er sieht weiter auf die Steine. Allein der Anblick dieser vielen Namen raubt einem den Atem, die Gesichter, das Lachen und die Menschen dahinter zu kennen, bringt einen um den Verstand.

»Sehr gut. Ich bin bisher sehr zufrieden. Was denken Sie, bis wann die Häuser weiter unten fertig sind?« Sie laufen an dem Abhang entlang, der zum Strand führt. »Die ersten sind wie gewünscht bereits fertig, ungefähr zwanzig Männer konnten ihre Häuser bereits beziehen. Die weiteren Arbeiten hierzu beginnen nächste Woche. Mit den Arbeiten zu den ersten Reihen sind wir komplett fertig und mit den ersten Häusern, die in zweiter Reihe stehen. Parallel werden die Lagerhallen fertiggestellt, nächste Woche starten wir mit den Wegen zum Strand, damit die Waren unkompliziert in die Lager gebracht werden können. Die Stege im Meer sind fertig, ich denke, das ganze Projekt wird nächste Woche beendet und dann werden alle mit an den letzten Häusern arbeiten können.«

Thiago nickt zufrieden und sieht zu drei langen Stegen, die nun ins Meer führen. Das ist eine der größten Veränderungen, die Loris, Dallas und er beschlossen haben. Sie werden ihre Ware nicht mehr vom Hafen in die Lager dort bringen lassen, sondern über ihren Strand in Lager, die nun hier stehen. Für Thiago war von vornherein klar, dass sie ihre Bucht hier immer rund um die Uhr auch vom Wasser bewachen lassen werden. Ein Angriff wie damals auf das Haus am Meer, in dem die Frauen und Kinder waren, wird nicht möglich sein, und durch diese Sicherheitsvorkehrungen können sie die Ware auch direkt hier empfangen und sparen sich das Lagern am Hafen, wo es all die Jahre über immer Probleme und Zwischenfälle gab.

»Das sieht gut aus. Wir erwarten am zehnten unsere erste große Lieferung und bis dahin muss das alles fertig sein.« Der Mann nickt. »Das wird kein Problem sein. Es ist alles schon vorgeplant, außer die Felder am Ende des Gebietes, außerdem besteht immer noch das Problem mit der Hütte. Sie hatten gesagt, Sie kümmern sich darum und wir wollten da …« Das hatte Thiago komplett vergessen. Er sieht zum entgegengesetzten Ende des Strandes. Dort wo das Gebiet kurz vor einem Wald aufhört, erkennt er die freien Felder, die der Bauleiter meint. Die Hütte am Stand kann er von hier nicht erkennen. »Ich werde mir das gleich einmal ansehen. Danke für Ihre Mühe.« Der Mann nickt und geht in Richtung der Häuser, während Thiago die neuen Steinstufen zum Strand hinabgeht. Hier unten weht der Wind sogar noch etwas fester, er liebt den Geruch des Meeres und erst von hier erkennt man wirklich, wie lang und breit ihr Strand ist.

Als er die alte Holzhütte am Ende des Strandes erkennt, muss er lächeln. Sie stand früher auf dem Abhang, doch Raphaels Männer haben sie nach unten an den Strand gesetzt, um dort eine Lagermöglichkeit für die Strandsachen zu haben. Es war ihre alte kleine Hütte, durch das Umsetzen ist sie nicht mehr ganz so wie damals, aber dieses Haus wird ihn immer an seine Kindheit erinnern. Er muss es später unbedingt Malik und Elam zeigen.

Nachdem hier vom Präsidenten alles niedergewalzt wurde und Jemina ihn davon abhalten konnte, das Land für sich zu beanspruchen, stand es leer. Bis auf die Grabstelle und die kleine Hütte am Strand gab es seit über einem Jahr nichts mehr. Erst vor einigen Monaten haben die Bauarbeiten hier begonnen und er wurde schnell informiert, dass ein Fischer sich in der Hütte niedergelassen hat und sich weigert, diese zu verlassen.

Da es die Bauarbeiten nicht behindert hat, hat Thiago angeordnet, das erst einmal zuzulassen und dass er sich nun darum kümmern wird. Jetzt sieht die Sache anders aus, sie leben ab jetzt hier und können keine Fremden auf ihrem Gebiet dulden.

Je näher er kommt, umso mehr erkennt er, dass sich an der Hütte einiges getan hat. Sie hat eine kleine Terrasse, auf der alte Laternen stehen. Vom Dach der Hütte bis zu einem Stein des Abgrundes ist eine Wäscheleine gespannt, auf der nasse Wäsche hängt. Ein altes Fischerboot ist auf den weißen Strand geschoben und ein Mann sitzt auf der Terrasse und wäscht Netze aus.

Thiagos Magen rumort, der Mann ist sicher um die sechzig Jahre alt, er bemerkt ihn nicht einmal, erst als Thiago auf die Terrasse tritt, sieht er auf. »Hallo, wohnen Sie hier in der Hütte?« Der Mann sieht ihn aus müden, dunklen Augen an und wendet sich dann zum Haus.

»Alma, sie haben wieder einen geschickt.«

Der alte Mann beachtet ihn gar nicht, dafür hört er aber eine Frau leise etwas murmeln und die Tür zur Hütte wird aufgemacht. Eine junge Frau tritt heraus. Sie wischt sich ihre Hände an einem Küchenhandtuch ab und stemmt sie dann gleich in die Hüften, als sie ihn erblickt. Einen Moment wirkt sie etwas unsicher, sie sieht einmal an ihm hoch und runter, doch dann werden ihre dunklen Augen kleiner und sie funkelt wütend in seine Richtung.

»Was soll das schon wieder? Wir hatten mit deinem Chef abgemacht, dass ihr uns in Ruhe lasst, bis der … große Chef da ist und er entscheidet. Ihr könnt nicht ständig eure Meinung ändern.« Thiago muss sich ein Grinsen verkneifen. Die Frau ist wirklich sauer, doch wie sie dort vor ihm steht, sicherlich einen Kopf kleiner als er, mit ihrer zarten Figur und den langen dunkelbraunen, welligen Haaren wirkt es fast so, als stelle sie sich auf eine lange Diskussion mit ihm ein.

Als sie bemerkt, dass er sich ein Grinsen verkneift, verfinstert sich ihr Blick gleich noch einmal und Thiago reagiert, bevor das hier noch eskaliert. »Der große Chef wäre dann wohl ich. Wir sind gerade angekommen. Mein Bauleiter hat mir von euch erzählt und ich habe ihm damals gesagt, dass es kein Problem ist, wenn ihr hier wohnen bleibt, bis wir herkommen … was nun der Fall ist.«

Er blickt an ihr vorbei in das Haus, wo er eine Couch, eine kleine Küchenzeile und zwei Türen entdeckt. Er weiß, dass das Haus aus drei Räumen und einem kleinen Bad bestand. Sie haben es hier am Strand so einrichten lassen, dass man die Toilette und die Dusche auch hier nutzen kann, es müsste noch funktionieren. Als er seinen Blick wieder auf die Frau richtet, blickt er direkt in ihre dunklen Augen. Einen Moment wirkt es so, als suche sie nach den richtigen Worten oder muss sich bemühen, nichts Falsches zu sagen.

Der Vater hinter ihr, der die ganze Zeit weiter an den Netzen gearbeitet hat, lässt diese in die Eimer zurückgleiten. »Wir dachten, wir hätten noch ein paar Wochen Zeit. Die Männer vom Bau haben uns gesagt, es dauert, bis alles fertiggestellt ist.« Der Mann hat bereits graue Haare und seine Haut ist sehr dunkel gebräunt, man sieht ihm an, dass er jahrelang aufs Meer zum Fischen gefahren ist. Seine Augen werden von viele kleinen Falten umspielt.

»Ja, das ist auch so, doch wir beziehen die Häuser schon. Ab heute leben wir hier und die Geschäfte beginnen. Unsere Waren werden ab nächste Woche geliefert und ja ...« Er wendet sich wieder zu der Frau. Sie ist sehr hübsch, das ist ihm schon beim ersten Blick aufgefallen. Ihre dunklen Augen strahlen in ihrem Gesicht. Sie ist auch braun, hat aber eher einen goldbraunen Ton. Sie trägt einen langen schwarzen Rock, der ihr bis unter die Knie geht und ein weißes einfaches Top, ihre langen dunklen Haare fallen in großen Wellen bis tief in ihren Rücken und sie hat ein hübsches Gesicht. Doch sie sieht ihn an, als würde sie ihm am liebsten den Hals umdrehen.

»Als wir damals dieses Stück Land aus Zufall beim Fischen entdeckt haben, stand es leer. Es gab nichts und niemanden, wir haben das zwei Monate beobachtet und dann haben wir erst dieses Haus bezogen, weil es praktisch ist. Wir haben das Meer vor der Nase, wir haben die Felder, die wir bepflanzen, und wir verkaufen alles zweimal die Woche auf dem Markt, vom Rest leben wir. Wir wussten nicht, dass das hier jemandem gehört ... also natürlich,

dass es jemandem gehört hat, aber … nicht, dass ihr zurückkommt.«

Thiago will den beiden nichts Böses, doch sie werden auf Dauer
nicht hierbleiben können. »Von welchen Feldern sprichst du?« Die
Frau deutet nach oben, nicht unweit von ihrem Haus ist eine der
vielen Treppen zum Meer gebaut worden und Thiago deutet ihr zu
zeigen, wovon sie spricht.

Er folgt ihr, der alte Mann nickt ihm zu. Sein Blick fällt noch einmal auf das alte Schifferboot. Die beiden haben nicht viel und er
weiß selbst, wie viel einem das hier bedeuten kann. Genauso haben
sie ihre Kindheit an diesem Ort verbracht. Er möchte niemanden
vertreiben, doch er kann auch keine Fremden auf ihrem Gebiet
dulden.

Als er hinter der Frau die Treppen hochgeht, zeichnet sich in
ihrem Rock ihr Po ab und Thiago wendet den Blick weg, bis sie
nebeneinander auf den Abhang zu dem hinteren Teil des Gebietes
gehen. Es ist so weit hinten, dass es noch nicht bebaut ist, ein Fuß-
ball- und ein Basketballfeld sind für den Bereich geplant, doch
gerade sieht er auf einen bepflanzten Boden und er muss automatisch lächeln. Genauso sah es damals bei ihnen aus, ihre Mutter hat
jeden Meter Erde genutzt.

»Was baust du hier alles an?« Sie geht auf die Felder, noch immer
ist sie barfuß. Sie ist sehr schlank und zart, Thiago erkennt eine
zarte goldene Fußkette um ihren Knöchel mit einem kleinen
Kreuzanhänger. »Mais, Bohnen, Kartoffeln, Tomaten, Gurken,
Salat, Zucchini, Auberginen, Melonen. Die Oliven, Zitronenbäu-
me, Orangenbäume und Weinstöcke waren schon da, sie waren
ziemlich ausgetrocknet, doch sie haben es überstanden und mit
einiger Pflege habe ich sie wieder hinbekommen. Dort drüben gibt
es Hühner und Eier.«

Die Frau ist immer noch wütend, auch wenn sie sich sichtlich
zusammenzunehmen versucht. Er sieht sich beeindruckt um. All
das scheint wirklich gut zu funktionieren, überall erkennt Thiago

Früchte und Gemüse. Die Felder liegen am Nachmittag nicht in der prallen Sonne, dafür aber am Morgen. Die Bäume zwischen den Feldern spenden zusätzlich Schatten. Er sieht zu einem abgetrennten Bereich, wo mehrere Hühner fröhlich auf dem Rasen herumlaufen und sogar einen kleinen Verschlag haben, das hatten sie früher nicht.

Thiago seufzt leise auf und die Frau wendet sich zu ihm um. »Ich weiß, wer ihr seid. Und ich weiß, was für eine Macht ihr habt. Die Bauarbeiter haben uns gesagt, dass wir verschwinden sollen, doch wir haben hier alles reingesteckt, was wir haben und wir lassen uns das nicht einfach wegnehmen. Wir haben nicht damit gerechnet, dass ihr wiederkommt, sonst hätten wir all das gar nicht erst begonnen.« Thiago blickt der Frau noch einmal in die Augen. »Ich weiß, ich kann auch verstehen, dass all das euch viel bedeutet. So sah meine Kindheit aus. Meine Brüder und ich sind hier aufgewachsen in eurer Hütte, dann haben wir Honduras verlassen und ich bin zurückgekommen, als all das schon in der Hand der Familia war. Du hast sicher gehört, was passiert ist und nun bin ich erneut zurückgekehrt, um das Land wieder in unsere Hand zu nehmen und aufzubauen, was zerstört wurde. Das wird kein Ort werden, wo ihr leben möchtet, es wird hier sehr unruhig werden. Gibt es nichts, wohin ihr ausweichen könnt?«

Thiago bemerkt neben dem Hühnerstall einen alten, rostigen roten Transporter mit offener Ladefläche. »Doch, als wir gehört haben, dass ihr zurückkommt, habe ich mich umgehört. Wir haben es geschafft, etwas Geld zu sparen. Es steht ein Gemüseladen frei. Wir haben den schon gemietet, doch es dauert noch, bis wir dort hineinkönnen. Wir werden dann den Fisch und das Gemüse im Laden verkaufen, auch dahinter gibt es Felder, doch natürlich müssen wir die dann erstmal bepflanzen und wir dachten, wir haben noch etwas Zeit. Mein Vater sagt aber auch, dass es hier die besten Fische gibt, weil hier das Meer noch am wildesten ist.« Thiago sieht zu den Feldern. Er ist erleichtert, dass es zumindest eine Alternative für die beiden gibt.

»Momentan wird hier eh noch gebaut und es gehen Leute ein und aus. Solange bis alles fertig ist und der Laden frei ist, könnt ihr hierbleiben und die Felder nutzen und wenn ihr dort lebt, könnt ihr auch weiter das Gemüse hier pflanzen und benutzen, bis ihr das hinter eurem Laden machen könnt. Vielleicht kann man eine Regelung finden, dass dein Vater hier noch hin und wieder fischen kann, doch das hier wird … Ich will euch nicht sofort hier rausschmeißen, doch auf Dauer wird es nicht gehen.«

Das erste Mal seit er sie getroffen hat, setzt sich so etwas wie Erleichterung in das Gesicht der jungen Frau. »Das wäre gut … wenn wir das so machen könnten. Der Bauleiter hat uns gesagt, dass für die Stelle hier schon etwas geplant ist. Ich meine, die letzten Wochen habe ich kaum zusehen können, wie all das Land hier so zugebaut wird.« Thiago hört Autos hupen, offenbar sind Leute gekommen. »Ja, hier ist vieles geplant, aber das kann warten. Wir haben einiges vor. Ich denke allerdings, wenn meine Mutter sehen würde, dass ich das hier abreißen lasse, würde sie mir den Hals umdrehen.« Er blickt einen Moment zum Himmel. Er kann sich noch daran erinnern, wie seine Mutter damals auf den Feldern stand und ihnen Tomaten zugeworfen hat. Nun steht die junge Frau dort, wieso sollte er ihr und ihrem Vater das Leben so schwer machen? Sie haben es sicherlich auch so nicht leicht.

Als er noch einmal zu der Frau blickt, sieht er, wie sie ihn betrachtet und schnell den Blick abwendet und eine Orange vom Baum zieht, an dem sie gerade stand. »Dann hoffen wir mal, dass das, was ihr euch vorgenommen habt, auch klappt, wenn nicht … bleiben wir einfach hier.« Thiago muss lachen, er versteht, dass sie dieses Land liebt und nimmt ihr ihre Worte nicht übel. Sie kommt zu ihm und reicht ihm die Orange.

»Ich habe bisher alles erreicht, was ich mir vorgenommen habe, aber fürs Erste könnt ihr so weitermachen wie bis jetzt. Ihr müsst aber damit rechnen, dass es voller und lauter wird.« Sie gehen zusammen zurück zu den Steintreppen, aber bevor sie zurück auf den Strand geht, wendet sie sich noch einmal zu ihm um. »Ich sage es meinem Vater, das wird ihn beruhigen. Er hat deswegen oft nicht schlafen können. Er wollte euch anbieten, euch als Zahlung, dass wir erst einmal hierbleiben können, die Hälfte des Fischfanges zu geben.«

Thiago blickt hinab zu dem alten Fischerboot. »Nein, das wird nicht nötig sein. Das ist viel zu viel. Wir würden uns darüber freuen, hin und wieder frischen Fisch zu bekommen und auch über etwas Obst und Gemüse von unserem Land, doch den Rest könnt ihr weiter verkaufen.«

Sie mag ihn nicht. Das sieht Thiago sofort, doch nun nickt sie. Mit dem Deal kann sie offenbar leben. »Abgemacht, das sage ich ihm.« Sie will schon die Steintreppen hinab. »Wie war dein Name noch einmal?«

Ihr Blick wird wieder härter. »Alma Perez.« Er nickt. »Thiago.« Nun hebt sie die Augenbrauen. »Thiago Fuego?« Er nickt und sie wendet sich nun komplett ab. »Dann willlkommen zu Hause, Thiago Fuego.«

Thiago muss leise lachen, normalerweise ist er eine andere Reaktion von Frauen gewöhnt, wenn sie erfahren, wer er ist, doch er ist froh, dass er den beiden zumindest ein wenig entgegenkommen konnte. Er hätte ein schlechtes Gewissen gehabt, sie sofort hier rausschmeißen zu müssen.

Statt zu seinem Haus geht Thiago bei Loris, Esau, Dallas, Malik und Elam vorbei, sieht sich die Häuser an und dann gehen sie in das Gemeinschaftshaus, wo sie auf die anderen Männer treffen. Auch die Wachen von vorne kommen zu ihnen und sie ziehen sich in den Besprechungsraum zurück.

Thiago begrüßt alle und stellt jeden vor. Er macht klar, worauf er Wert legt und was alle die nächsten Tage erwarten wird, die anderen sind noch zurückhaltend, bis auf die Männer, die ihn von früher kennen. Sie alle sind müde von den vielen Eindrücken des Tages, deswegen lässt es Thiago für den ersten Tag bei einer kurzen Begrüßung, dann gehen sie gemeinsam in den Garten, wo Dallas dafür gesorgt hat, dass neben leckerem Essen, kalten Getränken, gutem Zeug zum Rauchen und lauter Musik auch einige hübsche Frauen sich im Pool und auf der Tanzfläche herumtreiben.

Malik ist schnell im Pool und auch Esau sieht er sehr schnell nicht mehr. Thiago zieht sich mit den Männern von früher zurück und sie lachen viel bei dem Kartenspiel, bis sich eine hübsche Blondine auf seinen Schoß setzt.

In der ersten Zeit, nachdem Rosa getötet wurde, konnte er nicht einmal mehr andere Frauen ansehen. Es hat lange gedauert, bis er sich von Malik und Dallas in Clubs hat mitnehmen lassen, wenn Dallas sie besucht hat und irgendwann hat er gemerkt, dass es ihm guttut, sich auch auf diese Weise abzureagieren. Trotz allem hat es nichts mit dem gemeinsam, was er mit Rosa hatte und er weiß, dass es so auch nie wieder sein wird.

Alle genießen den Abend und als die hübsche Blondine sich auf seinem Schoß zur Musik reibt und er spürt, dass er bereit ist, die Nacht ausklingen zu lassen, steht er auf, legt den Arm um sie und nimmt sich noch einen Zug von Loris' Zigarette. »Dann bis morgen, feiert nicht zulange. Ich garantiere euch, dass euch morgen das Lachen vergehen wird.« Alle lachen auf und verabschieden ihn, bis auf Esau und Dallas, die die Trainingspläne kennen.

Statt allerdings in sein neues Haus zu gehen, bringt er die Blondine in den ersten Stock in eines der Gästezimmer. Sobald die Tür hinter ihnen zufällt, wendet sich die Blondine zu ihm und ihre Hände legen sich auf seine Brust. »Überall im Land redet man davon, dass der gefürchtete Fuego zurück ist. Du weißt, dass die Menschen damals immer vor dir gezittert haben und nicht vor Raphael. Sie freuen sich, dass du zurück bist und Honduras wieder zur alten Stärke verhelfen wirst.«

Ihre Lippen fahren seinen Hals entlang und sie streift ihm sein Shirt ab. »Ein starker Mann braucht eine starke Frau an seiner Seite.« Sie zeichnet mit ihrer Zunge eine Linie bis zu seinem Hosenbund. Thiagos Atem geht schneller, doch er kann sich ein leises Auflachen nicht verkneifen. Statt ihr zu antworten, öffnet er seine Hose und sie seufzt entzückt auf, bevor sie ihn umschließt und er seinen Augen schließt.

Es ist schon wieder viel zu lange her, er hatte zu viel zu tun. »Oh Papi, du schmeckst so gut.« Thiago krallt sich in ihren Haaren fest, bevor er sie hochzieht, ihr Kleid von ihrem Körper zieht und ihre festen Brüste umfasst. Als sie ihn küssen will, weicht er dem aus und widmet sich ihren Brüsten, was sie laut aufseufzen lasst, sie ist bereit, als er weitergeht, spürt er das sofort.

Statt zum Bett stützt sie ihre Hände auf der Kommode ab, als Thiago sie umwendet. Als er sie vereint, stöhnen sie beide laut auf und er greift in ihre Haare. Sie stöhnt laut auf. »Du bist genau wie man sagt: hart und wild.« Thiago gibt ihr, was er braucht und was sie will. Als sie sich danach ins Bad zurückzieht, bevor sie die zweite Runde einläuten möchte, wie sie es versprochen hat, zieht er sich auf die Terrasse zurück und sieht auf das wilde Meer hinaus.

Er weiß, dass Honduras über ihn spricht, über die Rückkehr von Fuego, doch er weiß nicht, ob sie wirklich ahnen, was er hier erbauen möchte und dass er sich von nichts und niemandem abhalten lassen wird.

Er sieht zum Ende des Strandes, wo er zwei Lichter erkennt, die sicherlich die Laternen auf der Terrasse des Hauses seiner Kindheit sind und muss lächeln.

Er ist zurück, doch zwischen dem kleinen Jungen, der hier durch den Sand getobt ist und dem Mann, der jetzt hier steht, liegen Welten voller Schmerzen, Trauer, Erfahrungen und Kämpfe, auch wenn er noch dieses wilde Schlagen seines Herzens beim Anblick des Meeres spürt, er genau weiß, dass er nie wieder mit denselben Augen auf all das blicken kann.

Trotzdem schließt er die Augen und atmet diese vertraute Luft tief in seine Lungen. Er ist zu Hause.

Kapitel 5

»Bist du eingeschlafen?« Alma hebt ihren Blick von dem neuen Roman, den sie heute begonnen hat und blickt in Alegras neugierige Augen, während sie das dicke Buch hochhält. »Ich lese.« Alegra lacht und nimmt sich eine Birne von ihrem Stand. »Deine Augen sprechen aber eine andere Sprache. Hattest du eine kurze Nacht?«

Das hatte sie wirklich. Gestern ist das eingetreten, worauf sie die ganze Zeit gewartet haben und doch gehofft hatten, es würde nicht passieren. »Rate, wer gestern vor unserem Haus stand und erklärt hat, dass wir uns etwas Neues suchen müssen.« Nun wird Alegras Blick das erste Mal ernst. »Oh nein, sind sie jetzt da? Die Leute reden schon darüber, doch ich dachte, das sind nur ein paar, die das Grundstück absichern.« Alma steht müde auf und streckt sich. »Rate mal, wer plötzlich vor mir stand? Fuego höchstpersönlich.«

Alegra verschluckt sich fast an ihrer Birne. »Im Ernst? Wow, ich habe so viel von ihm gehört, die Leute sprechen seit Wochen, seitdem klar ist, dass die Familia zurückkehrt, von nichts anderem mehr. Wie ist er? Wieso verpasse ich das Spannendste immer?«

Automatisch erscheinen kalte dunkle Augen vor Alma. Sie musste zweimal hinsehen, als dieser zugegebenermaßen sehr hübsche Mann plötzlich vor ihr stand mit diesen dunklen Augen und den schwarzen Haaren. Doch sobald er angefangen hat zu sprechen, hat sie all das ignoriert und wurde wütend. Es ist ihr egal, wer er ist, er nimmt ihnen das, was ihr so viel bedeutet. »Er ist ein hübscher Mann, dem man seine Macht ansieht und der uns alles nimmt, was wir haben.«

Ihre Freundin legt den Kopf schief. »Aber der Laden ist doch auch toll und du weißt, dass dein Vater diesen schon länger im Auge hat und er hat ja recht, ihr könnt nicht dauerhaft am Strand leben. Hast du noch einmal mit dem Vermieter von dem Gemüse-laden gesprochen, wie lange ihr noch warten müsst?«

Eine Kundin kommt und füllt sich ihre Tüte mit Orangen. Heute Morgen war es wie immer voll, gerade ist eine ruhigere Phase, bevor es kurz vor Schluss noch einmal voller wird. So ist es immer. »Ich werde nachher gleich vorbeifahren, Thiago hat gesagt, dass wir nicht sofort gehen müssen und auch die Felder weiter nutzen können, bis wir hinter dem neuen Haus anbauen können, trotz-dem werde ich sehen, wie weit es ist. Davor komme ich aber bei euch vorbei, ich habe zwei Körbe voll für die Kinder. Heute Morgen sind zehn halbnackte Männer vor unserem Haus ins Wasser gesprungen.«

Alegras Handy klingelt, was bedeutet, sie muss los. Ihre Freun-din hebt noch einmal die Augenbrauen. »Oh, da ist es ja kein Wun-der, dass du nicht schlafen kannst bei so viel guten Aussichten. Es wird Zeit, dass ich mal wieder zu Besuch komme und offenbar scheint ja der gefährliche Fuego gar nicht so gefährlich zu sein.«

Sie wendet sich zum Gehen, sieht Alma aber weiter grinsend in die Augen. »Oh doch, das ist er, glaub mir, ich habe ihm in die Augen gesehen.« Alegra hebt den Finger. »Ja, aber als ich nach ihm gefragt habe, war das Erste, was du gesagt hast, dass er hübsch ist, mir fällt so etwas sofort auf.« Alegra lacht und Alma spürt, wie sich ihre Wangen rot färben.

46

Kapitel 6

»Es tut unheimlich gut hier zu sein und all das wieder so lebendig zu sehen.«

Thiago legt den Arm um Jemina und sie kuschelt ihren Kopf an seine Schulter. »Ich habe schon gemerkt, dass du dich wieder wie zu Hause fühlst, gestern warst du gar nicht mehr wachzubekommen.« Jemina lacht auf und streicht über ihren großen Bauch. Sie ist im achten Monat schwanger und strahlt mit der Sonne um die Wette. Er ist dankbar, Jemina wieder so glücklich zu sehen.

»Ich habe das Essen hier so vermisst, ich war so voll, dass ich wirklich hart kämpfen musste, um Dallas im Kartenspiel zu schlagen.« Jemina ist gestern angekommen. Sie sind seit drei Tagen zurück in Honduras und natürlich hat ihre Hermanita nicht lange auf sich warten lassen und ist gestern aus Puerto Rico angereist. Diego ist weitergeflogen, er hatte einen wichtigen Termin und kommt sie aber gleich abholen.

Thiago war zweimal bei ihnen in Puerto Rico in den letzten Monaten. Einmal, nachdem er beschlossen hat, mit seiner Familia nach Honduras zurückzukehren. Damals hat er einige Tage als Gast bei Jemina und Diego verbracht und war rund um die Uhr mit ihr zusammen. Ihm war ihre Meinung zu alldem sehr wichtig und er war überrascht, wie sehr sie sich darüber gefreut hat. Das Grundstück gehört im Grunde Thiago, doch er hätte sich etwas anderes besorgt, wenn Jemina es nicht gewollt hätte, dass hier wieder Leben entsteht, doch ganz im Gegenteil, sie war Feuer und Flamme und wollte am liebsten gleich mitplanen.

Auch mit Diego hat er viel gesprochen. Sie haben sich ausgetauscht und Thiago schätzt ihn mittlerweile sehr. Sie sind gute Freunde geworden und haben viel Kontakt. Es ist klar, welche Länder unter welcher Familia stehen und sie werden ihre freundschaftlichen Beziehungen zu Puerto Rico genauso weiterführen wie damals unter Raphaels Führung.

Jemina küsst seine Wange und setzt sich auf den Steg, um ihre Füße ins kalte Nass zu lassen. Abgesehen davon, dass Diego und Thiago sich wirklich gut verstehen, wissen sie beide, wie sehr Jemina nun an Thiago hängt. Es ist wichtig für sie, ihn hier zu wissen und sie haben wirklich viel Kontakt. Für Jemina sind sie nun ihre Familie.

Das zweite Mal, als er in Puerto Rico war, war es zu der Hochzeit von Diego und Jemina. Sie war sehr schön und als Überraschung hatte er Dallas, Aden und Mikael mitgebracht. Jemina hat die drei gar nicht mehr aus ihren Armen entlassen und auch gestern, als sie sich alle erneut im Gemeinschaftshaus eingefunden haben, um Jemina zu begrüßen, war es fast wie früher. Sie hatten viel Spaß und auch seine Brüder und Cousins haben Jemina sofort in ihr Herz geschlossen.

Er hat gesehen, wie sehr sie sich darüber gefreut hat, hier wieder Häuser und Leben zu sehen und von überall das gewohnte Lachen zu hören. Thiago hat es sich gut vorgestellt, wieder hier zu sein, doch die letzten Tage waren besser, als er es sich gedacht hat.

Er hatte damit gerechnet, dass es Probleme damit gibt, wie die alten Männer auf seine Brüder und Cousins reagieren und ob sie die neuen Anführer akzeptieren, doch davon ist gar nichts zu spüren. Sie alle trainieren zusammen, haben Spaß, lachen viel, und trotzdem spürt man bei allem Spaß, den sie haben, dass alle hier die Angelegenheit ernst nehmen. Gestern hatten sie die ersten Schießübungen, und er ist überrascht, wie gut sich alle machen, vor allem Loris hat ein Talent dafür, zu treffen. Da sie die letzten Monate schon mit seinen Brüdern und Cousins trainiert haben und die anderen Männer aus dem Training sind, sind alle etwa auf dem gleichen Stand. Jemina hat sich gestern den Bauch vor Lachen gehalten, als sie ihnen beim Training zugesehen hat. Es ist eine gute Stimmung, alle verstehen sich und sie alle essen mittags zusammen im Gemeinschaftshaus, Thiago kann nur hoffen, dass das so bleibt. Diese Woche ist alles noch sehr entspannt, ab nächste Woche gehen dann die Geschäfte los und sie beginnen, sich auch weitere Männer für die Familia anzusehen.

»Ich garantiere dir, dass du in wenigen Minuten im Wasser liegst.« Jemina beobachtet Elam und zwei andere Männer, wie sie versuchen, den Motor eines Schnellbootes in Gang zu bekommen. Das Wasser ist heute sehr unruhig und sie treiben immer weiter ab, während sie laut diskutierend an einer Schnur ziehen und Hebel bewegen.

Elam blickt zu ihnen. »Niemals, wir sind Profis, du ...« In dem Moment startet der Motor mit so viel Schwung, dass Elam und einer der anderen Männer ins Wasser fallen, nur der vorderste kann sich halten und versucht, das Boot unter Kontrolle zu bekommen.

Thiago und Jemina beginnen laut zu lachen. Das Boot fährt zurück und sammelt die beiden Chaoten ein, am Strand stehen einige Männer, die gerade aus den Lagern kommen, wo noch einige Regale aufgebaut werden müssen, auch sie haben es gesehen und lachen. Thiagos Blick fällt auf die Hütte, Alma hat gerade Wäsche aufgehängt und geht nun zurück in ihre Hütte, wobei sie leicht den Kopf schüttelt. Er hat sie seit ihrem Gespräch nicht mehr gesehen. Sie muss das Ganze auch gesehen haben.

»Wer ist das überhaupt?« Jemina folgt seinem Blick und Thiago sieht wieder aufs Meer. »Ihr Vater und sie sind hergezogen, als wir alle weg waren. Sie haben sich in dem Haus niedergelassen und leben vom Fischen. Oben auf dem Hang hat sie viel Gemüse angebaut, einige Bäume mit Orangen und einiges mehr. Sie haben nicht damit gerechnet, dass wir zurückkommen. Ich habe ihnen gesagt, dass sie erst einmal hierbleiben können, solange auch die Bauarbeiten noch anhalten, wird es hier eh unruhig sein, danach geht das aber nicht mehr. Sie haben auch schon etwas Neues gefunden.« Thiago winkelt seine Beine an, er wird sie nicht ins Wasser lassen.

Jemina lächelt und atmet tief aus. »Man kann es hier einfach nur lieben. Ich bin sehr dankbar, dass du jetzt hier bist, dir ist aber schon klar, dass mein Sohn und ich dir jetzt regelmäßig auf die Nerven gehen werden?« Thiago sieht Jemina in ihre schönen grünen Augen. »Ich bestehe darauf. Auch wenn du jetzt in Puerto Rico lebst, wird hier immer dein Zuhause sein und auch, wenn dein Name nun Da Silva ist, wird diese Familie auch immer deine sein.« Sie bricht den Augenkontakt nicht ab. »Das ist etwas, worüber ich noch mit dir sprechen wollte. Du weißt, wie sehr ich dich und die Männer liebe und dass ihr meine Familie seid. Diego vertraut dir und er hält sehr viel von dir.«

Thiago hat es noch nie gemocht, gelobt zu werden und sieht einen Moment zum Meer, doch Jemina legt ihre Hand auf seine. »Das meine ich ernst. Alle wussten, dass du die Familia größtenteils geführt hast. Mein Vater hat immer gesagt, fragt Fuego, sagt das Fuego, du warst sein wichtigster Mann und ich weiß, dass er jetzt im Himmel sehr stolz auf dich ist. Diego lässt zur Zeit niemanden an mich heran. Er ist wie ein kleiner wilder Stier, der mich und sein Baby keine Sekunde aus den Augen lässt. Als ich ihm gesagt habe, dass ich nach Hause will und etwas hierbleiben möchte, hat er keine Sekunde gezögert und sogar einen Termin wahrgenommen und mich bei dir gelassen. Das bedeutet viel, glaub mir, vor allem zur Zeit. Er vertraut dir und ich vertraue dir.«

Sobald sie von Diego spricht, leuchten Jeminas Augen. Thiago weiß, wie sehr sie ihren Mann liebt, schon immer geliebt hat. Sie streicht über ihren runden Bauch. »Ich weiß, dass wenn ich dich brauche, du immer da sein wirst, dass du bis zur letzten Sekunde für das kämpfst, was du liebst und dass du ein sehr mächtiger aber auch sehr gerechter Mann bist.«

Sie nickt in Richtung des Hauses.

»Diego und ich haben einiges geplant und wir möchten, dass du neben Dario der Patenonkel unseres Sohnes wirst. Es würde mir die Welt bedeuten.« Das überrascht Thiago nun wirklich. »Ich?

Wow, ich … bist du dir sicher? Ich habe erst ein paar Mal ein Baby gehalten und ich …« Jemina lacht. »Du wirst der beste Patenonkel der Welt und mit Dario und dir an seiner Seite wird es unserem Sohn an nichts fehlen.«

Thiago beugt sich vor und küsst Jeminas Stirn, dabei legt er seine Hand auf ihren Bauch und nickt. »Wenn ihr das wirklich möchtet, ist es ist mir eine Ehre, der Patenonkel zu werden.« Jemina nickt. »Ich möchte das unbedingt. Ich hoffe, es ist in Ordnung für dich. Ich weiß, dass es schwer ist, mit diesem Verlust klarzukommen, doch wir müssen im Hier und Jetzt leben. Das habe ich gelernt und ich merke, dass es dir auch langsam besser geht.«

Thiago muss an Rosa denken, auch ihr Bauch war so riesig. »Man lernt damit zu leben, aber ich weiß, dass wir nie vergessen werden.« Sie schüttelt den Kopf. »Nein, das werden wir nicht.« Sein Handy klingelt und unterbricht sie. Es sind die Wachen. Sie haben auch jetzt schon die Männer eingeteilt, sodass, auch wenn noch Bauarbeiten hier stattfinden, das Gebiet trotzdem schon geschützt ist.

»Die Da Silvas sind da.« Thiago sagt, dass sie sie durchlassen sollen und Jemina ist schon dabei aufzustehen. Er hilft ihr. »Diego, er ist spät dran und wir müssen los, unser Flug geht zurück. Heute Abend gibt es eine wichtige Besprechung … du weißt schon, Familiakram.« Sie gehen langsam zurück zu seinem Haus. Vom Meer gibt es auf dem Abhang zu jedem Haus einen Eingang. »Als ich aus Honduras weg bin, wollte ich alldem nur den Rücken zukehren, doch ich habe dieses Leben sehr schnell viel zu sehr vermisst.« Mit der hochschwangeren Jemina brauchen sie ein wenig länger. Als sie ankommen, stehen Nicky und Diego schon auf seiner Terrasse und sehen ihnen entgegen. »Das verstehe ich, ich vermisse das Leben hier auch sehr, auch wenn das Leben in Puerto Rico ebenfalls schön ist.« Sie strahlt ihren Mann an.

Thiago hat gestern schon mit beiden gesprochen, auch jetzt begrüßt er sie und Diego begrüßt gleichzeitig liebevoll seine Frau.

So hart die Da Silvas auch sind, bei den Frauen, die sie lieben, zeigen sie ihre andere Seite, das hat Thiago jetzt schon einige Male beobachtet.

»Du strahlst ja richtig.« Jemina lächelt zufrieden. .»Es tut gut, zu Hause zu sein. Ich hole noch schnell meine Tasche und dann können wir los.« Sie geht ins Haus zurück und sie folgen ihr. Nicky sieht sich beeindruckt um. »Ihr seid schon richtig gut aufgestellt. Ich dachte, hier wäre alles noch eine Baustelle.«

Thiago reicht ihnen eine kalte Dose Limonade und sie gehen zusammen vor sein Haus. Er deutet zu den Straßen, wo die Bagger noch am Arbeiten sind. »Es ist aber noch viel zu tun. Eine komplett neue Familia aufzustellen ist nicht so leicht, wie man am Anfang denkt. Ich bin froh, dass ich noch die Kontakte und meine vertrauten Männer um mich herum habe.« Diego nickt. »Und es gibt viel zu tun. Wir haben in Peru auch einen Anführer einer Familia in Chile getroffen. Sie wollten Waren von uns. Dort gibt es zu viele Probleme und Nachfragen, es ist schwer, die richtigen Ansprechpartner zu finden und neben all den Ländern und dem amerikanischen Markt, den wir immer mehr übernehmen, werden wir uns nicht darum kümmern können. Ich habe ihm deine Nummer gegeben. Ich weiß, dass Chile bisher bei keinem von uns auf der Liste stand, aber vielleicht ist es etwas für euch.« Chile, damit hat Thiago nicht gerechnet.

»Chile … das werden wir uns mal ansehen. Ich habe eh nie verstanden, wieso dort keiner etwas zu sagen hat.« Nicky hebt seine Arme und knackt seine Knochen, er sieht etwas verschlafen aus. »Das ist da unten wie ... ein wilder Ameisenhaufen. Es ist sicherlich etwas dort zu verdienen, doch da erst einmal den Überblick zu gewinnen, kostet Zeit und Nerven und die hat keiner ...« Thiago lacht leise auf und deutet zu Elam und Esau, die gerade auf sie zukommen. »Mein Bruder liebt so etwas und er ist sehr vorsichtig, er wird das sicher gerne unter die Lupe nehmen. Er findet alles

heraus, ihm entgeht nichts und ich kenne auch noch einen Großhändler von damals: Martinez. Ich werde mich umhören«

Die beiden kommen zu ihnen und er stellt alle vor. Elam und
Esau wollten gerade zu ihm.

»Die Wachen haben gerade angerufen. Ein Mann wird hergebracht und du wirst nicht glauben, wer das ist und was er will.«
Esau grinst frech, während Elam wie immer besorgt die Straße
hinabsieht, wo tatsächlich zwei ihrer Wachen mit einem Mann in
der Mitte zu ihnen kommen.

In dem Moment kommt Jemina aus dem Haus und Thiago stellt
sich automatisch so, dass sie hinter seinem Rücken bleibt, ihr
Mann macht genau dieselbe Bewegung und alle sehen zu dem
Mann, der ihnen entgegenblickt. Er trägt eine Armeehose und ein
weißes Shirt.

»Er wollte mit dir sprechen.« Die Wachen scheinen nicht allzu
begeistert zu sein, Thiago sieht dem Mann in die Augen. »Fuego,
ich habe schon viel von dir gehört. Ich bin Saul Rodriguez und stehe der freien Armee bei. Wir haben uns vor einigen Monaten vom
Präsidenten losgesagt und agieren zur Zeit alleine. Nun haben wir
gehört, dass ihr zurück seid und möchten uns der Familia zur Verfügung stellen.«

Thiago kann nicht verbergen, dass er überrascht ist. »Die Armee
hat dem Präsidenten den Rücken gekehrt?« Der Mann sieht ihm
genau in die Augen. Die meisten Männer, die er trifft, sind erst
immer vorsichtig, doch er scheint das ernst zu meinen und sieht
ihn mit festem Blick an.

»Nicht alle, die meisten sind weiter bei ihm geblieben. Doch
sechs von uns haben die Armee verlassen. Wir sind nicht eingetreten, um die Schmutzarbeit des Präsidenten zu machen und dafür
zu sorgen, dass er sich bereichert, während die Menschen Honduras immer ärmer werden. Früher hat sich der Präsident sehr
zurückgehalten wegen der Familia, jetzt macht er, was er will.
Nachdem er einem ganzen Landstrich den Boden weggenommen

hat, um dort in Zukunft einen Vergnügungspark zu bauen und alle Bauern, denen er den Grund und Boden genommen hat, sich beschwert haben, ins Gefängnis hat stecken lassen, haben wir aufgehört. Nun leben wir im Wald, es steht die Todesstrafe darauf, die Armee zu verlassen, doch wir machen lieber das, als unserem Land so in den Rücken zu fallen.«

Jemina seufzt leise auf. Als Raphael hier die Familia geführt hat, hat er den Präsidenten oft in die Schranken weisen müssen, jetzt ist er weg und der Präsident hat das offenbar gut genutzt.

»Um den Präsidenten werde ich mich eh noch kümmern, es wundert mich, dass er noch nicht hier war. Wie viele Männer seid ihr?« Der Mann wendet nicht einmal seinen Blick ab. »Sechs, wir waren eine Spezialeinheit, wir sind bestens ausgebildet und haben unser Training auch so fortgesetzt.«

Das war Thiago schon immer unheimlich an Soldaten, dieses mechanische. »Okay, wir haben Trainingseinheiten, wo wir uns neue Männer ansehen. Ihr könnt ab morgen daran teilnehmen. Hol deine Männer. Esau bringt euch zu einem Haus in der nächsten Stadt, wo ihr solange unterkommt, bis wir entschieden haben, ob und wen wir aufnehmen und vertrauen. Neben dem, was ihr können sollt, ist das das Wichtigste: Unser Vertrauen zu gewinnen.« Der Mann nickt und will sich schon abwenden, doch Thiago zieht noch einmal die Augenbrauen zusammen. »Und Saul, ich komm heute Abend noch einmal zu dir. Ich möchte genaue Informationen darüber, was der Präsident so alles getrieben hat seitdem wir weg waren und dann werde ich ihm einen Besuch abstatten.«

Der Mann nickt, Esau hebt die Augenbrauen, als Saul sich offenbar gerade noch verkneifen kann zu salutieren und führt ihn zusammen mit den Wachen weg. Diego und Nicky sehen dem Mann auch hinterher. »Nicht schlecht, die sind sicher gut ausgebildet.« Thiago ist sich noch nicht sicher und sieht dem Mann auch hinterher. »Wie gesagt, eine Familia aufzubauen ist nicht so einfach.«

Diegos Handy klingelt und er deutet Nicky, dass sie losmüssen, bevor er Thiago noch einmal in die Augen blickt. »Denkt gut darüber nach, was ihr mit dem Präsidenten macht, wir halten nicht viel von Präsidenten und das hat sich als gut herausgestellt und denkt an Chile.« Thiago nickt und sie verabschieden sich.

Er nimmt Jemina noch einmal in die Arme, die ihn besorgt mustert. »Du weißt, dass Papa dem Präsidenten nie getraut hat, passt gut auf euch alle auf.«

Thiago küsst ihre Stirn und streicht über ihren Bauch. »Und du auf meinen Patensohn.« Diego lacht auf und sieht seine Frau vorwurfsvoll an. »Wir wollten ihn zusammen fragen.« Jemina lacht .»Ich war so aufgeregt.« Sie umarmt Elam und Diego lacht. Thiago verabschiedet sich und sieht dem Auto noch nach, während die drei ihr Gelände wieder verlassen, bevor er sich an Elam wendet.

»Trommle heute Abend die Männer zusammen.«

Sie hatten ein paar Tage Ruhe, doch er spürt, dass nun die Ruhe vor dem Sturm vorbei ist.

Kapitel 7

»Er sieht so gut aus. Ich meine, du musst blind sein, um das nicht zu sehen. Diese dunklen Augen, die verwuschelten Haare, ich liebe sein Lächeln und die Art, wie ernst er herumläuft und alle unter seinem Blick zusammenzucken.«

Thiago bewegt sich leise, als er in sein Haus zurückkehrt und hört, dass die zwei Haushaltshilfen, die im oberen Stock aufräumen, über ihn reden.

»Ich habe gehört, er hat seine Frau und sein Kind verloren, er wirkt unberechenbar und kalt, ja, er sieht sehr gut aus, doch mir macht er zu viel Angst.« Thiago muss grinsen, bisher hat er nicht viel auf die Haushaltshilfen geachtet, einige sind noch von früher und haben wieder hier angefangen.

»Er ist doch immer sehr höflich und das, was dir Angst macht, ist die Macht, die er ausstrahlt. Er ist unglaublich ...« Um das zu beenden, lässt Thiago seine Tür etwas lauter als sonst ins Schloss fallen und sofort verstummen die Stimmen von oben. Er geht in die Küche, er muss sich noch umziehen, gleich beginnt die nächste Trainingseinheit. Die am Morgen hat er wegen Jemina ausfallen lassen. Auf dem Herd steht ein Topf mit Reis und Hühnchen. Am liebsten würde er gleich essen, doch das Training geht vor.

Auf den Treppen kommt ihm eine ältere Frau entgegen und sieht schnell weg. »Es ist alles sauber, guten Appetit, Señor.« Sie sieht ihn nicht einmal richtig an. Das wird diejenige sein, die Angst vor ihm hat. »Dankeschön.« Er geht nach oben und direkt in sein Arbeitszimmer. Während er sich an seinen Schreibtisch setzt, holt er die Unterlagen zu dem Präsidenten heraus. Schon in Guatemala haben sie angefangen, sich Akten anzulegen. Schriftlich und digital, darauf hat Loris bestanden, falls sie gehackt werden oder sonst etwas passiert.

Thiago blättert die Akte durch und sieht nach, ob sie etwas zu der Armee gesammelt haben, doch da ist nichts.

»Oh, Entschuldigung. Ich wollte hier noch die Glasflächen reinigen.«

Die zweite Haushaltshilfe steht in der Tür mit einem Tuch und einem Putzmittel. Sie blickt ihm direkt in die Augen. Sie ist auch etwas älter, doch jünger als die anderen Haushaltshilfen, die hier arbeiten. Sie wird sicherlich erst Mitte dreißig sein, doch immerhin knapp zehn Jahre älter als Thiago und sie sieht gut aus. Sie trägt das knielange Kleid der Haushaltshilfen und hat ihre hellbraunen Haare zu einem Dutt gebunden. Sie ist geschminkt und sieht ihn interessiert an. Thiago deutet ihr einzutreten.

»Kein Problem, mich stört das nicht.«

Er wendet sich wieder der Akte zu, doch sie haben keine Informationen zu der Armee gesammelt. Thiago hatte eh vor, sich etwas wegen dem Präsidenten einfallen zu lassen, doch er hat nicht an die Armee gedacht. Er sieht noch in zwei anderen Akten nach und behält nebenbei im Blick, wie die Frau die Fenster entlang wischt, einen Spiegel, das Board, was hier angebracht wurde und dann zu seinem Schreibtisch kommt.

Er spürt wieder diesen Hunger in sich aufkommen.

Das war lange Zeit nicht so, früher war er unersättlich, er hat sein Leben in der Familia genossen und konnte sich nicht beschweren. Er hat schon immer einen gewissen Reiz auf die Frauen ausgeübt und diesen genutzt. Dann kam Rosa und der Hunger ist verschwunden. Er war zufrieden und nach ihrem Tod hat er außer Schmerz und Wut kaum mehr etwas gespürt, doch jetzt, langsam, kehrt dieser Hunger zurück und er rückt ein wenig nach hinten, um die Frau an den Tisch und den Bildschirm seines Laptops abwischen zu lassen.

Er betrachtet ihren Po, der sich beim Vorbeugen genau unter ihrem Kleid abzeichnet. Als er merkt, wie lange sie über den

Bildschirm wischt, muss er grinsen. Sie streckt sich extra weit nach hinten. Einen Moment denkt er daran, einfach zuzugreifen, doch er kann sich beherrschen. Stattdessen steht er auf und berührt dabei mit seiner Mitte ihr Bein, sie wird spüren, dass ihm gefällt, was er sieht. Ohne ein Wort zu sagen, verlässt Thiago den Raum. Er geht ins Schlafzimmer und lässt die Tür offen, während er seine Jogginghose auszieht und in seinen Kleiderschrank geht, um sich eine kurze Shorts und ein Sportshirt anzuziehen.

Genau in dem Moment hört er die Frau wieder. »Ich bin fertig, Señor, kann ich noch etwas für Sie tun?« Er war schon immer ein sehr selbstbewusster Mann. Als sie jetzt in den Kleiderschrank blickt, streift er sich die Boxershorts von den Hüften und sieht ihr in die Augen.

»Ich weiß nicht, gibt es noch etwas, was du tun möchtest?« Man sollte das nicht tun, das ist auch Thiago bewusst, doch der Blick der Haushaltshilfe auf seine Mitte erregt ihn noch mehr. Sie beißt sich auf die Lippe, und als sie langsam ins Zimmer kommt und sich vor ihn hinkniet, schiebt er sein schlechtes Gewissen beiseite.

Er ist erfahren, er hatte schon einige Frauen, doch hatte er meist Frauen in seinem Alter und das erste Mal spürt er die gleiche Erfahrenheit auf der anderen Seite. Die Frau will das genauso wie er und nachdem sie ihn verwöhnt hat, hebt er sie hoch. Ihre Lippen streifen seine Brust, er greift nach einem Schubfach und zieht dort ein Kondom heraus; sobald er das übergestreift hat, hebt er sie hoch, gegen die Regale seines Kleiderschrankes und dringt in sie ein.

Thiago hat sich nicht einmal die Zeit genommen sie auszuziehen, er hat nur den Slip zur Seite geschoben, doch das stört keinen. Die Frau stöhnt laut auf und krallt sich an seinen Regalen fest. Sie beide sind so schnell und laut, dass er einen Moment denkt, ein Regal würde aus der Wand gerissen, doch es hält. Sie öffnet sich ihm immer weiter und ruft laut, dass er härter werden soll. Eine Frau, bei der er sich nicht zurückhalten muss, genau sein Geschmack, und nur wenige Minuten später beruhigt sich ihrer beider Atem wieder.

Thiago lässt die Frau herunter, die ihn glücklich anstrahlt. Sie hat rote Wangen, ihr Dutt ist aufgegangen und sie beißt sich erneut auf die Lippen, während sie einen Moment braucht, um wieder richtig stehen zu können. Ihre Hand fährt seine Brust entlang. »Ich hoffe, ich konnte Ihnen helfen, Señor, und Sie sind zufrieden.«

»Thiago, wo steckst du?« Dallas ruft von unten, seine Haustür fällt ins Schloss und Thiago muss grinsen. »Sehr zufrieden. Vielen Dank.« Sie streicht alles an sich glatt und geht schnell nach draußen. »Immer wieder gerne. Bis Freitag, Señor.«

Thiago atmet durch.

Er geht ins Bad, macht sich frisch, zieht sich die Sportklamotten an, bevor er langsam nach unten geht, wo Dallas in der Küche steht und einen Donut in der Hand hält. »Ist das dein Ernst? Die Haushälterin? So langsam erkenne ich meinen alten Fuego wieder.« Thiago muss leise lachen und nimmt Dallas den Donut weg, um selbst davon abzubeißen. »Ich musste Dampf ablassen und jetzt wird trainiert. Die neuen Männer holen uns sonst irgendwann ein.«

Dallas braucht er nichts vorzumachen, sie haben zusammen schon Geschichten erlebt, die ihnen niemals jemand glauben würde. Als sie in das Gemeinschaftshaus kommen, sind alle Männer schon da. Heute sind auch das erste Mal die Männer dabei, die Esau und Dallas in die engere Auswahl genommen haben, sonst haben sie noch immer extra außerhalb des Geländes mit Esau und Dallas oder Mikail trainiert.

Schon nach den paar Tagen hat sich klar herausgestellt, dass es Esau sehr stark liegt, die Männer zu trainieren. Auch wenn er selbst noch gar nicht in einer Familia war, macht er es besser als jeder andere. Er entwirft Pläne, überlegt sich genau die richtige Mischung aus effektiven Übungen, die sehr schnell sehr viel Erfolg bringen, aber auch sind immer wieder Spaß-Übungen dabei, die die Männer zwischen dem Schweißabwischen zum Lachen bringen.

Thiago ist sich absolut sicher, dass wenn sie auf diesem Niveau weiter trainieren, die Männer in einem Monat topfit sind. Dallas und Mikail unterstützen ihn, aber übernehmen vor allem den Umgang mit den Schusswaffen und den Messern.

Es waren um die vierzig Männer, die unbedingt in die Familia wollten und mittrainiert haben. Zehn können sich jetzt hier bei ihnen weiter beweisen. Dass sie nun auf das Gelände dürfen bedeutet, dass sie eine Etappe vorgerückt sind, doch sie haben noch einiges vor sich, bevor sie hier leben und in die Familia aufgenommen werden.

Thiago hat alle Männer schon gesehen, mittrainiert und sie beobachtet. Man merkt ihnen schnell an, dass sie wissen, dass am Ende Thiago die Entscheidung treffen wird, doch er versucht ihnen zu zeigen, dass sie sich entspannen sollen. Auch im Umgang mit ihm. Sie trainieren an den Geräten und auch er legt sich kräftig ins Zeug. Er will wieder in Topform sein, er hat einiges vor und er weiß, dass er dafür nicht nur die mentale Stärke braucht.

Als die Männer im Garten des Gemeinschaftshauses mit den Schießübungen beginnen, ruft er Loris, Elam und Mikail und geht mit ihnen in den Besprechungsraum. Dort lässt er sich auf einen der bequemen Ledersessel fallen, die um den Besprechungstisch stehen und auch die anderen setzen sich.

»Dass der Typ vom Militär aufgetaucht ist, hat mich zum Nachdenken gebracht. Ich werde nachher zu ihm gehen und mit ihm sprechen. Bis dahin möchte ich genau wissen, wie es um das Militär steht. Loris, du kannst solche Sachen am besten herausfinden.«

Loris nickt und Mikail beugt sich vor. »Solche Spezialeinheiten wenden sich selten vom Präsidenten ab. Ich werde die Männer nachher zurück in die Stadt bringen und mal einige unserer alten Kontakte besuchen und mich umhören. Die Menschen werden wissen, was sich in den letzten Monaten beim Präsidenten getan hat.«

Thiago stimmt zu und sieht den dreien in die Augen. »Was noch wichtiger ist: Was für eine Option bleibt uns, wenn wir den Präsidenten absetzen?« Loris und Elam sehen verwirrt zu ihm. »Was meinst du mit absetzen?« Mikail lacht über ihre verwunderten Gesichter und Thiago sieht seinen Bruder und Loris ernst an.

»Wir werden über Honduras herrschen und weit darüber hinaus. Das ist der Plan, deswegen sind wir hier. Der Präsident ist nur da, um nach außen das Land zu vertreten, aber wenn er uns zu sehr auf die Nerven geht, schaffen wir ihn ab; die Frage ist, was für andere Optionen man dann hat. Setzen wir einen Neuen ein? Finden wir eine andere Lösung?«

Loris hebt die Augenbrauen, doch er lehnt sich zurück. »Jedes Land hat einen Präsidenten, es gibt einige Ausnahmen wie Puerto Rico oder Mexiko, dort gibt es aber Minister, die das übernehmen.« Nun beugt sich Thiago nach vorn und verschränkt die Hände auf dem Tisch. »Und die, die sie eingesetzt haben, waren heute bei uns im Haus. Vielleicht ist diese Lösung die beste. Wir werden das noch entscheiden. Ich höre mir erst einmal an, was sich so getan hat, doch wir sollten auf alles vorbereitet sein.«

Malik kommt herein. Sein kleiner wilder Bruder hat sich schon komplett eingelebt. Er hängt ständig mit Isam herum, einem der Männer der alten Familia, der in seinem Alter ist. Sie waren gestern Nacht sogar schon feiern und er trainiert wie besessen, genau wie Thiago hat auch Malik einiges vor.

»Na los, Mikail, es geht ans Laufen und ich habe dir gesagt, dass ich dich heute fertigmache.« Sie stehen auf und Mikail lacht. »Es kommt mir vor, als würdest du von vor drei Jahren wieder vor mir stehen, wenn ich ihn so ansehe. Ich mache dich platt und du wirst nach Hause kriechen.« Somit ist ihre kleine Besprechung beendet. Thiago muss mehr Informationen bekommen.

Auch er läuft mit den Männern.

Sie laufen im normalen Tempo zweimal durch das Gebiet und auch an den Außengrenzen entlang. Die Wachen amüsieren sich über ihre Gesichter nach der zweiten Runde, doch Esau ist noch nicht fertig. Obwohl ihnen alle Knochen wehtun, scheucht er sie auf den Sandstrand und dann müssen die Männer von der einen Seite zur anderen um die Wette laufen. Es verlangt ihnen alles ab, auf Sand zu rennen ist schlimm, doch sie müssen auch viel lachen, und als Thiago fertig ist, stellt er sich zu Elam und sieht den anderen zu.

Er spürt, wie sie langsam, Schritt für Schritt zu dem werden, was ihr Ziel ist: Eine Familia, die zusammenhält und wo sich jeder auf den anderen verlassen kann. Das muss von alleine kommen, so etwas kann man nicht erarbeiten, doch so wie es gerade aussieht, sind sie auf dem besten Weg dahin. Zufrieden beobachtet er, wie die Männer zusammen schwitzen und lachen und sich genau das bildet, was er sich erhofft hat. Gestern nach dem Training sind einige sogar noch zusammen schwimmen gewesen und er ist sich sicher, dass auch heute die meisten danach ins Meer springen werden.

Als er einen Blick auf sich spürt, wendet sich Thiago zu der Steintreppe, von der die hübsche Frau kommt, die zur Zeit in ihrem alten Haus lebt. Sie hat zwei Körbe dabei und sieht etwas verwundert von ihm zu den anderen Männern. »Wer ist das?« Elam neben ihm wischt sich den Schweiß von der Stirn. »Alma, sie lebt mit ihrem Vater hier … ich hatte euch davon erzählt.«

Schon am ersten Tag ist ihm aufgefallen, wie hübsch sie ist. Heute trägt sie ein hellblaues Sommerkleid und hat sich die Haare zu einem Zopf geflochten. Sie hat ein wunderschönes Gesicht. Ihre braunen Augen stechen heraus, sie hat sehr feine Gesichtszüge.

Thiago nickt ihr zu und sie wendet den Blick wieder ab. Stimmt, sie mag ihn nicht. Er dreht sich wieder zu den Männern um, sieht aber aus den Augenwinkeln, wie sie Aden, der in der Nähe des Hauses steht, einen der Körbe gibt. Der nimmt ihn an sich und läuft dann herum und wirft jedem eine Orange zu. »Vom Grund und Boden der Fuegos, die besten Orangen der Welt.«

Thiago fängt auch eine, schält die Frucht und sieht noch einmal nach Alma, doch sie ist schon im Haus verschwunden. Thiago muss wirklich zugeben, dass die Orange sehr lecker ist, dabei bemerkt er, wie hungrig er ist, er sollte etwas essen, er hat heute noch einige Termine.

»Ich treffe später diesen Saul. Du solltest mich begleiten. Mal sehen, ob wir ihm und seinen Männern trauen können.« Sein Bruder nickt und schält sich ebenfalls eine Orange, während sie beobachten, wie Dallas sich ans Meer stellt und sich eine Orange auf den Kopf stellt.

»Und dahin wollen wir euch bringen.«

Dallas hat nun alle Aufmerksamkeit der Männer auf sich.

Er nickt zu Mikail, der sich eine der Waffen schnappt, die auf einem der Stege abgelegt wurden, sich entfernt und ohne mit der Wimper zu zucken die Orange von Dallas' Kopf schießt. Die Männer beginnen zu murmeln, allerdings nur die Neuen. Auch Elam neben ihm flucht leise auf.

Weder Mikail noch Dallas haben gezögert oder sind zusammengezuckt. Sie haben ein tiefes Grundvertrauen zueinander. Thiago verschränkt zufrieden die Arme vor der Brust, er kennt diese Spielchen nur zu gut.

Dallas tritt wieder zu ihnen und sieht die Männer der Reihe nach an.

»Das ist es, was am Ende passiert. Es ist Vertrauen, Können und die Liebe zur Familia, die uns die Macht geben wird, Honduras zu führen und die Familia Fuego zu den mächtigsten Lateinamerikas zu machen.«

Alle Männer sehen zu ihm und nicken, sind erstaunt und fasziniert, Elam schmunzelt und legt seine Hand auf Thiagos Schulter. »Komm nicht einmal auf die Idee, so einen Scheiß bei mir zu machen.«

Thiago lacht auf und sieht sich zufrieden zwischen den Männern um. Er hat ein gutes Gefühl im Bauch, sie sind auf dem richtigen Weg und er kann nur hoffen, dass er sich nicht täuscht.

Kapitel 8

Auch wenn er noch so hungrig ist, muss er nach dieser Sportein-heit erst einmal unter die Dusche gehen. Er liebt das Gefühl, wenn jeder Muskel seines Körpers gerade gefordert wurde, diese Erschöpfung, die einem aber zeigt, dass man etwas getan hat.

In seinem Kleiderschrank hängt noch nicht viel. Früher war er voll, er hatte so viele Shirts, Hosen und Schuhe, dass er das niemals alles tragen konnte, doch die letzten Wochen hatten sie anderes zu tun. Hin und wieder haben sie sich etwas gegönnt, doch ihr Geld wird erst einmal gebraucht, um alles wieder aufzu-bauen. Sie haben eine Menge Geld auf den Konten, doch all das hier kostet auch sehr viel und er weiß, dass sie sich um neues Geld kümmern müssen.

Er zieht sich eine schwarze Joggingshorts und ein weißes Shirt an, dann erst geht er endlich etwas essen. Mit gefülltem Teller setzt er sich auf seine Terrasse und es ist komplett still. Das ist wirklich selten, die Baustellen, die vielen Männer, man hört immer ein Geräusch, doch die Bauarbeiter sind für heute schon nach Hause gegangen und die Männer sind nach diesem Training alle kaputt. Thiago setzt sich an seinen Holztisch auf der Terrasse und sieht in seinen Garten. Er hört das Rauschen des Meeres und schließt die Augen, während er den Reis und das Hähnchen genießt. Solche Momente sind zu selten. Er hatte in letzter Zeit wenig entspannte Tage.

Thiago sitzt einfach nur da und genießt diese Ruhe, bis plötzlich Esaus laute Stimme von nebenan die Stille unterbricht, der laut losflucht. »Malik, das ist doch nicht dein Ernst, Mann, warte ab ...« Ein Stuhl fällt um und Thiago weiß, dass sein jüngster Bruder gera-de vor seinem Cousin flüchtet, er hört Gelächter und die Ruhe ist vorbei, wer weiß, wann er das nächste Mal solch einen Moment genießen kann.

Nach dem Essen bleibt Thiago noch etwas im Garten sitzen. Erst als Elam zu ihm kommt, setzen sie sich langsam in Bewegung. Thiago hat das Leben in der Familia immer gemocht. Dieses Zusammengehörigkeitsgefühl, dieses Vertrauen. Man war nie alleine, überall sind Menschen, die ihr Leben für dich geben würden, so wie du deines für sie. Wer das nicht selbst erlebt hat, wird es nicht verstehen, er hat das immer gemocht, doch jetzt auch noch seine Brüder und seine Cousins dabei zu haben, unterstreicht das Ganze noch einmal.

Sie nehmen Thiagos BMW. Er musste sich erst wieder daran gewöhnen, solch ein schnelles Auto zu fahren, die letzten Monate hatten sie alte Transporter, um nicht aufzufallen und weil sie das Geld für die Häuser und das Gebiet hier gebraucht haben und nichts unnötig ausgeben wollten. Er hält vor Dallas' Haus und hupt; es dauert, bis Dallas herauskommt, sich eine Zigarette anzündet und hinten einsteigt.

»Esau ist gut, ich kann mich kaum mehr bewegen, das hat noch nie jemand hinbekommen.« Sie werden morgen garantiert alle Muskelkater haben. Thiago gibt Gas und verlässt das Gebiet. »Wir müssen die neuen Männer schnell auf einen guten Stand bringen. Nächste Woche kommen die ersten Lieferungen, eine von den Da Silvas und eine aus Venezuela. In den nächsten Wochen ist die Verteilung der Waffen geplant, ich habe vier Treffen mit wichtigen Geschäftskunden und wir müssen dafür sorgen, dass alles schnell wieder läuft. Wir brauchen Männer, die wir auch alleine losschicken können.«

Elam deutet Dallas, ihm auch eine Zigarette zu geben. »Ich denke, das wird kein Problem sein, mit Esau bekommen wir sie fit, es wird die Frage sein, ob wir ihnen hundertprozentig trauen können.« Dallas stimmt zu. »Unseren Männern von früher ja, sie kann man auch alleine zu den Übergaben schicken, doch die Neuen müssen sich erst beweisen. Mit ihnen muss immer einer von uns mitgehen, das bedeutet, dass wir viel zu tun haben werden. Jetzt lasst uns erst einmal nachsehen, was mit den Männern vom Militär ist. Es wäre eine Bereicherung. Sie sind sicherlich top ausgebildet, doch ich weiß nicht, ob man ihnen trauen kann.«

Sie fahren an den Wachen vorbei, zwei der alten Männer sind dabei und zwei der neuen. Zwei steigen gleich bei ihnen ein und sie bringen sie zum ersten Wachposten, die neuen Männer werden eingesetzt, aber immer nur zusammen mit einem der alten, doch sie scheinen sich alle zu verstehen. Morgen werden sich einige Autos aussuchen gehen und Dallas wird sie begleiten.

Als sie dann komplett ihr Gebiet verlassen, kommt erst einmal nichts. Sie sehen mindestens zehn Minuten lang nur karge Landschaft, bevor sie langsam in die nächste Stadt einfahren. Früher gab es hier Felsen und Hütten von Schäfern, doch Raphael hat alles entfernen lassen, damit niemand die Möglichkeit hat, sich anzuschleichen und zu verstecken. Wer hier zu ihnen unterwegs ist, wird immer gesehen.

Thiago hatte viel bei sich auf dem Gebiet zu tun in den letzten Tagen. Er war nicht oft außerhalb des Gebietes und sieht sich in der Stadt um, er hat auch das Haus nicht gesehen, wo die Männer zur Zeit untergekommen sind, die es noch nicht in die Familia geschafft haben, die aber mit Esau trainieren. Es sind gerade einige aussortiert worden und neben den sechs Soldaten sind noch fünf andere Männer in dem kleinen Motel, was leersteht. Hier haben sie eigene Zimmer und Badezimmer und einen Sportplatz hinter dem Haus, auf dem sie trainieren.

Als sie jetzt halten, sitzen drei Männer auf Bänken vor dem Haus und sehen ihnen entgegen. Sie haben einen Grill aufgebaut und hören aus einem der Zimmer laute Musik. Es dämmert, die Luft wird kühler und sie entspannen sich, was völlig in Ordnung ist, doch als sie halten und aussteigen, stehen sie sofort auf. Thiago begrüßt sie und fragt, wo die Männer vom Militär sind. Die Männer deuten zum Sportplatz, und Dallas, Elam und er gehen langsam hinter das Haus zu dem großen Sportplatz.

Dort wird Fußball gespielt. Jeweils sechs Männer spielen gegeneinander. Statt das Spiel zu unterbrechen, setzen sie sich auf die Tribünen und sehen eine Weile zu. Es dauert, bis jemand sie bemerkt und in der Zeit erkennt Thiago sehr schnell einige Charakterzüge der Männer. Man sieht sofort, dass Saul unter seinen Männern das Sagen hat und auch, dass die anderen auf ihn hören, doch er ist sehr gemeinschaftlich. Er ist sehr fair und doch dominant, von allen zwölf Männern auf dem Platz fällt er am meisten auf.

Sie sitzen knapp fünf Minuten da, bevor einer der Männer sie bemerkt und das Spiel beendet. Sie stehen auf und gehen zu den Männern auf den Platz. Thiago hat nicht so viel Zeit wie die anderen, mit den neuen Männern zu sprechen und nutzt diese Gelegenheit. Er fragt, ob sie sich wohlfühlen und alles in Ordnung ist, wie sie das Training finden und ob sie gut klarkommen, erst dann bittet er Saul, mit ihm zu kommen.

Die anderen Männer spielen weiter, während sich Thiago, Dallas und Elam, mit Saul auf die Tribüne setzen. Sie verteilen sich so, dass sie sich alle gegenübersitzen. Elam und er auf der einen, Dallas und Saul auf der anderen Seite.

Saul wird nicht viel älter als er sein, Mitte zwanzig. Er hat ähnlich wie Elam und er eine goldbraune Haut. Dallas hat genau wie Thiago viel gesehen und erlebt. Er hat damals keine Frau oder Freundin gehabt, doch auch wenn er niemanden verloren hat, ist das an niemandem von ihnen spurlos vorbeigegangen. Man sieht ihm in den Augen an, dass er viel erlebt hat, er hat eine gewisse Kälte in seinem Blick und seine Brüder haben ihm oft genug gesagt, dass er diese auch hat, doch wenn Thiago nun von Dallas zu Saul blickt, ist das noch einmal etwas ganz anderes. Saul hat eine Kälte im Blick, die anders ist, fast als wäre er nicht menschlich, eher mechanisch und das sind Thiagos größte Bedenken, ob er überhaupt für eine Familia gemacht ist.

Saul hat kurzgeschorene braune Haare, eine Narbe zieht sich von seinem rechten Ohr bis unter das Shirt. Sie ist nicht dick, sie wird schon alt sein, doch man ahnt, dass diese Verletzung tödlich hätte enden können.

Thiago blickt Saul in die Augen. »Wir sind gekommen, um zu erfahren, wie es kommt, dass ihr jetzt hier seid und wie ihr darauf kommt, dass ihr zu unserer Familia passt, wer seid ihr?«

Saul trägt wieder eine Armeehose und dieses Mal ein schwarzes Shirt, auch seine anderen Männer tragen diese Hosen. Sie sehen aus, als wären sie hier auf einer Militärschule.

»Wir sind die Spezialeinheit AK30 der Regierung von Honduras. Wir sind speziell ausgebildet worden, seit wir vierzehn sind. Wir haben den Präsidenten bei Auslandsaufenthalten begleitet und wurden immer eingesetzt, wenn es gefährlicher wurde.« Dallas unterbricht ihn. »Also habt ihr nicht direkt zum Militär gehört?« Saul zuckt die Schultern. »Im weitesten Sinn. Wir wurden aber immer extra ausgebildet und haben auch nie viel mit den Männern des Militärs zu tun gehabt. Es ist eine Spezialeinheit.«

Elam lehnt sich zurück. »Mit vierzehn? Wie kann das sein?« Das erste Mal sieht man so etwas wie Emotion über Sauls Gesicht huschen, doch nur einen winzigen Augenblick. »Wir alle sind nach unserer Geburt in das Jungenheim Novadin gekommen. Von dort gehen die meisten zum Militär und der Präsident hat damals von den Besten zehn ausgewählt und diese extra ausbilden lassen.« Thiago hebt seine Augenbrauen, was für eine Kindheit.

»Aber wenn ihr nur ausgebildet wurdet, um dem Präsidenten zu dienen, wie kann es sein, dass ihr ihm jetzt den Rücken zugekehrt habt?« Saul blickt einen Moment zu seinen Männern. »Die ersten Jahre, als die alte Familia noch geherrscht hat, gab es einiges, was der Präsident getan hat, um Geld einzustecken und auch einiges, was wir nicht unterstützt haben, aber es hielt sich in Grenzen und es war nie zum Leid von Honduras. Wir sind ausgebildet worden, die Regierung und somit Honduras zu schützen. Erst als die Familia weg war, hat der Präsident sein wahres Gesicht gezeigt. Wir haben weggesehen, weil wir das sollten, einige Male, doch es ging immer schwerer, und als er vor unseren Augen Bauernhöfe anzünden lassen hat und uns den Auftrag gegeben hat, das gesamte Dorf zum Schweigen zu bringen, mussten wir reagieren. Er wollte einen Vergnügungspark bauen lassen und brauchte das Land. Dieses Projekt war eigentlich auf eurem Gebiet geplant, doch da kam die Tochter von Raphael zurück und der Präsident musste das Gebiet aufgeben, so hat er sich einfach ein Dorf ausgesucht, welches geräumt werde sollte. Für so etwas wurden wir nicht ausgebildet. Es ist nicht unsere Aufgabe, unschuldige Menschen zu töten, um dem Präsidenten zu mehr Geld zu verhelfen und das haben wir ihm auch gesagt. Wenn man einen Befehl verweigert oder sich von der Armee lossagt, wird man zum Tode verurteilt, das war mir in dem Moment bewusst, und ich habe auch nur für mich gesprochen, doch meine Männer sind mir ohne zu zögern gefolgt. Der Präsident wollte uns aufhalten, doch er konnte es nicht. Das Militär war nicht da, sie waren bei einem anderen Auftrag und die paar Soldaten, die noch da waren, hätten uns nicht aufhalten können. Wir sind dazu ausbildet worden, einen Menschen innerhalb einer Minute ohne Waffen töten zu können und das weiß der Präsident, deswegen musste er uns gehen lassen.

Zuerst sind wir in den Wald gegangen. Keiner wollte Honduras verlassen, doch wir wussten, dass er das gesamte Militär auf uns hetzt. Wir waren sicherlich drei Monate in den Wäldern, immer auf der Durchreise, wir haben einmal komplett Honduras durchquert und es war klar, dass wir uns nicht auf Dauer verstecken können. Durch Zufall haben wir erfahren, dass ihr zurück seid und es ist genau das, was wir wollen: Ein Leben für eine gute Sache, für einen Zusammenhalt, unsere Fähigkeiten einzusetzen, aber niemandem zu schaden. Ich möchte, dass meine Männer noch besser ausgebildet werden, aber dass sie auch endlich mal Spaß am Leben haben. Eine andere Seite kennenlernen. Geld verdienen, welches sie ausgeben können und nicht in Kasernen leben und immer nur vor den Suiten des Präsidenten schlafen zu müssen.«

Dallas räuspert sich leise. So hart und mechanisch dieser Mann auch wirkt, diese Worte gerade waren echt, er meint, was er sagt. Thiago sieht ihm in die Augen. »Du darfst dir aber von dem Leben in einer Familia keine falschen Hoffnungen machen. Es ist nicht so, als wären wir Heilige oder würden nur Gutes tun. Wir sind eine Familia. Wir verdienen unser Geld durch Waffenhandel und wir werden auch in das Drogengeschäft einsteigen, nicht die harten Drogen, aber das Leichte zum Rauchen. Ich habe da einen sehr guten Kontakt hergestellt und möchte das ausbauen. Wir behandeln niemanden schlecht, doch wer versucht uns hereinzulegen oder sich gegen uns stellt, atmet nicht lange. Honduras ist unsere Heimat und wir stehen immer auf der Seite der einfachen Menschen, der Präsident ist nur da, weil wir das dulden und das steht gerade sowieso auf der Kippe. Wir behandeln unsere Männer gut, sie werden bezahlt und haben ein gutes Leben, doch dafür erwarte ich nicht, dass sie mir gehorchen, aber dass sie hinter mir stehen. Das ist das Allerwichtigste. Vertrauen und die uneingeschränkte Solidarität mit der Familia. Sie geht über alles. Ich führe die Familia und neben mir meine Brüder und Cousins, der Verrückte hier und Aden.«

Er deutet zu Dallas, der sein Cap hochzieht und sich leicht verbeugt. »Es gibt noch mehr, die zu den engeren Kreisen gehören, doch dazu zu gehören muss man sich verdienen. Wir brauchen gute Männer, aber vor allem Männer, denen wir trauen können. Es reicht nicht, sich Fuego auf den Arm tätowieren zu lassen, du musst es in deinem Herzen tragen.«

Saul nickt. »Dazu sind wir bereit.« Er blickt zu Elam, der die Augenbrauen hebt, auch er weiß nicht so recht, was er davon halten soll. Thiago sieht Saul wieder in die Augen. »Ich werde einiges überprüfen lassen und ihr trainiert weiter mit meinem Cousin. Wie gesagt, das Vertrauen müsst ihr euch verdienen, aber es ist grundsätzlich so, dass wir gute Männer immer gebrauchen können, doch es muss alles passen.«

Saul nickt und sieht zu seinen Männern. »Ich verstehe, ich würde es nicht anders machen.«

Sie alle erheben sich und Thiago reicht Saul die Hand, die er annimmt. »Es ist gut, dass ihr hergekommen seid, und in der Sache mit dem Präsidenten ist noch nicht das letzte Wort gesprochen.«

Dallas pfeift und die Männer auf dem Platz sehen zu ihnen. »Macht nicht zu lange, morgen kommt Esau wieder und nimmt euch auseinander.« Sie heben noch einmal die Hand und gehen zurück zu ihrem Auto.

»In einer Minute ohne Waffen … wenn er erst einmal in der Familia drin ist, sollte er auch ein paar Trainingsstunden geben.« Dallas zündet sich erneut eine Zigarette an. Auch Elam meldet sich zu Wort. »Ich kann ihn schwer einschätzen und ich kann Menschen sehr schnell einschätzen.« Das kann sein Bruder wirklich, doch auch Thiago kann Saul nicht gut einschätzen, deswegen geht er auch, sobald sie zurück sind, mit Elam zu Loris, der in seinem Büro sitzt und sich Unterlagen und Bilder aus dem Internet ansieht.

»Ich versuche herauszufinden, was der Präsident die letzten Monate alles getrieben hat, doch man findet nichts. Nichts was interessant wäre, alles was an die Medien gerät, ist das, was an die Medien soll. Empfänge, Bälle, Reisen, man sieht immer wieder das Militär bei ihm, doch niemals Saul und seine Männer. Ich versuche es weiter, doch der Präsident weiß offenbar genau, wie er etwas verbergen kann.«

Thiago setzt sich zu ihm und sie suchen die halbe Nacht im Internet nach Material, doch sie finden nichts. In dem Jungenheim finden sie auf Veranstaltungen ein paar Bilder, auf denen Saul als kleiner Junge ist, doch viel mehr finden sie nicht. Irgendwann schläft Thiago müde auf der Couch im Arbeitszimmer seines Cousins ein.

Als sie am nächsten Morgen zusammen frühstücken, ist allen klar, dass sie so nichts erfahren werden, der Präsident weiß, wie er vorsichtig vorzugehen hat, doch Thiago brennt das viel zu sehr unter den Nägeln, um das einfach so stehen zu lassen.

Dann wird er auf anderem Wege seine Antworten bekommen.

Loris und Aden sollen sich zusammensetzen und eine Lösung finden, was passiert, wenn sie den Präsidenten tatsächlich absetzen und einen geeigneten Nachfolger finden. Er hat keine Lust, sich damit auseinanderzusetzen, irgendwelche Minister zu suchen und er will auch nicht, dass das Land ins Chaos stürzt. Es braucht einen guten und gerechten Mann als Präsidenten, der sich um all diese Steuersachen und Gesetze kümmert, der aber immer unter seiner Hand regiert. Er weiß aus Erfahrung, dass es wichtig ist, alles von Anfang an unter Kontrolle zu halten. Er ist sich sicher, dass sein Cousin und Aden, der noch viele Leute hier in Honduras kennt, den besten Mann dafür finden werden, sie machen sich auch sofort an die Arbeit.

Thiago geht in sein Haus, um sich für das Training umzuziehen. Als er gerade nach oben will, klopft es an seiner Terrassentür und er sieht verwundert auf Alma, die mit einem großen Korb unter ihrem Arm in seinem Garten steht. Wenn man vom Strand kommt, kann man durch den Garten zu seinem Haus gelangen.

Thiago geht in den Wohnbereich und öffnet die Terrassentür. »Hallo, ich hoffe, es ist in Ordnung dass ich durch den Garten gekommen bin, aber ich wollte nicht einmal komplett durch das Gelände gehen, um zu klingeln mit dem schweren Korb.« Sie drückt ihn Thiago in die Hand, der noch immer überrascht ist, bis ihm ihre Vereinbarung einfällt, dass sie ihm hin und wieder Obst und Gemüse bringt.

Thiago mustert sie einen Moment. Sie trägt eine kurze Jeansshorts und eine weiße Bluse mit passenden weißen Leinenschuhen. Sie ist auch ein wenig geschminkt und trägt ihre langen dunklen Haare glatt und offen. Alma ist eine bildhübsche Frau. »Nein, das ist kein Problem.« Er nimmt den Korb und geht zur Seite, sodass sie ins Haus treten kann. »Du musstest mir nicht so viel bringen.« Der Korb ist gut gefüllt. Er stellt ihn auf die Küchenanrichte und Alma betritt sein Haus. Er sieht, wie sie sich umsieht und dann erst zu ihm in die Küche kommt.

»Ich habe heute Morgen viel geerntet. Ich fahre gleich auf den Nachmittagsmarkt in die Stadt. Es war viel zu viel, der Boden hier ist wirklich fruchtbar, ich komme kaum hinterher mit dem Ernten, sodass ich das übrig hatte. Die Auberginen sind übrigens sehr gut für schwangere Frauen, ich habe deiner Frau gleich ...«

Thiago betrachtet alles im Korb und muss grinsen. Stimmt, sie hat ihn ja zusammen mit Jemina gesehen. »Die schwangere Frau? Das war nicht meine Frau, sie ist … meine Schwester, kann man sagen.« Er wendet sich einen Moment um und Alma verschränkt die Arme vor der Brust. »Oh, okay.«

Im Korb befindet sich noch einmal ein kleiner Korb, der mit Kühlpacks und einigen großen Fischen gefüllt ist. Thiago sieht sie sich beeindruckt an. »Die hat mein Vater heute früh gefischt, er ist sehr dankbar, dass wir noch etwas hierbleiben dürfen.« Sie sieht zu den Bildern, die im Wohnbereich angebracht sind und Thiago wendet sich zu ihr um und betrachtet ihr hübsches Profil.

Sie ist eine sehr feine Frau; dafür dass sie in einer alten Hütte mitten an einem wilden Strand lebt, auf dem Marktstand arbeitet und sicher kein leichtes Leben hat, hat sie sehr feine Gesichtszüge. Ihre Augen funkeln neugierig auf und ihre Lippen haben eine schöne volle Form, doch genau so, dass es schön aussieht, nicht zu vergleichen mit den aufgespritzten Lippen, die so viele zur Zeit haben. Unter ihren Lippen hat sie einen kleinen Leberfleck und als Thiago diese Kleinigkeit bemerkt, räuspert er sich und ermahnt sich selbst, sie nicht so anzustarren.

Alma wendet sich wieder zu ihm um und er hebt den Fisch aus dem Korb und legt ihn in den Kühlschrank. Er wird ihn heute Abend grillen. »Danke, ich habe lange keinen Fisch mehr aus dem

Meer hier gegessen, früher haben wir sie ständig auf dem Teller gehabt.« Im Korb ist so viel Gemüse und Obst, dass er sich später etwas einfallen lassen wird. Er legt alles aus dem Korb auf seine Ablage. »Du magst uns nicht, habe ich recht?«

Er nimmt den leeren Korb und reicht ihn ihr. Dabei treffen sich ihre Blicke zum ersten Mal richtig und einen Moment sehen sie sich in die Augen. Sie hat wunderschöne Augen und einen Moment wirkt es fast so, als würde auch sie ihn mit einem gewissen Interesse betrachten, doch dann wendet sie sich wieder ab.

»Ich mag das Leben hier, am Strand, in der Hütte, auf diesem Gebiet, was dir gehört. Ich mag es nicht, das jetzt aufgeben zu müssen, das ist alles. Doch so ist es nun mal. Die Fuegos sind zurück und Honduras macht offenbar, was die Fuegos wollen.« Sie lächelt, doch man sieht, dass es nicht echt ist, bevor sie wieder zur Terrassentür geht. »Ich muss zum Markt und danach sehen, wie weit der Laden ist und wie lange es noch dauert, bis wir euer Gebiet räumen können, also mach's gut.«

Sie sagt das freundlich, doch man hört in jedem Wort diese unterschwellige Wut mit. Thiago muss lachen, er mag sie, auch wenn sie ihn eindeutig nicht ausstehen kann. Eine der wenigen Frauen, die nicht versuchen, ihn zu beeindrucken. »Viel Spaß und danke für die ...« Sie hebt die Hand und ist schon weg.

Thiago sieht ihr noch hinterher, bis sie seinen Garten verlassen hat.

Er versteht, dass es ihr schwerfällt, dieses Stück Land zu verlassen. Thiago selbst konnte es nie loslassen, nicht einmal nach allem, was passiert ist, doch er weiß, was noch alles auf sie zukommt und es ist besser, wenn diese hübsche Frau und ihr Vater mit alldem nichts zu tun haben und in Sicherheit leben, denn dieses Leben hier, bei der Familia, ist alles andere als sicher.

Kapitel 9

Thiago beeilt sich. Er zieht sich eine Sportshorts an und lässt das Shirt gleich aus. Heute ist es so heiß, dass er es eh nicht lange tragen wird.

Er geht zum Gemeinschaftshaus, im selben Moment hält auch Esau mit seinem Auto davor und Mikael, Malik und er steigen aus. Seine grünen Augen funkeln begeistert. »Diese Armee-Männer sind gut. Es macht richtig Spaß, mit ihnen zu trainieren, keiner der anderen Männer hält da mit. Ich habe heute Waffen mitgebracht, was unnötig war, da sie alle Waffen besitzen. Sie sind gut, wir können sie in der Familia gebrauchen.« Offenbar ist sein Cousin schon überzeugt.

Mikael ist völlig durchgeschwitzt. Sein Shirt hat er sich über die Schultern gehängt, er stützt die Arme in die Hüften und nickt. »Wenn wir ihnen trauen können, wären sie ein Gewinn für die Familia.« Im selben Moment fährt der rote Truck an ihnen vorbei. Alma beachtet sie gar nicht weiter. Sie kommt vom hinteren Teil des Geländes, wo die Felder sind und sie auch ihren Truck parkt. Ihr Vater sitzt neben ihr und ihre gesamte Ladefläche ist vollgestellt mit Körben voller Obst und Gemüse.

Erst als sie vorbeigefahren ist, merkt er, dass alle aufgehört haben zu sprechen und zusehen, wie er Alma und dem Truck hinterher blickt. Mikail sieht ihn verwundert an. Er weiß, dass es gefährlich ist, die beiden hier leben zu lassen. »Wie lange werden die beiden noch hier bleiben?« Thiago zuckt die Schultern. »Sie haben schon etwas Neues, es muss nur noch fertig werden, sicherlich nur noch ein paar Tage.«

Er wendet sich wieder um und hört auf, dem roten Truck hinterher zu sehen. »Dann hoffen wir, dass wir diesen Soldaten auch trauen können. Was denkt ihr?« Isam kommt aus dem Haus und stellt sich zu ihnen. Malik ist auch verschwitzt und sieht ihm in die

Augen. »Ich weiß es nicht. Bei diesen Männern ist das schwer zu sagen. Sie zeigen wenig Emotionen, sie tun alles und können alles, doch sie richtig einzuschätzen ist nicht so leicht. Ich denke, das wird das größte Problem werden.«

Nach und nach versammeln sich alle vor und im Gemeinschaftshaus und Thiago deutet hinein, damit sie anfangen können. »Okay, ich überlege mir etwas. Lasst uns trainieren.« Esau und er gehen in das Gemeinschaftshaus, Malik und Mikael haben ihr Training schon hinter sich und gehen in Richtung ihrer Häuser.

Dieses Thema beschäftigt ihn. Er ist sich sicher, dass die Männer von Saul eine Bereicherung wären, sie können jeden guten Mann gebrauchen. Noch ist es ruhig, doch Thiago ist lange genug dabei, um zu wissen, dass das nicht so bleiben wird. Sie sind gut, doch weiß er nicht, ob er ihnen trauen kann, so schnell werden sie darauf auch keine Antwort bekommen. Esau beginnt mit den Männern das Training. Thiago trainiert mit, doch in seinem Kopf arbeitet es auf Hochtouren. Die Geschäfte beginnen in wenigen Tagen und er möchte dann keine Überraschungen oder Probleme erleben.

Nach der Hälfte der Zeit bricht Thiago ab. Ihm lässt das keine Ruhe. Er deutet Elam und Dallas, sich fertig zu machen und sagt Esau, dass sie weg sind und etwas überprüfen. Er hat all die Jahre gelernt, Menschen einzuschätzen, schnell Dinge zu erfassen und auf sein Bauchgefühl zu hören, doch mit Saul und seinen Männern gelingt ihm das nicht wirklich und das macht ihn unruhig. Genau jetzt muss er wissen, dass alles um ihn herum stabil ist, er möchte niemandem eine Angriffsfläche bieten.

Nach einer schnellen Dusche trifft er sich nur wenige Minuten später mit Dallas und Elam vor seinem Haus wieder. Er hat ihnen nur gesagt, dass sie etwas erledigen müssen. Elam steckt sich seine Waffe in den Hosenbund. Seine beiden jüngeren Brüder haben sich hier gut eingelebt. Sie fühlen sich wohl, sie trainieren gut, beide sind in den Schießübungen sehr gut, er hat beiden die wichtigsten Dinge schon in Guatemala beigebracht, doch das Wichtigste, dass sie sich wie Anführer benehmen und all diese Männer leiten. Bei Malik hat er jetzt schon einige Male erlebt, dass er Anweisungen gegeben hat und die auch umgesetzt wurden. Bei aller Freundschaft, die sie aufbauen, ist das wichtig, denn bei so vielen starken Charakteren, die in einer Familia vorhanden sind, muss es immer einen geben, der am Ende das letzte Wort hat.

Elam hat er bisher noch nicht in der Rolle des Anführers gesehen, doch das wird sich ändern. Er wird ihn nächste Woche mit einigen Männern alleine Dinge erledigen lassen und dann muss er diese Rolle annehmen.

»Was hast du vor?« Dallas wird sehr schnell gespürt haben, dass er unruhig ist. Auch sein Bruder sieht nun hoch und ihm entgegen. »Es geht um die Militärleute, oder?« Elam kennt ihn natürlich auch sehr gut. »Wir finden jetzt heraus, was dahintersteckt und ob diese Geschichte stimmt.« Elam steigt auf dem Beifahrersitz ein und lacht auf. »Ich wusste, dass dich das nicht in Ruhe lässt.« Dallas steigt ebenfalls ein und Thiago setzt sich hinter das Steuer.

»Entweder versucht uns jemand hereinzulegen, oder aber das stimmt und wir haben bald mehr gute Männer, und genau das werden wir jetzt herausfinden.« Er fährt aus dem Gebiet heraus, die Wachen tauschen gerade, Malik und Mikail übernehmen einen der Wachposten, damit die Wachen auch trainieren können. Als Thiago ihnen erklärt, was er vorhat, wünschen sie ihnen zwar Glück, doch es hört sich nicht so an, als würden sie daran glauben, dass sie etwas erreichen können, die Männer um Saul sind zu undurchschaubar.

Sie fahren in die Stadt. Als sie am Marktplatz vorbeifahren, sehen sie den roten Truck am Marktplatz stehen. Er fährt zu dem alten Hotel, in dem die Männer untergekommen sind, die in die Familia aufgenommen werden wollen. Es ist mittags und nur ein Mann sitzt vor dem Haus, als er sie sieht, steht er sofort auf. Elam lässt sein Fenster herunter. »Hol Saul raus.« Der Mann nickt und keine

Minute später kommt Saul mit ihm aus dem Gebäude. Thiago ist ruhig, er lässt das seinen Bruder machen und dieser deutet Saul, hinten einzusteigen.

Ohne eine Frage zu stellen, steigt Saul zu Dallas nach hinten. Sobald er sitzt, fährt Thiago los in Richtung Schnellstraße. »Wo ist das Dorf, welches der Präsident auflösen wollte?« Thiago blickt durch den Rückspiegel zu Saul, der ihm unerschrocken in die Augen sieht, er scheint nicht einmal sonderlich darüber verwundert, dass sie ihn abgeholt haben. »Bei der Ausfahrt nach Calpe raus und dann nur noch zehn Minuten.«

Thiago gibt Gas. »Dieses Dorf, was ist daraus geworden?« Dallas wendet sich an Saul, der aus dem Fenster blickt. »Das weiß ich nicht. Wir haben uns geweigert, diesen Auftrag auszuführen, aber ich bin mir sicher, dass die anderen es getan haben. Wir konnten nicht zurück und nachsehen, wir waren zum Abschuss freigegeben und ich musste meine Männer in Sicherheit bringen. Auch wenn wir die am besten ausgebildete Einheit des Präsidenten waren, sind die anderen zahlenmäßig viel zu überlegen. Dass wir jetzt wieder hier in der Nähe des Präsidenten sind, ist ein großes Risiko für meine Männer, doch wir sind nicht dafür ausgebildet, unser Leben auf der Flucht zu verbringen.«

Thiago fährt bei der Ausfahrt Calpe ab und Saul beschreibt ihm den Weg. »Denkt ihr denn, der Präsident weiß, dass ihr bei uns seid?« Elam wendet sich zu Saul um. »Nein, sonst wäre uns schon jemand in der Nacht besuchen gekommen. Uns nicht an seiner Seite zu haben, ist für ihn schon nicht leicht. Er hat sich am Ende immer auf unsere Einheit verlassen. Wenn er jetzt mitbekommt, dass wir uns gegen ihn stellen, würde er alles daran setzen, dass es nicht dazu kommt.« Saul deutet nach vorne. »Wir kommen zu spät.« Vor ihnen erstreckt sich ein großer Vergnügungspark. Sie halten auf einem riesigen Parkplatz, der komplett besetzt ist, der Park scheint voll zu sein.

»Hier stand ein kleines Dorf, es waren einige Bauernhöfe und andere Läden, einfache Leute, aber … offenbar ist der Präsident sie auch ohne uns losgeworden.« Thiago sieht durch den Rückspiegel zu Saul und das erste Mal erkennt er Emotionen in seinem Gesicht. »Ob der Präsident weiß, dass wir zurück sind?« Saul schüttelt den Kopf. »Er wird mitbekommen haben, dass das Gebiet wieder aufgebaut wird, aber er wird noch nicht wissen, dass ihr wieder hier lebt, sonst hätte er sich schon längst gemeldet. Es gibt nichts, was er mehr fürchtet als die Familia, er hat oft von Raphael und Thiago gesprochen und man hat deutlich gehört, dass er vor dir sogar noch mehr Respekt hatte.«

Thiago reibt sich über die Augen. »Ich habe keine Ahnung von Politik, doch Honduras sollte keinen Präsidenten haben, der sein eigenes Volk beseitigt, um seine Pläne durchzusetzen. Ich weiß noch, wie oft Raphael Diskussionen mit ihm hatte. Ich habe das nie verstanden und ich werde dafür auch keine Zeit verschwenden.«

Er will den Motor wieder starten. »Wartet! Ich werde euch etwas zeigen. Ich wollte euch das von Anfang an sagen und ich hätte euch das auch gezeigt, doch ich wollte erst, dass ihr meine Männer und mich aufnehmt wegen dem, was wir können und nichts anderem, doch wenn es darum geht, was der Präsident wirklich alles hier in Honduras treibt, dann solltet ihr das gesehen haben. Allerdings kommen wir dort nicht einfach hinein.«

Das ist es, wieso Thiago hier ist. Er will die Wahrheit und offenbar ist Saul bereit, sie ihm zu zeigen. Er zuckt die Schultern. »Einfach lag uns noch nie.«

Saul dirigiert Thiago in die Nähe des Präsidentenhauses. Statt aber zu seinem Haus fahren sie über Umwege in Richtung Hafen, allerdings zu einem Teil, den Thiago noch nie gesehen hat. Auch Dallas sieht sich verwundert um, sie kennen Honduras eigentlich sehr gut, doch in diesen kleinen Seitengassen am Hafen waren sie noch nie. Sie dachten immer, der Teil hier wäre stillgelegt.

Als sie nah genug an dem Teil des Hafens dran sind, sehen sie auch gleich auf ein Wachhaus, vor dem zwei schwerbewaffnete Soldaten stehen. Thiago fährt näher heran. »Wir sollten vielleicht woanders halten und aus dem Hinterhalt ...« Die Soldaten unterhalten sich und sehen erst sehr spät zum Auto. Er fährt weiter. Thiago zieht seine Waffe und hält das Auto genau vor ihnen. »Wir sind keine geheime Einheit, wir greifen an und sehen unseren Gegnern dabei in die Augen. Uns beeindrucken ein paar Soldaten nicht.« Die Soldaten kommen mit gezogenen Waffen näher, um zu sehen, wer im Auto sitzt. »Hey, dreht um und fahrt weiter. Hier ist Sperrgebiet!« Er hört, wie alle im Auto ihre Waffen ziehen. Bevor der Soldat richtig erkennen kann, wer sie sind, öffnet er schon die Tür und steigt aus.

Unbeeindruckt von ihren Waffen sieht er die Männer an und deutet ihnen, die Waffen hinzulegen. »Wir müssen etwas überprüfen. Legt eure Waffen zur Seite und lasst uns durch. Ich denke, ihr wisst genau, dass wenn, dann nur wir etwas zum Sperrgebiet aussprechen und nicht ihr!« Die Soldaten sehen sie an.

Thiago erkennt sofort Unsicherheit in ihrem Blick. »...Die Familia ist zurück?« Dallas und Elam steigen aus und auch Saul. Der Soldat sieht zu ihm und erkennt ihn offenbar. Auch wenn sie unsicher sind, halten sie noch ihre Waffen zurück und der eine Soldat vor ihm sieht sauer zu Saul.

»Saul, du steht auf der falschen Seite.«

Thiago hebt seine Waffe und schießt dem Mann ins Bein. »Ich wiederhole mich nicht gerne.« Der Mann schreit auf und lässt die Waffe fallen. Sein Kollege sieht nervös zwischen ihm und Thiago hin und her und flucht, lässt aber seine Waffe fallen und beugt sich zum anderen Soldaten, um ihm sein Bein zu verbinden. »Wir führen hier nur Befehle aus.«

Thiago steckt seine Waffe wieder weg, in dem Moment kommen drei weitere Soldaten und stocken, als sie auf das Bild blicken, was sich ihnen bietet. Elam reagiert sehr schnell. »Alle Waffen auf einen Haufen, legt eure Handys gleich dazu und setzt euch zu eurem Kumpel. Wir wollen hier nur etwas überprüfen, dann verschwinden wir wieder und ihr könnt weitermachen, solange bleibt ihr dort sitzen.«

Er deutet auf den Boden und tatsächlich, die Soldaten hören auf ihn. Sie kennen sie, sie wissen, mit wem sie es zu tun haben und obwohl die Soldaten besser ausgestattet und in der Mehrzahl sind, ist es der Ruf der Familia, der ihnen hier hilft. Sie wissen und sehen, dass Thiago nicht hier ist, um sich aufhalten zu lassen.

»Behalte sie im Auge. Keiner von ihnen soll sich bewegen.« Da Elam gerade so gut dabei ist, soll er auf die nun unbewaffneten Soldaten aufpassen, während er Saul deutet weiterzugehen und ihnen zu zeigen, was hier sein soll. Dieser Teil des Hafens ist tatsächlich stillgelegt, zumindest gibt es keine Anlegestellen oder Boote, doch dafür zwei riesige Hallen. Sie sind mit schweren Schlössern gesichert. Dallas hatte dafür schon immer ein besonderes Talent, doch die Schlösser sind so gut, dass er statt zwei ganze fünf Minuten braucht, dann allerdings sind sie drinnen und sehen auf hunderte von Regalen mit Wertsachen. »Was zur Hölle ist das alles?«

Sie treten ein. Sie sehen auf Unmengen von Fernsehern, Spiegeln, Schmuckkästen, Lampen und zahlreiche Tresore. »Das alles sind die Sachen, die der Präsident aus euren Häusern hat holen lassen. Nicht nur von euch, auch wenn er sonst hat Häuser räumen lassen.« Sie sehen in einen hinteren Teil, wo Autos und Traktoren stehen. Die müssen von den Bauernhöfen sein, die er hat abreißen lassen.«

Thiago hat mit allem gerechnet, doch nicht damit. Er geht die vielen Reihen mit Schmuckdosen ab. »Er hatte doch den Auftrag, Jemina die Sachen zurückzugeben.« Saul bleibt am Eingang stehen. »Das hat er aus ihrem Haus und da auch nur einiges. Er hat gesagt, dass viel geplündert wurde, doch das wurde es nicht. Wir hatten den Auftrag, die ersten Nächte, nachdem alle weg waren, Haus für

Haus durchzugehen und alles auf mehrere Lastwägen zu laden, um die Wertsachen zu Geld zu machen. Der Präsident hat das alles immer seine Rente genannt. Er hat alle paar Monate einen Teil verkaufen lassen, er wollte alles aufheben, vielleicht ahnt er, dass er nicht ewig regieren wird und das hier soll seine Absicherung sein.«

Thiago schließt die Augen. Er findet die schwarze Samtbox von Rosa. Wut kocht in ihm hoch, als er sie öffnet und ihre Lieblingsuhr, Armbänder und Ketten findet. Thiago lässt das Gold durch seine Finger gleiten und schließt die Box wieder.

»Hat der Präsident etwas mit dem Angriff auf dem Meer zu tun gehabt?« Thiago nimmt die Box an sich und sieht zu Saul, Dallas der sich den hinteren Teil angesehen hat, kommt auch wieder nach vorn, auch ihm sieht man die Wut über all das an. Saul sieht ihm in die Augen. »Das kann ich nicht genau sagen, wir wurden darüber nicht informiert. Wir haben es erst gehört, als es passiert war und ich denke, dass der Präsident schon schockiert war. Doch wir hätten früher helfen können.«

Dallas flucht auf. »Als ihr zurückgekommen seid und den Präsidenten nach Hilfe gefragt habt, hat er gelogen. Wir waren genug und bereit. Wir hätten mit euch zurückfliegen und all das aufhalten können, doch der Präsident hat gesagt, er hat nicht genug Männer. Ich war da, ich war neben ihm und habe ihm gesagt, dass wir bereit sind, doch er hat uns weggeschickt. Dann kamen die Da Silvas, doch es ist wertvolle Zeit vergangen. Ich will nicht behaupten, dass Raphael überlebt hätte, das denke ich weniger, aber seiner Tochter wären einige Stunden Qualen erspart geblieben. Wir hätten schon angegriffen, bevor die Da Silvas überhaupt davon erfahren hätten.«

Thiago reicht das. Er nickt und spürt selbst, wie seine Hand zittert, in der er die Schachtel hat. Sie verlassen die Hallen wieder und Dallas schließt die Schlösser. Thiago ruft Esau an und sagt ihm, er soll sich einige Männer schnappen. Die Männer sollen herkommen und sich nehmen, was sie noch gebrauchen können, die Tresore öffnen und alles Bargeld auf die Konten überweisen. Der Rest wird verkauft und von dem Geld soll ein Kindergarten in der Stadt gebaut werden, er hat gehört, dass dort einer fehlt. Das ist nur eine kleine Wiedergutmachung für diesen Präsidenten, doch es ist besser als nichts.

Dieses Mal hört Thiago auf niemanden mehr. Seine Ohren rauschen, er sieht Jemina vor sich, und das Wissen, dass sie ihr hätten Leid ersparen können, brennt durch seine Adern. Die Schmuckdose in seinen Händen scheint Tonnen zu wiegen, er sieht Rosa vor sich, wie sie daraus Schmuck entnimmt und anlegt und er will nur noch losfahren. Elam sieht ihn verwundert an, als sie zurückkommen. Thiago öffnet den Kofferraum, er legt die Waffen und Handys der Soldaten hinein und deutet ihnen aufzustehen.

»Ihr werdet zu Fuß ungefähr zwanzig Minuten gehen müssen bis zum nächsten Haus. Lasst euch Zeit, denkt darüber nach, was ihr jetzt tun möchtet. Die Armee wird es so nicht mehr geben oder unter einem anderen Präsidenten, die Polizei wird Hilfe gebrauchen können, aber ab heute wird sich einiges ändern.«

Ohne noch auf eine Reaktion zu warten steigt er ein und Dallas, Saul und Elam tun es ihm gleich. Dallas erzählt Elam, was sie gefunden haben, Thiago rast in der Zeit den vertrauten Weg zum Palast des Präsidenten. Er hält vor dem Tor und steigt aus. Die Wachen reagieren erst spät und sehen ihn verdutzt an, halten aber weiter die Waffen auf ihn. Thiago schießt haarscharf am Kopf einer der Wachen vorbei. »Der Nächste, der seine Waffe auf mich richtet, bekommt die Kugel ab.« Dallas reißt einem der Männer sein Handy aus der Hand und drückt den Knopf zum Öffnen des Hauses im Wachhäuschen.

Thiago geht vor, er hat nicht einmal die Geduld, auf die anderen zu warten, doch er spürt, dass sie genau hinter ihm sind. Er kennt den Palast, wieder treffen sie auf zwei Wachen, die ihre Waffen heben und dieses Mal schießt Thiago. Er trifft ein Bein und einen Arm und die Schüsse hallen durch das Haus, als er danach eintritt.

»Oh, ich hoffe, das kam aus der Küche, das hört sich …« Man hört leise Musik aus einem der Besprechungsräume, Thiago war oft hier und steuert direkt einen Raum an, aus dem Stimmen und Licht zu ihnen in den Flur dringen.

Er stößt die Tür auf und blickt auf den Präsidenten, der mit einigen seiner Berater und dem Polizeipräsidenten und seinem Vertreter am Tisch sitzt und isst.

Sie alle sehen überrascht zu ihnen. Mit der Polizei hatten sie nie Probleme, sie haben gut zusammengearbeitet und die Polizei hat sich ihnen immer ohne Probleme untergeordnet. Auf den Lippen des Polizeipräsidenten bildet sich ein echtes Lächeln. »Fuego, ihr seid zurück? Ich habe Gerüchte gehört, doch ich wusste nicht, ob das stimmt.«

Der Präsident wird blass, als Thiago seinen Blick auf ihn richtet und ihn nicht mehr aus den Augen lässt. Er bemerkt den Moment, als Saul den Raum betritt. Der Präsident hebt den Finger. »Da ist einer der Verräter, nehmt ihn fest und …« Die Wachleute hinter ihm setzen an, näher zu kommen, doch Thiago schießt einmal in die Luft und alle sind still.

Er sieht dem Präsidenten in die Augen.

»Was ist die wichtigste Regel hier in Honduras?« Er hört selbst, wie rau seine Stimme hier durch den großen Raum mit den Steinwänden hallt. Keiner sagt etwas, also fährt Thiago fort. Er hebt seine Waffe und richtet sie auf den Präsidenten. »Das Wichtigste ist hier, sich nicht mit der Familia anzulegen oder sie hereinlegen zu wollen. Ich hoffe, für jede Minute, die einer von uns wegen dir leiden musste, schmorst du noch länger in der Hölle.«

Er schießt und die Ära des Präsidenten ist beendet. Im selben Moment geht noch ein Schuss los und Thiago sieht, wie einer von den Wachleuten einen Schuss abgeben wollte, aber nicht dazu gekommen ist, da ihn zuerst eine Kugel getroffen hat, und zwar von Saul.

Die anderen Wachleute legen sofort ihre Waffen weg. Er weiß, dass nun sein Bruder neben ihm endgültig kapiert hat, dass das hier kein Kinderspiel ist, doch er steht neben ihnen und deutet den Beratern, aufzustehen und Platz zu machen. Der Polizeipräsident steht auf und legt seine Serviette beiseite. »Ich hab ihn nie sonderlich gemocht. Also bist du zurück?«

Er sieht Thiago in die Augen, der nickt und seine Waffe wegsteckt. »Wir sind zurück und es wird sich einiges ändern. Wir setzen jemand Neues als Präsidenten ein, kümmert ihr euch solange um all das Chaos und komm am Montag zu uns, damit wir die Details besprechen können.«

Der Polizeipräsident nickt und lächelt. Thiago weiß, dass sie mit ihm keine Probleme haben werden.

»Willkommen zu Hause!«

Sie haben nicht einmal fünf Minuten in dem Haus verbracht, doch es hat sich einiges geändert. Thiago ist noch immer wütend, er sieht Elam in die Augen, als sie die Treppen hinuntergehen, doch der sieht ihn unerschrocken zurück an. Nun hat Elam das erste Mal gesehen, was die andere Seite ist, wenn man Teil einer Familia ist, doch er scheint damit umgehen zu können. Dallas hat wie immer ein zufriedenes Grinsen im Gesicht und Saul bleibt stehen, zieht sich sein Shirt aus und wischt sich damit das Blut von der Waffe. Die Wache stand ziemlich nah bei ihnen.

Thiago bleibt neben ihm stehen und sieht auf die Narbe, die von seinem Hals bis hinunter zur Brust reicht. »Was ist da passiert?« Saul blickt nur kurz auf, wischt die Waffe ab und steckt sie sich in den Hosenbund. »Mir wollte einer die Kehle aufschneiden, ich habe mich befreien können und er ist abgerutscht. Somit habe ich meinen Kopf noch auf meinen Schultern, aber eine Narbe.«

Thiago muss leise auflachen und atmet durch. Das hier ist nur ein kleiner Anfang, ihnen steht noch eine Menge Arbeit bevor, doch die ersten Schritte sind getan.

»Du hast mir heute gezeigt, dass man dir trauen kann, das bedeutet noch nicht, dass ich dir komplett vertraue, doch wir sind einen Schritt weiter.«

Saul nickt und sieht ihn an, als erwarte er den nächsten Befehl, was Thiago zum Schmunzeln bringt. Er klopft Saul auf die Schultern. »Jetzt musst du nur noch lernen, dich zu entspannen. Wir holen deine Männer ab, eine Menge Fisch und Gemüse warten darauf, gegrillt zu werden und es gibt vieles, was geplant werden muss. Also los, wir haben einiges vor in den nächsten Wochen.«

Kapitel 10

»Ich bin richtig aufgeregt.« Aden steht neben Thiago und sie sehen den zwei Booten entgegen, die auf sie zukommen. Die Da Silvas bringen ihnen ihre erste Lieferung. Sie haben immer sehr gute Ware und sind zuverlässig, Thiago kennt nichts anderes von ihnen und sie verbindet eine tiefe und lange Freundschaft. Mit ihren Waren werden sie beginnen, ihre Lager zu füllen, doch die größte Lieferung bekommen sie in ein paar Tagen aus Venezuela von einem Großhändler, mit dem sie schon lange Geschäfte machen. Danach können ihre Geschäfte beginnen.

Es ist das erste Mal, dass sie hier ihre Ware entgegennehmen und sie sehen von hier zu, wie ihre neuen Warnsysteme funktionieren. Da sie in einer etwas größeren Bucht leben, kann man an den Außengrenzen der Bucht, die durch zwei hohe Felsen abschließen, alles gut überwachen. Sie haben dort extra noch einmal eine Art schwimmende kleine Insel gebaut, auf der ein Haus steht, in dem Tag und Nacht zwei Wachen sitzen. Vor drei Tagen waren Männer aus Tel Aviv bei Ihnen. Sie haben die Unterwassersicherheitssysteme geprüft, die sie haben erbauen lassen, nach ihren eigenen Vorgaben. Niemand kommt ungesehen zu ihnen über das Wasser. Das ist einmal passiert und wird nie wieder passieren. Kein Taucher, nichts hat eine Chance, hier unbemerkt durchzukommen, nicht einmal ein Schuss würde unbemerkt bleiben.

Thiago ist sehr stolz auf diese Sicherheit, doch das alles hat seinen Preis und sie müssen jetzt auch langsam beginnen, Geld hereinzubekommen. Saul steht auch bei ihnen, seit ihrem Besuch beim Präsidenten sind drei Tage vergangen. Sie trainieren nun hier bei ihnen und sind auf dem Gelände. Thiago holt Saul gerne mit hinzu, wenn es darum geht, etwas zu entscheiden, er hat immer eine sehr klare militärische Sicht auf alles. Thiago gefällt das.

Auch die anderen Männer mögen die Soldaten, wie sie bei ihnen genannt werden und hin und wieder mischen sich diese auch unter die anderen Männer, was wichtig ist. Esau achtet beim Training sehr darauf.

Als die zwei großen Schnellboote an den Sicherheitspunkten vorbeifahren, hebt ihre Wache auf ihrer Aussichtsform den Daumen. Es funktioniert. Er sieht zufrieden zu Saul und Aden, und im nächsten Augenblick halten die beiden Boote und Adrian und Nicky steigen aus und begrüßen ihn freundschaftlich. »Das habt ihr echt gut hinbekommen. Hat was, das Lager auf dem eigenen Grundstück zu haben. Hier habe ich noch etwas von Jemina.« Er überreicht ihm eine Tüte mit dem leckeren Gebäck, das auch ihre Mutter immer gebacken hat. Thiago deutet seinen Männern, den Männern der Da Silvas beim Auspacken der Kisten zu helfen.

»Dankeschön, wie geht es ihr? Aden kennt ihr ja noch und das hier ist Saul, er ist neu.« Sie verlassen zusammen die Stege und Nicky hebt die Augenbrauen. »Neu und schon ganz vorne mit dabei. Das bedeutet, du bist gut. Eigentlich wollte Diego selbst kommen, doch Jemina wird runder und runder und sie hat sich einen Nerv eingeklemmt, deswegen ist er lieber bei ihr geblieben. Diego hat mir aber ein Geschenk für euch mitgegeben, wir haben neue Ware anzubieten und er hat euch einiges zum Testen davon eingepackt.«

Genau das ist es, wieso er die Geschäfte mit den Da Silvas schon immer geliebt hat. Sie kennen und vertrauen sich, es ist völlig entspannt zwischen ihnen.

Thiago zeigt den beiden ihr neues Gebiet. Sie essen zusammen und sehen sich die neuen Waren an. Er lässt die Ware noch nicht einmal nachzählen, so sehr vertraut er den Da Silvas, doch das ist auch nur bei ihnen so. Sie sitzen lange zusammen, mittlerweile hat Loris zwei neue Kandidaten für das Präsidentenamt gefunden und es ist alles in den Vorbereitungen für Wahlen. Die Menschen in Honduras haben nicht einmal groß aufgehorcht, als verkündet wurde, dass ein Nachfolger gesucht wird. Loris hat beschlossen, zwei gute Kandidaten für sie ins Rennen zu schicken und das Volk entscheiden zu lassen, wer gewinnt.

Er kümmert sich komplett darum und hat alle Hände voll damit zu tun. Sie sprechen lange darüber und Nicky und Adrian fahren zwei Stunden später als geplant ab. Saul ist schon mit seinen Männern los und Thiago, Esau und Aden begleiten die Da Silvas noch zu den Booten. Es ist bereits dunkel, als sie dann direkt in die Lagerhallen am Ende des Gebietes gehen. Ihre Männer sind schon fertig mit dem Einräumen und sie sehen sich zufrieden die vielen Kisten an. Besonders Esau ist ganz begeistert von den neuen Waffen und steckt sich gleich eine ein.

Als sie danach über den Strand zurück zu ihren Häusern laufen wollen, sehen sie am Strand ein Lagerfeuer und drei Frauen darum sitzen. Aus dem Haus am Strand ertönt leise Musik. »Eine Party ohne uns auf unserem Gebiet?« Aden bleibt bei den drei Frauen stehen, die zu ihnen hochsehen. »Uhh, die Fuegos. Wie sexy, nein natürlich nicht. Setzt euch. Wollt ihr ein Bier?« Thiago ist müde, er hat die letzten drei Nächte nur wenig Schlaf bekommen, doch ein Blick in das hübsche Gesicht von Alma und wie genervt sie ins Feuer sieht, als sie auftauchen und ihre Freundinnen begeistert reagieren, lässt ihn sich neben sie setzen, an ihr vorbei in eine Kühltasche greifen und drei Biere herausholen. »Aber immer doch.« Er wirft Esau und Aden eines zu, die sich auch setzen.

»Was treibt ihr hier?« Eine der anderen Frauen ist eine rothaarige junge Frau, die niemals aus Honduras stammt und sich auch gleich als Isabel vorstellt, die hier ein freiwilliges soziales Jahr absolviert. Die andere Frau ist eine dunkelhäutige Schönheit mit dem Namen Alegra. Sie arbeitet im selben Kinderheim, in dem auch Isabel aushilft und in dem Alma zweimal die Woche das Obst und Gemüse, was nicht ganz so perfekt zum Verkaufen aussieht oder was übrig bleibt, spendet. In nicht einmal zwei Minuten hat er so schon mehr über die hübsche Alma herausbekommen als all die Tage davor. Er sieht sie fast täglich, immer wieder kurz, doch wenn sie mal hallo sagt, statt nur zu nicken, ist das schon ein Highlight für Thiago.

Thiago betrachtet Alma gerne. Sie ist wunderschön, auch heute Abend sitzt sie in einem langen weißen Strandkleid am Feuer, ihre langen dunklen Haare werden vom Wind verweht und er kann in ihr hübsches Gesicht blicken.

» …Und nachdem wir heute zusammen die Kisten ausgepackt haben und alles umräumen mussten, weil eine Kühlung kaputt gegangen ist, haben wir beschlossen, den Abend hier ausklingen zu lassen.« Aden hebt sein Bier und trinkt einen Schluck. »Eine weise Entscheidung und ich habe genau das Richtige, um dafür zu sorgen, dass sich alle entspannen.« Er zieht eine der vielen Packungen heraus, die er momentan bekommt. Sie wollen Cannabis in der besten Qualität verkaufen und nun testen sie die Proben, die sie von verschiedenen Großhändlern bekommen haben.

»Oh Mann, die Familia ist wirklich zurück. Fuego … sehr sexy. Ich finde es gut, dass ihr zurück seid.« Alegra sieht zu, wie Aden eine Zigarette dreht und anzündet. »Ich habe keine Ahnung, was eine Familia ist, aber ich weiß, dass unsere süße Yasmin das nicht so prickelnd findet.« Alma neben ihm trinkt ebenfalls einen Schluck, sie hat ihn bisher noch nicht einmal richtig beachtet. »Ich habe kein Problem mit der Familia, aber dass wir deswegen unser Zuhause verlieren.«

Aden nimmt ein paar Züge und reicht es an Alegra weiter, die auch daran zieht und es Esau gibt. »Das Zeug ist gut, kommt in die engere Auswahl.« Er blickt zu Alma. »Wir nehmen euch nichts weg, weil es euch nie gehört hat. Wir waren nur für ein paar Jahre nicht da und glaub mir, wenn die Lieferungen kommen, wird es viel zu unruhig hier werden und zu gefährlich.« Er reicht die Zigarette an Isabel weiter, die sie direkt an Thiago weiterreicht und ihr Bier hochhält. »Mir reicht das.« Thiago nimmt einige Züge, das Zeug ist wirklich gut. Er spürt Almas Blick auf sich. »Das habe ich schon mal gehört.« Thiago lacht und reicht die Zigarette an Alma weiter. »Weil es die Wahrheit ist, keiner hier will euch etwas Böses, es geht um euren Schutz.«

Zu seiner Verwunderung nimmt Alma wirklich die Zigarette von ihm und nimmt ein paar Züge. »Bisher sind wir auch sehr gut ohne euren Schutz ausgekommen.« Esau lacht auf und sieht zwischen Thiago und Alma hin und her. »Was ist los, Cousin, normalerweise liegen dir die Frauen zu Füßen, du wirst doch nicht deinen Charme verlieren.« Aden lacht auch auf und steht auf. Er zieht sich sein Shirt aus und knöpft die Hose auf.

»Los, wer kommt mit sich abkühlen, jetzt ist das Meer am besten. Es ist noch warm vom Tag und ruhiger.« Isabel ist sofort auch auf den Beinen. »Ich habe schon die ganze Zeit daran gedacht, doch die beiden wollten nicht.« Ohne zu zögern zieht sie sich ihr Kleid aus und steht in dunkelblauer Unterwäsche vor ihnen. »Da sage ich nicht nein, lasst uns die Wachen ärgern, wir schwimmen leise hin und dann geht der Alarm los. Mal sehen, ob die pennen.« Nun steht auch Alegra auf und keine zehn Sekunden später in roter Unterwäsche vor ihnen. Sie hat eine sehr gute Figur und Thiago hebt die Augenbrauen hoch, was Alma aufschnaufen lässt, als hätte sie nichts anderes erwartet.

»Kommt ihr?« Thiago legt sich im Sand zurück. Er verschränkt die Arme hinter seinem Kopf und schließt einen Moment die Augen. »Nein, geht mal.« Auch Alma bleibt neben ihm sitzen. Aus dem Haus spielt leise Pianomusik, er kennt die Melodie, es ist ein altes Lied 'Can't help falling in love', nur auf dem Piano gespielt, seine Mutter hat das Lied immer gerne gehört.

Er lässt seine Augen geschlossen. »Wieso nennen dich deine Freundinnen Yasmin? Ich denke, du heißt Alma?« Er hört ein leises Auflachen. »Dir entgehet auch gar nichts, oder?« Er muss grinsen, lässt seine Augen aber weiter geschlossen, er fühlt sich wirklich sehr entspannt. »Das ist mein Job, also?« Neben ihm raschelt es, auch sie scheint sich zurückzulehnen und zum Meer zu blicken, er hört Gekreische und das Wasser spritzen, die anderen werden gerade ins Meer gesprungen sein.

»Wir haben uns letztens Aladin angesehen und sie sagen, ich könnte Yasmins Schwester sein. Also die Zeichentrickfigur …« Thiago kennt den Film auch, es gibt Ähnlichkeiten, doch Prinzessin Yasmin kommt an die Schönheit neben ihm nicht heran. »Du bist viel hübscher.« Wieder raschelt es, dann räuspert sich Alma leise. »Danke … erschöpft?« Thiago öffnet seine Augen wieder und blickt direkt in Almas. Sie hat schöne Augen, sie sind groß und edel geschwungen und von langen, dichten Wimpern umrandet. Ihr Gesicht wird vom Feuer in einem schönen Goldton gefärbt. »Ich sehe ja, dass du ständig unterwegs bist.« Thiago stemmt sich auf die Hände und setzt sich wieder auf, doch er bleibt entspannt sitzen und sieht auf das Meer, wo man erkennt, wie vier Köpfe sich den Wachen nähern, doch sie sind wirklich sehr leise.

»Es ist viel Verantwortung und es gibt viel zu tun, bis alles so läuft, wie es soll.« Alma nickt und er sieht zu ihr. »Ich verstehe dich, also dass es schwer ist, diesen schönen Fleck zu verlassen, doch es ist wirklich sicherer. Nimm uns das nicht übel. Du kannst auch immer gerne herkommen und diese Aussicht genießen.« Nun hat er ihr das erste Mal ein echtes Lächeln auf die Lippen zaubern können, was sie noch hübscher aussehen lässt.

»Ich liebe es hier. Wenn ich nachts nicht schlafen kann, setze ich mich auf die Veranda und genieße stundenlang diesen Anblick. Früher hatte ich einen Hängesessel, du weißt schon, so einen geflochtenen, den man an den Terrassenbalken anmacht, aber es gab vor einigen Wochen einen Sturm und dann war der völlig zerstört. Ich habe Stunden in dem gesessen und aufs Meer geblickt. Das hier kannst du nur von hier aus sehen.«

Sie deutet zum Meer, genau zwischen den Felsen der Bucht blickt man auf den großen vollen Mond, der das Meer glitzern lässt. Es ist wunderschön, das hat er hier auch schon immer am meisten geliebt.

»Es gibt keinen besseren Platz auf Erden. Allerdings wird es ab jetzt unruhiger hier werden, als du es die letzten Monaten gewohnt warst.« Er deutet zu den vier Köpfen im Wasser und genau in dieser Sekunde geht ein lauter Alarm los. Man hört Esaus Lachen bis zu ihnen und wie ein Mann flucht. »Warte ab, bis ich euch bekomme, Aden, wehe ...« Es klatscht laut auf im Wasser und er hört noch mehr Gelächter. Thiago muss auch lachen und sieht zu Alma, die das Ganze lächelnd betrachtet.

Ihr Kleid ist weiter und hat nur zarte Träger, sodass er ein wenig mehr von ihrem Rücken sehen kann, wo er ein feines Tattoo an ihrer seitlichen Rippe erkennt. »Frei?« Alma wendet sich zu ihm um und sieht ihm erneut in die Augen. »Frei, ja. Ich war nicht immer frei ... mein Leben ist kompliziert gewesen. Und jetzt ... bin ich frei.«

Sie sieht zu seinem Tattoo Fuego und will etwas sagen, doch da kommen Saul und Mikail mit gezogenen Waffen an den Strand gerannt. »Was zur Hölle ist hier los?« Thiago lacht auf und hält Alma seine Hände hin, damit er ihr beim Aufstehen helfen kann. Die gemütliche Nacht wurde durch den Alarm unterbrochen, weitere Männer kommen angerannt. Als sie seine Geste annimmt und ihre Hände in seine legt, spürt er, wie fein und zart sie sind, was er nicht vermutet hätte bei all der Feldarbeit, die sie verrichtet. Er hilft ihr auf und sieht zu seinen Männern, in dem Moment kommen auch die vier Chaos-Verursacher wieder lachend am Ufer an.

»Es ist nichts, sie haben die Wachen überprüft und offenbar funktioniert alles.« Aden und Esau schnappen sich ihre Kleidung und auch die Frauen löschen das Feuer und wenden sich zum Haus um. »Viel Spaß noch, Ladies, ich hoffe, ihr wisst nun, dass hier der schönste Ort der Welt ist und wenn ihr wieder abschalten möchtet, ihr seid immer willkommen.« Aden verbeugt sich noch einmal gespielt und die drei Frauen schmunzeln, als sie sich verabschieden.

Saul und Mikail stecken ihre Waffen wieder weg. Offenbar ist Saul bei ihm gewesen. Mikail schlägt Aden freundschaftlich auf den Nacken. »Ihr habt nur Blödsinn im Kopf.« Thiago sieht noch einen Moment zu Alma und wie sie mit den anderen beiden in ihr Haus geht, da legt Esau den Arm um ihn und macht ihn somit auch nass. »Ich weiß nicht, was du getan hast, doch die Kleine hasst dich.« Thiago lacht auf und schlägt den Arm seines Cousins weg.

Kapitel 11

Direkt am nächsten Tag beginnt der normale Alltag, wie er ihn von früheren Zeiten kennt. Sie trainieren am Morgen, nach dem Frühstück gibt es die erste Besprechung und er teilt die Männer ein. Sie haben ihre ersten Treffen mit Partnern und Firmen, an einige verkaufen sie die Waffen, andere stellen sie unter ihren Schutz. In der Zeit, während die Familia weg war, haben sich kleine Familias gebildet, die die Firmen und Geschäfte ausgenommen haben. Das soll sich jetzt wieder ändern.

Vor allem Dallas, Aden und er fahren mit ihren Männern durch halb Honduras, um Geschäfte abzuschließen und die kleinen Familias aufzusuchen und klarzumachen, dass sie zurück sind. Es dauert, sie verbringen viel Zeit damit und es ist selten, dass Thiago vor Mitternacht zurück ist. In dieser Zeit kümmern sich die anderen Männer darum, die Waffen zu verkaufen und schneller als gedacht leeren sich die Lager wieder. Thiago teilt auch Saul und seine Männer ein, wobei er Saul meistens an seiner Seite behält.

Es ist anstrengend, doch es läuft gut, viel zu gut. Thiago ahnt es, er weiß, dass niemals alles immer nur so gut läuft, doch als er dann auf der Rückfahrt von einem neuen Deal mit Saul und Esau im Auto sitzt, hat er nicht damit gerechnet, dass der erste Rückschlag ihn gleich so hart treffen wird. Dallas ruft ihn an und erklärt, dass es einen Zwischenfall gab. Malik, Isam und zwei weitere Männer haben Waffen zu einem vereinbarten Treffen gebracht und dabei ist es zu einer Schießerei gekommen. Dallas weiß auch noch nichts Genaues, nur dass Malik angeschossen wurde.

Das ist der Punkt, das ist immer die große Frage in Thiagos Hinterkopf gewesen, vom ersten Tag an bis jetzt. In allen Planungen, in allem, was er vorbereitet hat, hat er sich immer gefragt, ob es richtig ist, seine Brüder mitzunehmen. Er weiß, wie hart dieses Leben sein kann und wie viele Männer man verliert, doch sie waren so fasziniert von allem, was Thiago erzählt hat, dass es gar nicht möglich war, sie da herauszuhalten, doch in dem Augenblick, als Thiago auflegt, laut losflucht und Gas gibt, bereut er es, seine Brüder mitgenommen zu haben. Er wusste, dass er niemals damit umgehen kann, wenn einem von ihnen etwas passiert. Während Esau besorgt nachfragt, was los ist, spielen sich die Bilder aus ihrer Kindheit vor seinem inneren Auge ab. Wie oft Malik auf ihm herumgeklettert ist, bis Thiago nachgegeben und mit ihm gespielt hat. Wie Malik, wenn es windiger war und das Holz ihrer Hütte geknarrt hat, in sein Bett geklettert ist und bei ihm geschlafen hat.

Wie konnte er so dumm sein und seinen kleinen Bruder solch einer Gefahr aussetzen? Er kann Esau noch nicht einmal richtig antworten, er rast zum Krankenhaus, welches Dallas genannt hat und hält mit quietschenden Reifen davor. Er erkennt viele Autos ihrer Familia und spürt Saul und Esau direkt hinter sich.

Sobald er das Krankenhaus betritt, will er sein Handy herausholen und Dallas anrufen, doch einer der Männer, mit denen Malik unterwegs war, kommt auf sie zu. »Er wird gerade operiert, er hat einen Schuss in die Schulter bekommen. Sie sind im ersten Stock.« Thiago geht zu den Treppen, einige Patienten weichen zur Seite, als sie sie bemerken. Esau neben ihm sieht sich um. »Beruhige dich, es wird sicher nicht so schlimm sein.« Doch Thiago kann nichts sagen und nichts hören. Er nimmt die Stufen doppelt und dort erwartet ihn ein leider ziemlich vertrautes Bild. Die Männer sitzen auf dem Flur vor dem OP-Bereich, er blickt in Dallas Augen, der sofort aufsteht.

»Er war noch ansprechbar als sie ihn eingeliefert haben, er war sogar noch richtig sauer. Es ist nicht so schlimm, die Ärzte bekommen das hin.« Thiago sieht zu Isam, der neben ihm sitzt und mehrere Schürfwunden hat. »Was ist passiert?« Man sieht Isam an, dass er wütend ist, irgendetwas muss gewaltig schiefgelaufen sein.

»Wir haben wie immer die Ware übergeben, es hat gar nichts darauf hingewiesen, dass etwas nicht stimmt. Die Typen haben mit uns noch wegen einer weiteren Lieferung gesprochen. Wir haben das Geld schnell durchgesehen, es sah alles gut aus, man hat nichts erkannt. Es war reiner Zufall, dass kurz bevor wir gehen wollten, ich auf Toilette gegangen bin. Weil ich kein Bargeld dabei hatte, habe ich ein paar Scheine aus dem Haufen genommen und wollte mit einem davon die Rechnung bezahlen. Der Schein war viel zu groß für den Betrag der Rechnung, sodass die Kellnerin ihn unter dieses Prüfgerät gehalten und mir gesagt hat, dass er gefälscht ist.«

Dallas neben ihm seufzt genervt auf. »Ich habe sofort reagiert, ich war schnell und habe einen von ihnen zu Boden gebracht, doch die zwei anderen haben versucht zu fliehen. Malik war wirklich gut, er hat sie aufgehalten, doch da er zu nah stand, hat er eine Kugel abbekommen. In dem Moment konnten alle drei flüchten. Die zwei sind ihnen noch bis kurz vor dem Hafen gefolgt, doch sie haben sie dann verloren. Wir haben Malik ins Krankenhaus gebracht. Es ging ihm aber dafür, dass es seine erste Schusswunde ist, recht gut. Er ist sauer wegen der Männer und dass sie die Waffen haben und wir nur Falschgeld im Wert von 10.000 Dollar.«

Thiago nickt nur. »Ich kümmere mich darum.« Er sieht Elam hinter der Tür vor dem OP sitzen und geht alleine in den OP-Bereich. Eine Krankenschwester kommt und will etwas sagen, erkennt ihn dann aber und wendet sich wieder ab. Müde setzt sich Thiago neben Elam und sieht auf die weiße Tür mit der Aufschrift OP. »Eine Ärztin kommt gleich raus, wurde mir gesagt.« Thiago nickt, er hört die Besorgnis in Elams Stimme.

Thiago lehnt sich zurück und reibt sich die Augen. »Ich hätte euch beide nie hier mit reinziehen dürfen. Wenn Malik etwas passiert, dann ...« Sein Bruder wendet sich zu ihm um und sieht ihm in die Augen. Sie beide hatten schon immer sehr starke Ähnlichkeiten, in diesem Moment fällt ihm das wieder auf. »Ich habe Malik nicht mehr so glücklich gesehen, seit wir damals aus Honduras weggegangen sind. Er liebt dieses Leben hier, er liebt die Familia und auch ich fühle mich sehr wohl. Dass das jetzt passiert ist, hat nichts mit dir zu tun, das lag gar nicht in deiner Hand, diese Entscheidung. Das ist auch unser Land, unsere Familie und nun auch unsere Familia. Du kannst uns nicht immer beschützen, das hätte ihm auch so immer passieren können.«

Thiago nickt zwar, doch das ändert nichts an seinem schlechtem Gewissen und der Wut zu wissen, dass sein kleiner Bruder verletzt wurde.

In diesem Moment kommt eine Ärztin vor die Tür. »Sind Sie die beiden Brüder?« Elam neben ihm nickt und die Ärztin lächelt. »Ihm geht es gut. Wir haben die Kugel herausbekommen, die Wunde wird jetzt vernäht und dann kommt er in den Aufwachraum. Er wird keine Schäden behalten, sollte aber mindestens sechs Wochen nichts Schweres heben.«

Thiago nickt, das wird nicht leicht für Malik werden. »Wie lange dauert es, bis er wach wird?« Die Ärztin sieht auf die Uhr. »Eine Stunde sicherlich.« Er steht auf und deutet Elam mitzukommen. »Wir sind gleich wieder da.«

Sie verlassen den OP-Bereich. Thiago sagt Bescheid, dass die anderen anrufen sollen, sobald etwas ist, und sie gleich zurück sind. Er fährt alleine mit seinem Bruder los, das müssen sie, die Anführer der Fuegos alleine machen.

Im Auto erklärt er Elam, was passiert ist und hält am Hafen. Nachdem was Isam beschrieben hat, ist er sich ziemlich sicher, dass die Männer ihr Schiff am Hafen haben. Leise laufen sie zwischen den vielen Schiffen hin und her, es dauert, bis sie in einem noch Licht bemerken. Sie können in ein kleines Fenster nach unten sehen und tatsächlich liegen auf einem Tisch mehrere ihrer Schusswaffen.

Thiago deutet dorthin und Elam, ihm zu folgen. Sie beide haben ihre Waffen gezogen. Thiago tritt die Tür ein und sie überrumpeln die Männer im unteren Teil des Bootes. Da man hier am Hafen nur tagsüber ein- und ausfahren darf, waren sie gezwungen zu warten. Einer hat geschlafen und zwei sitzen am Tisch, Thiago erledigt einen sofort, der andere hat nicht einmal eine Waffe in der Hand.

»Dachtet ihr wirklich, dass ihr damit durchkommt, die Fuegos zu verarschen?« Thiago deutet dem Mann aus dem Bett, sich zu den anderen zu setzen. »Nein, wir … das also ...« Elam tritt vor. »Wer hat auf meinen kleinen Bruder geschossen?« Bisher war Elam von ihnen allen am zurückhaltendsten, doch Thiago weiß, wie sehr er Malik liebt und hört seine Wut heraus.

Einer der Männer senkt den Blick, der andere deutet auf ihn und Thiago ist etwas überrascht, als Elam abdrückt und der Mann zusammensackt. Er packt die Waffen zurück in die Tasche und deutet dem letzten Mann, nach oben zu kommen. »Du hast Glück, dass ich möchte, dass du an da draußen eine Botschaft sendest. Es soll niemand mehr auf die Idee kommen, uns veraschen zu wollen, sag das allen und jetzt starte deinen Motor und verlasse Honduras so schnell du kannst.«

Der Mann nickt und stellt sich ans Steuer. Elam und Thiago bleiben am Steg stehen, bis sie sehen, wie der Mann auf dem Meer davonfährt. Wie er es der Küstenwache erklärt, falls er aufgehalten wird, ist nicht ihr Problem.

Thiago sieht zu Elam und legt ihm die Hand auf die Schulter. »Die Leute können uns noch nicht einzuschätzen, das werden nicht die Letzten sein, die uns am Anfang testen wollen. Sie wissen nicht, ob wir so hart wie die alte Familia handeln, deswegen werden wir sogar noch härter handeln müssen, bis es sich rumgesprochen hat und jetzt lass uns zu unserem kleinen Bruder gehen. Weißt du noch, wie Mama damals immer gesagt hat, er wird uns allen mal am meisten Sorgen bereiten?«

Elam lacht auf und schüttelt den Kopf. »Also dich wird er niemals schlagen können, egal was er noch tut. Um keinen haben wir uns je mehr Sorgen gemacht.« Thiago denkt an all die Nächte, die Elam bei ihm war, als er nicht begreifen konnte, was passiert war und wie oft er ihn gebeten hat, nach Guatemala zu seiner

Familie zu kommen. Thiago nimmt die Tasche und weiß, dass er all das in den nächsten Jahren wiedergutmachen wird.

Als er nach Hause kommt, ist es schon vormittags. Er hat im Krankenhaus ein paar Stunden an Maliks Bett geschlafen, doch es fühlt sich an, als hätte er Wochen nicht geschlafen. Malik geht es gut, er war sauer und das Erste, wonach er gefragt hat, nachdem er seine Augen geöffnet hat, waren die Männer. Erst als Elam und er ihm gesagt haben, dass sie die Waffen zurückhaben und alles geklärt haben, war er etwas beruhigter.

Die Haushaltshilfen sind gerade wieder in seinem Haus. Er sieht sofort auf die, mit der er letztens seinen Spaß hatte. Er weiß noch nicht einmal ihren Namen. Sie lächelt und sieht ihn von oben bis unten an. Er hat sie seitdem nicht mehr gesehen. Die Zweite hat die Mülltüten in der Hand und scheint gleich ins nächste Haus gehen zu wollen. Thiago nickt ihnen zu und geht nach oben. Er könnte wirklich etwas Entspannung nach dem ganzen Stress gebrauchen, doch dafür sind die Haushaltshilfen nicht da.

Er geht in sein Bad und zieht sich sein Shirt aus, als genau in diesem Moment die Haushaltshilfe hereinkommt und stockt. »Señor … lassen Sie mich das machen.« Sie kommt zu ihm und kniet sich genau vor ihm nieder. Sofort beginnt sie, seine Jeans aufzuknöpfen. »Hör mal, das musst du nicht tun. Das gehört nicht …« Thiago flucht auf, als sie ihm die Hose herunterzieht und seine Boxershorts gleich mit. Sie seufzt entzückt und sieht aus ihren großen Augen zu ihm hoch.

»Ich weiß, dass ich das nicht muss, doch ich konnte an nichts anderes mehr denken. Ich möchte das unbedingt tun.« Ihre Lippen umfassen ihn gierig und er stützt sich an den gegenüberliegenden Fliesen ab, während sie ihn immer tiefer und schneller verwöhnt. Er öffnet ihren Dutt und ihre langen Haare fallen ihr um das Gesicht, dann greift er in ihre Haare und dirigiert sie, bis er sie hochholt und sie ihn anlächelt. »Sieh doch, wie sehr ich das will.«

Sie nimmt seine Hand und zeigt es ihm, dann wendet sie sich um und beugt sich über das Waschbecken. Thiago nimmt ein Kondom und dringt tief in sie ein, dabei befreit er ihre Brüste und holt sich die Entspannung, die sie beide offensichtlich brauchen.

Die Dusche danach tut Wunder, er fühlt sich schon viel besser. Die Lieferung muss bald kommen, deswegen zieht er sich eine Shorts und ein Shirt über und geht wieder nach unten, wo die Haushälterin sein Haus gerade wieder verlässt und ihm noch einmal zuzwinkert.

Thiago macht sich einen Kaffee und will gerade Dallas anrufen, um zu fragen, wann die Schiffe erwartet werden, da sieht er Alma durch seinen Garten mit einem großen Korb kommen. Er öffnet die Terrassentür und sieht ihr entgegen. Er hat sie ein paar Tage nicht gesehen und ihre Schönheit lässt ihn erneut einen Moment einhalten.

Sie trägt ein langes weites, buntes Sommerkleid, es geht bis fast zum Boden, man erkennt nur feine Sandalen an ihren Füßen, doch es hat keine Ärmel und einen sexy Ausschnitt. Ihre dunklen Haare hat sie an den Seiten geflochten und sie ist ein wenig geschminkt. Ihre Augen funkeln ihm entgegen und ein wunderschönes Lächeln legt sich auf ihre Lippen.

»Ich wusste gar nicht, ob du da bist. Ich habe dich die letzten Tage nicht gesehen.« Thiago nimmt ihr den Korb ab und bittet sie herein. Offenbar hat sie nach ihm Ausschau gehalten, also hasst sie ihn sicherlich nicht mehr, oder zumindest nicht mehr so wie am Anfang. »Es gab und gibt immer noch sehr viel zu tun. Der Korb ist ja wieder gut gefüllt.« Er legt ihn auf die Ablage, wieder ist Fisch dabei und ganz viele Früchte. Er nimmt sich eine Orange und fragt Alma, ob sie einen Kaffee möchte.

Sie lehnt ab. »Ich muss gleich los, mein Vater wartet schon beim Auto. Heute ist Markt. Ich habe gemerkt, dass ihr zu tun habt. Da kommen Schiffe auf uns zu.« Thiago hebt überrascht die Augenbrauen. »Hast du die Schiffe schon gesehen?« Sie nickt und sieht ihm in die Augen. »Ja, gerade.« In dem Moment klingelt auch Thiagos Handy, die Lieferung scheint schon da zu sein.

Der Korb ist leer und Thiago nimmt ihn. »Ich gehe zum Strand, ich stelle ihn auf eure Terrasse, wie lange seid ihr auf dem Markt?« Sie sieht auf die Uhr. »Meistens bis 18, 19 Uhr.« Einen Moment denkt Thiago daran, sie zu fragen, ob er sie abholen kann und sie vielleicht etwas essen gehen wollen, er würde gerne mehr über Alma erfahren, doch genauso schnell, wie diese Gedanken gekommen sind, verwirft er sie auch wieder und sein Handy klingelt erneut.

Auch sie hat einen Moment eingehalten, als wartet sie, ob noch etwas kommt, doch jetzt lächelt sie und wendet sich ab. »Okay, dann gehe ich vorne raus, das geht schneller. Viel Spaß heute, Thiago.« Er nickt und sieht zu, wie sie zu seiner Haustür geht. »Bis dann und vielen Dank.«

Thiago ärgert sich über sich selbst und seine dummen Gedanken, während er sich seine Waffe und den Korb schnappt und zum Strand geht. Dabei fällt sein Blick schuldbewusst zur Grabstätte, er wird nachher dorthin gehen. Von der Haushälterin zu Alma, momentan genießt er sein neues Leben etwas zu sehr. Er blickt auf das Wasser und erkennt die Schiffe, erst einmal muss er sich aber um das hier kümmern.

Auch Saul und Esau kommen gerade, Saul wohnt noch immer mit seinen Männern in der Stadt, aber auch das wird sich die Tage ändern. Sie laufen zusammen zu den Stegen. Thiago stellt den Korb auf die Terrasse der Strandhütte. Dabei fällt sein Blick auf die Haken, an denen offenbar der Stoffsessel angebracht wurde.

Als er dann auf die Stege kommt, halten die Schiffe gerade und Marco, der Sohn ihres alten Lieferanten Escobar aus Venezuela, kommt von Bord. »Thiago, das kommt mir ewig vor, wie schön, euch alle wieder hier zu sehen. Unser herzlichstes Beileid wegen dem, was damals passiert ist, wir wollten Blumen schicken, aber wir wussten nicht wohin, es gab ja niemanden mehr.«

Esau räuspert sich, Thiago zeigt keinerlei Reaktion. Er war nie ein großer Fan der Venezolaner, doch sie haben immer gute Geschäfte mit ihnen gemacht. »Das hätte auch nichts geändert und wie du siehst, stehen wir wieder hier und machen weiter, wo wir aufgehört haben.« Marcos Männer tragen mehrere schwere Kisten von Bord. »Ja und wie immer haben wir euch nur das Beste mitgebracht. Ein ganz besonderer Gruß meines Vaters.«

Er öffnet die Truhen und sie sehen auf sehr hochwertige Ware. Ihre Männer treten vor, um die Ware anzunehmen, doch Marco hebt die Hand. »Diese Lieferung ist aus gutem Willen meines Vaters noch zu den alten Konditionen, doch über die Jahre haben sich unsere Preise etwas geändert.« Thiago deutet seinen Männern zu warten.

»Willst du mich jetzt verarschen, Marco?« Escobars Sohn lächelt. »Nein, es ist viel Zeit vergangen, überall sind die Preise gestiegen.« Thiago tritt näher zu ihm. »Die alten Konditionen, für alte Freunde. Hast du vergessen, wer dir und deinem Vater damals den Arsch gerettet hat, als die Da Silvas gegen euch vorgehen wollten? Das waren Raphael und ich.« Marco nickt. »Und deswegen auch die erste Lieferung zu diesem Preis, doch danach müssen wir wie bei allen 20 Prozent mehr ...«

Thiago lacht bitter auf und Marco hebt die Hände. »Hör zu, wir sind weiter Freunde, doch ...« Thiago schüttelt den Kopf. »Nehmt eure Ware und verschwindet. Schnell. Ich will euch hier nie wieder sehen.« Nun hat er Marco überrascht. »Aber wollt ihr darüber nicht einmal nachdenken? Zumindest diese Lieferung ...«

Thiago zieht seine Waffe und hält sie Marco an den Kopf.

»Nimm deine Ware und verschwinde! Jetzt!«

Er spürt, wie seine Männer hinter ihm immer näher kommen. Marco deutet seinen Männern, alles wieder einzupacken und geht selbst zurück aufs Schiff. Er schüttelt noch einmal den Kopf. »Du warst schon immer zu impulsiv, Thiago.«

Thiago deutet Aden, die Leinen von den Schiffen loszumachen, er will sie hier nicht mehr haben.

»Das ist sehr schade, Thiago, mein Vater wird darüber nicht erfreut sein.«

Thiago sieht Marco noch einmal in die Augen .

»Wir machen nur mit Freunden Geschäfte und denk daran, bei uns gibt es nichts dazwischen. Entweder bist du unser Freund oder unser Feind.«

Er wendet sich und sieht sofort in Loris' besorgte Augen. »Was tun wir jetzt? Die Lager sind fast leer, wir haben viele Anfragen. Wir brauchen einen neuen Großhändler.« Thiago sieht zwischen seinen Männern hin und her. »Wir wollten erst in einigen Wochen nach Chile, dort unten arbeitet keine größere Familie, doch sie sollen in alldem gut aufgestellt sein. Wir besorgen uns dort Nachschub bei Martinez. Macht alles bereit, ich fliege übermorgen los. Wir müssen größer werden und mächtiger und noch bessere Großhändler finden. Wir lassen uns von niemandem auf der Nase herumtanzen, es werden schon noch alle kapieren, dass nun andere Zeiten angebrochen sind und wer die Fuegos sind.«

Kapitel 12

Den gesamten restlichen Tag verbringen Loris, Elam und Aden zusammen und planen ihren Chile-Aufenthalt. Sie mieten sich dort ein Haus und Thiago möchte nicht länger als nötig unten bleiben, da er in Honduras genug zu tun hat. Sie werden mit zwanzig Männern hinfliegen, die anderen kümmern sich hier um alles. Loris hat auch gleich zwei Treffen vereinbart. Chile ist in drei Teile aufgeteilt und viele kleine Familias herrschen über das Land und bekriegen sich. Dabei einsteht viel Chaos, es gibt ständig Kämpfe und die Familias sind viel zu klein, um sich um das Land zu kümmern. Seit Kurzem ist auch ein neuer Präsident an der Macht und macht den Familias das Leben schwer.

In Chile gibt es einige Plantagen mit Cannabis, dort haben sie einen Termin; von allem was sie getestet haben, hat ihnen das am meisten zugesagt, also werden sie dort einen Deal vereinbaren. Außerdem treffen sie Martinez. Er führt die größte Familia in Chile, ist aber eher ein Großhändler. Sie kennen sich von früher, auch wenn Raphael nicht viel mit ihm zu tun hatte, haben sie hin und wieder Geschäfte miteinander gemacht. Von Chile lassen die meisten die Finger, da es zu viel Chaos gibt, doch genau das wird Thiago nutzen, um Chile an sich zu reißen. Martinez hat sein Land nicht im Griff. Er wird ihr neuer Großhändler und sich auch darum kümmern, dass die Drogen zu ihnen kommen. So ist der Plan, sie werden sehen, was sie davon umsetzen können.

Am nächsten Morgen gibt es eine große Besprechung. Thiago teilt die Familia ein. Ihn begleiten Elam, Loris, Saul, Dallas und Mikael und vierzehn weitere Männer. Der Rest bleibt mit Esau, Malik und Aden hier und bewacht alles. Es stehen auch in Honduras noch einige Deals an, doch Thiago ist sich sicher, dass sie das hinbekommen werden.

Er fährt in die Stadt, um ein paar Dinge zu besorgen. Sie brauchen unbedingt mehr Laptops, und als sie diese gekauft haben und zurück zum Auto gehen, laufen sie an einem Laden vorbei, in dessen Schaufenster diese großen beigen gehäkelten Sessel zum Anbringen an einen Balken oder einer Decke hängen. Thiago kauft einen und sie fahren zurück auf ihr Gelände. Es ist das erste Mal in den letzten Tagen, dass er etwas Zeit zum Entspannen hat, bevor sie zum Flughafen fahren. Er zieht sich um, tauscht seine Jeans gegen eine lockere Shorts und zieht sich ein schwarzes Muskelshirt an, er hat das Training heute auch ausgelassen und fühlt sich etwas ausgeruhter.

Sein erster Weg führt ihn zu den Grabstätten. Er betet, er hat das lange nicht mehr gemacht und fühlt sich gleich befreiter, als er sich auf die weiße Bank setzt und auf all die Namen blickt. Er sieht Rosa vor sich mit seinem Baby im Arm und wie sie ihn glücklich anstrahlt. Immer wieder stellt er sich die Frage: Was wäre, wenn sie da wäre, wenn das nicht passiert wäre? Doch darauf wird er keine Antwort finden, denn dann wäre nichts wie es jetzt ist.

Er blickt zu Raphaels Grab und wünschte, er könnte mit ihm sprechen, ihn fragen, ob er alles richtig macht, er hofft es, doch er ist sich nicht sicher. Ist es richtig, sich komplett neu aufzustellen? Mit neuen Männern, neuen Händlern? Doch er kann und wird sich auch nicht von jemandem auf der Nase herumtanzen lassen. Er möchte allen von Anfang an zeigen, wo die Fuegos stehen. Dallas hat einen Anruf von Escobar bekommen, der sehr sauer zu sein scheint, dass Thiago seine Männer mit der gesamten Ware zurückgeschickt hat. Er weiß nicht, ob er alle Entscheidungen richtig trifft. Er wird es darauf ankommen lassen müssen und die Antwort, ob all das richtig war, erst im Nachhinein bekommen. Eines der ersten Dinge, die er seinen Brüdern beigebracht hat war es, dass man eine Familia nur gut führt, wenn man seinen Kopf statt seines Herzens benutzt. Es ist wichtig, bei allem einen klaren Kopf zu behalten und sich nicht von Emotionen leiten zu lassen.

Nachdem er eine Weile bei den Grabstätten verbracht und seinen Gedanken freien Lauf gelassen hat, läuft Thiago den Strand entlang zum Haus von Alma und ihrem Vater. Der Vater sitzt an seinem Fischerboot am Strand und sortiert einiges aus seinen Körben. Thiago hält die Schaukel hoch und begrüßt den älteren Mann. »Hallo, ist Alma da? Ich habe hier ein Dankeschön für das ganze Obst und das Gemüse, der Fisch war auch immer sehr gut.«

Ihr Vater sieht zu der Schaukel. »Da wird sie sich freuen. Sie muss bald kommen, sie ist bei ihren Freundinnen. Ich habe gerade das Feuer entfacht, sieh mal, was ich heute gefangen habe. Ich verkaufe mein Leben lang Fisch, doch wenn ich so etwas Besonderes im Netz habe, dann ist das für meine Familie bestimmt.« Tatsächlich hat der Mann einen kleinen Grill neben seinem Fang zu stehen, der auch schon angezündet ist. Thiago sieht auf drei rote Fische, die auf dem Grill liegen, genau wie Tomaten, Paprika und Auberginen. »Das Essen ist gleich fertig, möchtest du auch etwas essen? Das ist ein Genuss, vertrau meiner langen Erfahrung.«

Der Fisch riecht sehr lecker, Thiago nickt und sieht dem Mann in die Augen. »Gerne, ich befestige die Schaukel schnell.« Almas Vater ist schon etwas älter und die Sonne auf dem Meer und das harte Leben als Fischer haben ihn gezeichnet, doch er trägt ein ehrliches Lächeln im Gesicht und das schätzt Thiago an Menschen am allermeisten. Er erinnert ihn sehr an seinen Vater.

Auch Almas Vater geht zum Haus, um dort seinen restlichen Fisch zu verstauen. Thiago befestigt die Schaukel am Balken auf der Terrasse. Da schon ein Haken dafür angebracht ist, geht es schnell und sie beide setzen sich zusammen an den Grill und blicken aufs Meer. »Ihr habt es euch hier sehr gemütlich gemacht. Ich hoffe, du verstehst, dass wir unser Land zurückhaben müssen. Ich habe Alma aber gesagt, dass du hier weiter fischen kannst und auch sie die Felder erst einmal nutzen kann.«

Das lag ihm noch auf dem Herzen, er weiß ja, dass Alma deswegen sauer ist oder zumindest war, und das Letzte, was er möchte ist es, diesem alten Mann etwas wegzunehmen, doch es wird hier zu gefährlich. »Oh ja, das war uns aber schon davor bewusst. Ich werde nicht immer fischen können und wir wollten etwas Neues aufbauen und dieser Laden ist genau das Richtige. Wenn ich einmal nicht mehr bin, soll Alma etwas Sicheres haben.« Er wendet den Fisch und sieht Thiago in die Augen.

»Alma ist ein gutes Kind. Sie hat ihrer Mutter und mir immer viel Freude bereitet. Irgendwann hat sich ihr Leben verändert. Wir haben ihre Mutter verloren, sie wurde bei einem Autounfall getötet. Alma hat das sehr mitgenommen, sie hat angefangen, einen falschen Weg zu gehen, doch ich wusste, dass sie das eines Tages einsehen und wieder nach Hause kommen wird und das hat sie auch getan. Ich habe das Gefühl, sie will sich hier verstecken, sie liebt dieses abgeschiedene Leben, doch sie muss zurückfinden und ein normales Leben führen.«

Thiago hört genau zu, er kann nicht verhindern, dass seine Neugierde auf diese schöne Frau mit jedem Tag mehr anwächst. Gerade als er fragen will, was sie noch alles mitgemacht hat, ertönt eine bekannte Stimme hinter ihnen. »Was tut ihr beide denn hier?« Sie wenden sich um und sehen auf Alma, die mit einem weißen bauchfreien Top und einer schwarzen Shorts hinter ihnen im Sand steht. Sie hat ein Brot in der Hand.

»Ich habe dir etwas vorbeigebracht und dein Vater hat mich zum Essen eingeladen.« Er deutet auf die Terrasse und Almas Augen beginnen sofort zu strahlen. Sie ist bildschön, Thiago kann nicht fassen, dass das immer wieder in seinen Gedanken auftaucht, wenn er sie wiedersieht.

Sie trägt einen Zopf und ist nicht geschminkt, ihre Augen strahlen ihn an. »Vielen Dank, das war nicht nötig. Ich habe es so vermisst, in einem Sessel zu sitzen und das Meer zu betrachten.« Thiago lacht auf. »Also war es doch nötig. Ich habe zu danken, du fütterst mich ja quasi durch. Gestern Abend haben meine Männer sich auf das Obst gestürzt, als hätten sie noch nie zuvor welches gesehen.« Alma lächelt und hebt das Brot. »Okay, dann kannst du jetzt wenigstens den besten Fisch in ganz Honduras essen. Ich hole Teller und Getränke, ist das Essen fertig?« Ihr Vater wendet das Gemüse. »Gleich.« Thiago steht auf. »Ich helfe dir.«

Zusammen gehen sie in das Haus, Alma betrachtet die Schaukel und setzt sich sofort hinein. Er kann sich bildlich vorstellen, wie sie nachts in der Schaukel sitzt und nur die Laternen auf ihrer Terrasse und der Mond ihr Licht schenken.

Als sie das Haus betreten, räuspert sich Alma leise. »Sehr klein im Gegensatz zu dem Haus, welches du besitzt, aber ...« Thiago muss lächeln. »Ich habe dir doch gesagt, dass das mal unser Haus war. Es sieht fast aus wie früher.« Er blickt auf die kleine Kochnische, das Sofa und auf ein kleines Bad und zwei Schlafzimmer. Es ist sehr einfach, aber sehr gemütlich eingerichtet und vor allem sehr sauber, was hier am Strand nicht leicht ist. Raphael hat alle alten Möbel entfernen und das Haus direkt an den Strand stellen lassen, das Bad ausgebaut und alle anderen Räume nur zum Abstellen der Strandsachen genutzt.

Alma legt das Brot auf die Anrichte und schneidet es, dabei sieht sie sich zu ihm um. »Stimmt, du hattest gesagt, dass das früher euer Haus war.« Thiago sieht sich um, während Alma aus dem Kühlschrank drei Dosen Limonade und Zitrone holt und eine Schüssel mit Avocadopaste.

»Ja, es war etwas größer, es gab noch ein drittes Zimmer und einen kleinen Extraraum für Wäsche und solche Sachen. Ist das dein Raum?« Er deutet zu dem Raum, worin er früher mit Elam geschlafen hat. Sie nickt und folgt ihm. Er geht zum Fenster und streicht dort über die Balken, noch immer steht dort eingeritzt: Thiago, Elam und Malik Fuego. Alma stellt sich zu ihm und streicht mit ihren zarten Fingern ebenfalls darüber. »Das ist mir bisher nie aufgefallen.« Thiago nimmt sein Handy aus der Shorts und macht ein Foto davon, was er Malik und Elam schickt.

»Der Freund meines Vaters hatte mir ein Taschenmesser geschenkt. Nachdem sich Elam damit aber fast den Finger abgeschnitten hat, wollte mein Vater es wegwerfen. Ich habe erzählt, dass ich es verloren hätte und habe es die ganze Zeit in meinem Zimmer versteckt. Nachts haben Elam und ich es rausgeholt und geschnitzt ...«

Er wendet sich zu ihr und sieht ihr direkt in die Augen. »Ich muss zugeben, dass ich dich am Anfang nicht gemocht habe. Ich war so wütend, dass ihr hierherkommt und alles an euch reißt, auch wenn mir jetzt klar ist, dass all das immer euch gehört hat. Dann habe ich gesehen, wer du bist. Die Menschen erzählen sich viele Geschichten von dir, fast mehr als damals von Raphael. Dich in deinem Haus zu sehen hat meine Wut noch mehr verstärkt, doch als du dann mit mir auf dem Feld warst und am Feuer, habe ich diese andere Seite gesehen, genau wie jetzt. Ich glaube, da dringt manchmal dieser kleine Junge wieder durch, der das hier heimlich eingeritzt hat.«

Sie hat nicht einmal ihren Blick abgewendet und Thiago genießt es, ihr in ihre schönen Augen zu sehen. Sein Blick geht zu ihrem süßen Leberfleck unter ihren Lippen. »Das kann sein, aber dieser Mann, über den es diese Geschichten gibt, ist auch in mir.« Sie nickt. »Das weiß ich, das sehe ich, wenn ihr trainiert und wenn du mit deinen Männern sprichst.« Also scheint auch sie ihn ein wenig zu beobachten. Er setzt an, noch etwas zu sagen, doch sie hören ihren Vater, dass das Essen fertig ist.

Alma lächelt noch einmal und deutet ihm mitzukommen. Was passiert hier? Sie sollte nicht den Fehler machen und einen falschen Eindruck von ihm bekommen.

»Nimmst du die Getränke?« Thiago greift nach den Getränken und sie setzen sich zu dem Vater. Obwohl das Essen so einfach ist, schmeckt es sehr gut, vielleicht gerade deswegen. Der Fisch ist perfekt, das Gemüse und die Avocadocreme mit dem frischen Brot machen sie alle satt und Alma erzählt ihrem Vater, was Thiago ihr gezeigt hat. Obwohl er nicht sehr gerne davon spricht, erzählt er den beiden etwas von der Zeit, als sie damals hier gelebt haben und was ihm dieses Stück Land bedeutet.

Auch nachdem sie fertig sind, bleiben sie lange sitzen, die Nachmittagssonne kühlt herunter und der Wind vom Meer erfrischt sie. Erst als die Wachen einen Wechsel machen, sieht er wieder auf die Uhr und steht langsam auf. Er erklärt, dass er noch packen muss und heute Abend nach Chile reist. Er erfährt, dass die beiden Honduras noch nie verlassen haben. Alma steht auch auf, sie bedankt sich noch einmal für den Sessel, einen Moment denkt Thiago darüber nach, sie zur Verabschiedung zu umarmen, doch er lässt es sein, verabschiedet sich von beiden und geht zu seinem Haus zurück.

Diese Seite kennt er nicht an sich, gar nicht. Nicht bei Rosa oder sonst einer Frau hat er sich jemals Gedanken gemacht, was er tun sollte, oder könnte, oder eher nicht tun sollte. Seit wann denkt er darüber nach, ob er eine Frau umarmen soll, oder wie sehr er ein Gespräch vertiefen soll? Bisher hat er sich nie groß Gedanken darüber gemacht, wie er sich Frauen gegenüber verhält, das ist bei Alma das erste Mal anders und sein Verstand scheint ihn davor warnen zu wollen, sich nicht in etwas zu verrennen. Nicht jetzt, nicht in dieser Situation, wo er einen klaren Kopf benötigt und seinen Focus auf die Familia haben muss. Nicht mit dem Grab seiner Frau und seines Sohnes an seiner Seite. Dann hat er lieber etwas Spaß mit Haushälterinnen und Chicas, statt so durch den Wind zu sein wie in dem Augenblick, als er zurück zu seinem Haus geht. Er weiß nicht, was Alma genau in ihm auslöst, doch er kennt es nicht und er hat im Moment garantiert keine Zeit dafür.

Deswegen konzentriert er sich wieder auf das, was wichtig ist, packt seine Tasche zusammen und fährt mit Saul und Elam zum Flughafen, die anderen sind schon vorgefahren. Als er in den Flieger steigt, sieht er sich um und ist froh, wieder einen Schritt weitergehen zu können.

Kapitel 13

»Woran denkst du?« Alma fährt erschrocken zusammen, als Alegra plötzlich hinter ihr erscheint und ihr eine Blume vor die Nase hält. Lächelnd nimmt sie die Blume, während sich ihr Herzschlag schnell wieder normalisiert und riecht an der roten Rose.

»An gar nichts. Ich bin müde, vielen Dank, wie komme ich zu dieser schönen Rose, willst du mir etwas gestehen?« Alegra lacht auf und nimmt ihr die Kiste ab, die eine der letzten ist, die sie sich auf den Truck lädt.

Zwei müssen noch eingepackt werden, heute war ein guter Tag auf dem Markt und es ist nicht mehr sehr viel übrig, doch sie hat noch einen halben Korb Äpfel und Birnen, die kleine Dellen vom Abfallen haben. Nicht geeignet zum Verkauf, aber lecker genug, um von den Kindern im Kinderheim schnell aufgegessen zu werden. Alegra nimmt einen Korb mit den restlichen Apfelsinen und Alma den mit dem nicht verkauften Gemüse.

»Die Rose hat mir Toni für dich gegeben, er sagt, du grübelst den ganzen Tag schon und er hat dein Lächeln heute vermisst.« Alma sieht zum Blumenhändler hinüber, er fragt sie jede Woche nach einem Date, und auch wenn Alma ihm schon tausendmal erklärt hat, dass das nichts wird, lässt er nicht locker, doch auf eine sehr liebevolle, charmante Art. Sie lächelt und bedankt sich und er greift sich ans Herz, als er ihr Lächeln erblickt.

Alegra und sie müssen beide lachen, Alma schließt die Ladefläche und sieht ihrer Freundin in die Augen. »Was tust du eigentlich hier? Soll ich dich mitnehmen?« Alegra deutet zum Stadtbüro. »Ich musste ein paar Anträge abholen, ich wollte eh gerade zurück. Deine Verträumtheit hat nicht zufällig etwas mit dem hübschen Kerl von letztens zu tun? Also wir können gerne nach der Arbeit zu dir kommen und diesen Abend wiederholen, die beiden anderen waren auch nicht schlecht.«

Sofort fühlt Alma sich ertappt und wunderschöne dunkle Augen treten vor ihr inneres Auge.

»Thiago? Nein, ich meine, wir haben gestern Abend zusammen gegessen, er hat mir einen neuen Sessel gebracht und … Du weißt, wer er ist, dir muss ich das nicht erklären.« Sie setzt sich ans Steuer und Alegra auf den Beifahrersitz. »Natürlich weiß ich, wer er ist, doch die drei waren doch sehr nett. Ich meine, du würdest doch auch niemanden wegen seines Jobs ablehnen, oder? Und es sah sehr danach aus, dass er auch Interesse an dir hat.«

Alma verlässt den Marktplatz und fährt in Richtung Kinderheim. »Wie kommst du darauf? Und der Anführer der Fuegos zu sein, ist wohl viel mehr als ein Job. Mein ganzes Leben lang habe ich Geschichten der Familia gehört, immer wieder ging es um Thiago Fuego, den besten Mann Raphaels, der unberechenbar und eiskalt sein soll und nun denkst du, ich date so einen? Wobei ein Mann wie er sicherlich nicht datet und ich auch nicht, falls du das noch nicht gemerkt hast.«

Alegra lacht laut auf und sieht zu ihr.

»Dafür, dass er dir egal ist, regst du dich aber ganz schön auf deswegen. Ich kenne dich und ich kenne deine Geschichte. Es ist normal, dass du vorsichtig bist, doch nur weil ein großer Name hinter diesem Mann steht, heißt das nicht, dass man dem nicht einen Chance geben kann. Ich sag ja nicht, dass du ihn gleich heiraten sollst, doch du solltest ihn auch nicht komplett ausschlagen.«

Alma kommen die Bilder von gestern wieder vor das innere Auge. Es sah einen Moment so aus, als würde Thiago sie küssen wollen und zu ihrem Schrecken hat sie sich in diesem Augenblick genau das gewünscht, keine Sekunde später hätte sie sich selbst ohrfeigen können für diesen Gedanken, doch in diesem Augenblick wollte sie nichts mehr als das.

Schon als sie damals erfahren hat, dass die Familia zurückkehrt und sie ihr Haus räumen müssen, hat sich eine Wut in ihr gebildet, die nur noch größer geworden ist, als dann eines Tages Thiago vor ihr stand. Sie hätte ihm am liebsten die Augen ausgekratzt und hat ihn völlig ignoriert. Was sie erst nach und nach immer mehr bemerkt hat, ist, dass er sicherlich der große Thiago Fuego ist, doch dass er auch sehr höflich und sehr taktvoll ist. Er hat es mit wenigen Worten geschafft, sie zu beruhigen und ihre Wut zu mindern. Man hat ihm angesehen, dass er echtes Interesse an ihrem Anbau hat und es ihm wirklich leidtut, dass sie nun einen neuen Weg gehen müssen.

Erst dann langsam hat ihr Verstand auch all die anderen Dinge zugelassen und sie hat registriert, was für ein hübscher Mann da vor ihr steht. Mit seinen dunklen kurzen Haaren und den schönen dunklen Augen wäre er auch so sehr auffällig. Er hat ein markantes und sehr hübsches Gesicht. Sehr männlich wie seine ganze unerschütterliche Haltung. Das ist es, was einem bei Thiago als Erstes auffällt. Diese Macht, die er ausstrahlt. Er muss nicht einmal sagen, wer er ist, ein Blick reicht und man weiß, dass man sich mit ihm lieber nicht anlegen sollte. Dieser Blick ... er hat wunderschöne dunkle Augen. Alma hat immer wieder seinen Blick gesucht, doch gleichzeitig ist der Blick auch so präzise und kalt, er gleicht einer Rasierklinge und ihm entgeht garantiert nichts. Sie hat immer wieder gesehen, wie die Männer trainieren waren, dass sie alle durchtrainiert sind, doch Thiago mit seinem durchtrainierten Körper und dem Kreuz quer über den Rücken und der schönen bronzefarbenen Haut ist ihr trotzdem immer wieder von allen am meisten aufgefallen. Man sieht ihm an, dass ihm einiges leichter fällt als den anderen, vielleicht weil viele neu dazugekommen sind.

Das erste Aufeinandertreffen von Alma und Thiago war von Wut überdeckt, doch sie muss gestehen, dass sie sein Gesicht danach nicht mehr aus dem Kopf bekam. Er ist einer der attraktivsten Männer, den sie je gesehen hat, das würde sie zwar niemals vor jemand anderem zugeben, doch das will bei ihr schon etwas heißen. Sein markantes und zugleich schönes Gesicht, die Lippen, die so verführerisch grinsen können, er hat ein sehr anziehendes Lächeln. Diese tiefe Stimme, die ihren Namen auf eine ganz bestimmte Art und Weise ausspricht, fast als wäre es ein Genuss für ihn, sie fragt sich ständig, wie ein Mann so attraktiv und so furchteinflößend gleichzeitig sein kann.

Doch die Tatsache, wer er ist, hat Alma trotz allem immer einen gewissen respektvollen Abstand zwischen ihnen halten lassen. Auch die anderen Männer sind mächtig und furchteinflößend, doch mit ihnen zu sprechen fällt ihr nicht so schwer. Sehr schnell haben sie sie auf dem Gebiet akzeptiert. Alma bringt den Wachen immer einen kleinen Korb mit Obst mit, bevor sie auf den Markt fährt, jeder grüßt sie mittlerweile und wenn die Männer sehen, dass sie schwere Körbe trägt, helfen sie ihr oder ihrem Vater, das Boot auf den Sand zu bringen. Auch wenn sie sicherlich alle tödlich sind, benehmen sie sich und sind nett zu ihr und ihrem Vater, auch Thiago ist das, vielleicht sogar etwas mehr als die anderen, doch im selben Moment hat er auch eine Kälte an sich und in seinem Blick, die sie immer wieder auf Abstand gehen lässt.

So war das auch gestern, es war schön, sie haben sich unterhalten und sie hat völlig vergessen, wer er ist. Seine Augen haben geglänzt, als er sich im Haus umgesehen hat, er war völlig eingenommen und dann am Fenster standen sie so nah beieinander, dass sie seinen betörenden Duft einatmen konnte. Er hat sich leicht zu ihr gebeugt, einen Moment haben sich seine Augen in ihren verfangen, doch im nächsten Augenblick war wieder diese Kälte da und sie sind beide auseinander gefahren, um von dieser Kälte nicht verschlungen zu werden.

Es ist komisch, es ist ein Wechselbad aus heiß und kalt und Alma kann das nicht einschätzen oder einordnen. Das Einzige, was sie weiß ist, dass sie versuchen sollte, weiter Abstand zu halten. Sie weiß, dass egal was sie erwarten würde, es wieder nicht gut wäre und das kann sie nicht noch einmal in ihrem Leben gebrauchen. Da kann all das noch so anziehend sein. Ein verbranntes Kind fasst nicht noch einmal ins Feuer … zumindest sollte es das nicht.

»Ich habe keine Zeit für so etwas, aber die meisten Fuegos sind heute Nacht alle nach Chile geflogen, das heißt, wir haben Ruhe und können den Tag entspannt am Meer beenden.« Wie sehr ihr das fehlen wird, wenn sie ihr Haus verlassen müssen, seit sie weiß, dass sie das bald nicht mehr so einfach haben werden, genießt Alma jede Nacht diese Aussicht, auf die sie bald verzichten muss.

Alegra lehnt sich zurück, es dauert etwas, bis sie am Heim ankommen.

»Es ist zwar nicht so sexy, wenn die Männer nicht dort sind, doch ich bin trotzdem dabei.« Alma lacht leise auf, dreht die Musik lauter und freut sich schon auf einen gemütlichen Abend mit ihren Freundinnen.

Kapitel 14

Sie kommen mitten in der Nacht in Chile an. Drei Geländewagen, die sie vorher gemietet haben, warten bereits und sie fahren zu ihrer Villa, die sie für zwei Tage angemietet haben. Martinez wollte ihnen eine Unterkunft besorgen, doch Thiago hat höflich abgelehnt, er wird niemandem vertrauen. Keiner weiß, wo sie in dieser Zeit unterkommen.

Die Villa hat mehr als genug Platz für alle Männer, einige Männer gehen noch etwas zum Essen besorgen, während sie alles für den nächsten Tag planen, dann legen sich alle schlafen, und erst als Thiago am nächsten Morgen von Dallas aus dem Bett geholt wird, weil sie losmüssen, sieht Thiago richtig, wo sie gelandet sind. Sie sind in einem Vorort von Santiago de Chile, Thiago tritt auf seine Terrasse und blickt auf riesige Berge. Beeindruckt sieht er sich die Schönheit dieses Ortes an, bevor er duschen geht, etwas frühstückt und alle Männer anweist, wie sie sich zu verhalten haben.

Sie werden dieses Land unter ihre Kontrolle bringen, deswegen werden sie gemeinsam und entschlossen auftreten müssen. Dallas macht noch eine Trainingseinheit mit den Männern auf dem großen Grundstück vor ihrer Villa, währenddessen fährt Thiago mit Saul und Elam durch Santiago de Chile.

Es ist chaotisch, er fährt an teuren Gegenden vorbei und zwei Straßen weiter findet man Barrios mit Männern, die bis unter den Haaransatz tätowiert und schwer bewaffnet sind. Sie fahren weiter, Thiago möchte einen Eindruck von Chile bekommen. Diego hat ihm gesagt, dass es unmöglich ist, hier die Übersicht zu behalten.

Mehrere kleinere Dörfer durchqueren sie, bis sie in einen Ort kommen, wo sie von zwei bewaffneten Männern aufgehalten werden. Die Männer sehen in ihr Auto und Thiago legt den Kopf schief. »Wo sind wir hier, dass man so begrüßt wird?« Die Wachen sehen auf ihre Waffen und ihnen ins Gesicht. »Hier leben die Aquillas. Wer seid ihr?« Thiago ist interessiert. Man sieht schon vom Auto aus, dass das hier ein kleines einfaches Dorf ist, doch vielleicht findet er hier Antworten, die er braucht. »Fuego. Die Familia Fuego aus Honduras. Hol deinen Anführer her, sag ihm, Thiago möchte mit ihm sprechen.«

Elam sitzt hinter ihm und lehnt sich zurück. »Wir haben gleich einen Termin, Thiago, was hast du vor?« Thiago steigt aus dem Auto, Saul tut es ihm gleich. »Vielleicht sollte ich erst einmal erfahren, wie es wirklich um Chile steht, bevor ich Deals eingehe.« Saul stellt sich zu ihm. Er hat Saul und seine Männer noch nicht offiziell in die Familia aufgenommen, doch sie und zwei andere arbeiten schon fest mit ihnen zusammen und es werden gerade auch keine Neuen mehr antrainiert. Das wird nach und nach passieren. Wenn sie Saul und die beiden anderen aufnehmen, besteht ihre Familia insgesamt aus knapp 50 Mann und das reicht fürs Erste. Sie haben genug Platz für Häuser für alle; die großen Häuser und die der inneren Kreise sind am Meer, dann kommen die alten Vertrauten und dann ist ein großes Stück Land, was bebaut wird für alle anderen Männer, dort werden 30 Häuser entstehen. Die Hälfte ist schon fertig und die Männer teilen sich zur Zeit noch die fertigen Häuser, bis jeder sein eigenes beziehen kann. Nur Saul, seine Männer und die zwei anderen leben noch in dem alten Hotel in der Stadt, doch das wird sich sicher bald ändern.

Er beginnt, ihm immer mehr zu vertrauen. Saul ist ein guter Mann, er ist ruhig, doch er ist sehr aufmerksam und er denkt immer zwei Schritte weiter. Thiago nimmt ihn fast immer mit sich, er mag seine militärische Sicht auf die Dinge und seine ruhige Art bringt ihn oft wieder runter. Das Wichtigste ist auch, Saul hat verstanden, dass er nicht mehr beim Militär ist und macht auch seinen Mund auf, wenn er etwas nicht richtig findet. Loris hat zwei Kandidaten in den Wahlkampf geschickt, die in einem Monat gegeneinander um das Amt des Präsidenten antreten. Thiago hat beide kurz gesehen, es sind sehr gerechte Männer, die vieles ändern wollen in Honduras, doch dabei wissen sie, dass alles unter Thiagos Hand passiert und er alles unter Kontrolle behalten wird. Saul wird sich mit Aden und Loris die nächste Woche mit den Kandidaten beschäftigen und einiges mit ihnen durchgehen und Regeln festlegen, für so etwas ist er wie gemacht.

Es ist auch nicht das eingetroffen, was er mit Sauls Männern befürchtet hat. Er hat vermutet, dass es schwer wird, sie voneinander zu trennen, dass sie zur Familia gehören, jeder einzelne und nicht weiter als Sauls Männer in einer Gruppe bleiben, doch das hat sich schnell gelegt. Mittlerweile geht jeder seinen eigenen Weg und es sind auch schon neue Freundschaften entstanden. Während Saul meistens bei ihm ist, sind zwei andere Männer viel mit Malik und Isam zusammen, sie sind eine richtige Vierereinheit geworden, auch Dallas mag die Männer sehr und ist viel mit ihnen zusammen.

Sie haben noch immer etwas Militärisches an sich, es ist schwer für sie, sich einfach mal gehen zu lassen, doch das ist auch verständlich, wenn man bedenkt, dass sie alle aus einem Heim kommen, in dem sie von klein auf zur Gehorsamkeit erzogen wurden.

»Was für ein hoher Besuch. Was verschafft uns die Ehre?« Zwei Männer kommen in Shorts, mit Waffen in den Händen und Badelatschen an den Füßen aus dem Dorf auf sie zu. Hinter ihnen mit einigem Abstand stehen weitere Männer, doch sie halten sich zurück. Die beiden scheinen überrascht, aber nicht negativ. Sie stellen sich als die Anführer der Aquillas vor und reichen ihnen die Hand.

»Was führt die Fuegos nach Chile? Möchtet ihr reinkommen und euch setzen?« Thiago sieht auf seine Uhr. »Das nächste Mal, wir sind eher zufällig auf euer Dorf gestoßen, wir haben gleich einige Treffen und bevor wir wissen, mit wem wir hier Geschäfte machen, wollten wir uns mal anhören, wer zur Zeit in Chile wirklich das Sagen hat, und ich denke, ihr seid sicher neutral genug, um uns da einen genauen Einblick zu geben.«

Die beiden lachen auf, während sie sich zusammen auf zwei Bänke setzen, die bei den Wachhäusern stehen.

»Chile ist gespalten, es herrscht Chaos. Das war nicht immer so. Es gab damals eine große Familia, die alles geleitet hat, doch Verräter in den eigenen Reihen haben alles zerstört und es haben sich mehrere kleinere Familias gebildet. Wir kontrollieren Santiago de Chile, andere Familias die anderen Ortschaften. Wir sind frei und können machen, was wir möchten, doch jeder von uns muss seinen Teil an Martinez zahlen. Wenn man sagen möchte, wer das alles etwas unter Kontrolle hat, ist er das. Doch über ihm steht Baxter. Martinez macht die großen Waffengeschäfte, doch am Ende muss er von all seinen Einnahmen auch einen Teil an Baxter abgeben, der alles unter seiner Kontrolle hat. Die Familias, die Polizei, alles.«

Thiago hebt die Augenbrauen. Gut zu wissen. »Wer ist Baxter, ich habe noch nie von ihm gehört.« Die beiden zucken die Schultern. »Er gehört keiner Familia an, er verwaltet sie nur. Er ist ein reicher Geschäftsmann, kaum einer weiß mehr als seinen Namen, doch er hat Chile in seiner Hand.«

Das sind doch wichtige Neuigkeiten. Auch Elam hört nun interessierter zu. »Und was sagen die Familias dazu?« Thiago spürt, dass er auf etwas Wichtiges gestoßen ist. »Es ist schwerer, seitdem es so ist. Vorher haben wir einen kleinen Betrag abgeben müssen und konnten gut leben. Nun muss an Martinez und diesen Baxter gezahlt werden, damit wir in Ruhe arbeiten können. Wenn wir uns dagegen stellen, räumt die Polizei unsere Dörfer und die Hälfte unserer Männer finden sich im Gefängnis wieder. Wir sind mächtig, doch Martinez hat das Sagen und dadurch bekriegen sich die kleineren Familias immer mehr untereinander und es entsteht ein immer größeres Chaos.«

Thiago nickt und steht auf. »So wie es Diego gesagt hat, hier stimmt offenbar einiges nicht.« Nun sehen die beiden Männer noch interessierter auf. »Diego Da Silva?« Thiago nickt. »Uns und

126

den Da Silvas gefällt es nicht, wie es hier zur Zeit aussieht. Ich bin nur zwei Tage hier und werde mir einen Überblick über alles verschaffen, dann werde ich mir überlegen, was wir machen.« Die beiden Männer stehen mit ihm auf. »Wenn ihr eingreifen möchtet oder noch mehr Informationen braucht, wir sind hier und stehen zur Verfügung. Lieber stehen wir unter den Fuegos oder den Da Silvas als so, wie es gerade läuft.« Saul holt sein Handy heraus und tippt sich die Nummer der beiden ein. Sie versprechen, sich zu melden, wenn sie genauere Pläne haben, doch er hat von Anfang an gespürt, dass hier in Chile mehr passieren wird, als nur schnell ein paar Geschäfte abzuschließen.

Da sie keine Zeit mehr haben, fahren sie direkt zurück, wo vor der Villa die restlichen Männer schon in den Autos warten. Sie fahren einmal quer durch Santiago de Chile zu einem großen ländlichen Anwesen von Martinez.

Die Wachposten winken sie durch, das Anwesen ist groß, doch auch nicht so imposant, wie Thiago es erwartet hätte. Auf den hohen sandfarbenen Steinstufen stehen Martinez und zwei seiner Männer und sehen ihnen zufrieden entgegen. Nur Thiago steigt aus, er deutet den anderen, im Auto zu bleiben, er konnte sie noch nicht darüber informieren, was er vorhat.

»Thiago, du weißt gar nicht, wie gut es ist, dich zu sehen. Du siehst gut aus, komm rein, wir ...« Thiago lächelt ebenfalls, es ist nicht so, als wenn er etwas gegen Martinez hätte, doch er ist nicht aus Spaß hier. »Martinez, du siehst auch so aus, als würdest du ein gutes Leben führen in letzter Zeit. Du weißt, dass wir hier sind, um Geschäfte zu machen, also steig mit deinen Männern ins Auto und bring uns zu Baxter oder wie er sich nennt.«

Man sieht Martinez sofort an, dass er nicht damit gerechnet hat, dass Thiago Bescheid weiß. »Ähmm, Baxter hat mit unserem Deal nichts zu tun und ich weiß gar nicht, ob er ...« Thiago lächelt und dreht sich zum Auto um. »Offenbar geht hier alles über Baxter und ich will mir das mal ansehen, also los. Du weißt, dass wir nicht viel Zeit haben, ich bin mir sicher, dass uns dein neuer Freund gerne sehen möchte.«

Thiago setzt sich zurück ins Auto. Er sieht, wie Martinez etwas verzweifelt mit seinen Männern spricht, doch er weiß, dass Thiago sich nicht umstimmen lässt. Einer seiner Männer hat das Handy am Ohr und wird sicherlich diesen Baxter anrufen, doch das ist Thiago egal, soll er ruhig wissen, dass sie kommen. Er deutet Martinez, sich zu beeilen und endlich setzen sich zwei Autos vor ihnen in Bewegung und sie folgen ihnen.

Sehr weit fahren sie gar nicht, doch was sich dann vor Thiago auftut, lässt ihn zweimal hinsehen. Martinez hatte ein schönes Anwesen, aber das, wo sie nun hineinfahren, ist kaum in Worte zu fassen. Es ist riesig, sie fahren an Tennis- und Basketballplätzen vorbei, alles ist top gepflegt, es sind einige Brunnen zu sehen, überall laufen hübsche Frauen in kurzen Kleidern herum, und als sie dann endlich auf das Hauptgebäude zufahren, hätte er bei dieser Größe erwartet, dass hier mehrere Häuser stehen und eine Familia hier lebt, aber es ist nur eine gigantische Villa, die eher an ein Schloss erinnert. Überall stehen goldene Statuen im Garten und die englische Flagge hängt vor dem Haus.

Dallas lacht auf, als ein pummeliger Mann mit rötlichem Haar, Sonnenhut und einem weißen Anzug aus dem Haus kommt. Er hat eine Zigarre im Mund und breitet die Arme aus. »Amigos … wie schön, euch begrüßen zu dürfen.« Martinez steigt schnell aus und sagt ihm etwas, sie alle verlassen ihre Wagen. Offenbar hat Martinez ihm gesagt, wer sie sind, denn einen Moment huscht etwas wie Unsicherheit über sein Gesicht, doch dann grinst er breit und kommt auf sie zu.

»Die Fuegos. Ich bin sehr erfreut. Wie sagt man so schön: mi caso et su caso.« Selbst Saul neben ihm sieht ungläubig zu dem Mann, der im falschen und schlechten Spanisch mit ihnen spricht. »Baxter, wir haben gehört, dass du hier überall deine Hände mit im

128

Spiel hast und da wir vorhaben, hier in Chile Geschäfte zu machen, wollten wir uns mal genau ansehen, wer du bist.«

Der Mann lacht und bittet sie in seinen Palast. »Aber natürlich, fühlt euch wie zu Hause.«

Thiago hat schon viele Häuser gesehen, wo man schnell den Reichtum der Leute erkennt, auch ihren Häusern sieht man das an, doch das hier übertrifft alles. Es ist alles vergoldet, teure Gemälde hängen an den Wänden, man kann gar nicht genau hinsehen, es ist zu viel, zu bunt, zu viel Gold. Thiago wird wütend, er versteht nicht, was hier in Chile los ist.

Sie setzen sich alle an einen massiven Marmortisch auf eine Terrasse, er ist groß genug, damit alle Männer Platz finden und sie bekommen sofort Getränke gebracht von hübschen Frauen in kurzen Kleidern.

Thiago räuspert sich. »Schön hast du es hier, Baxter. Unter der Sonne Chiles, mit hübschen Latinas, man sieht, dass es dir gut geht … ich wundere mich nur, wieso du hier bist. Woher kommst du?« Baxter hebt sein Champagner-Glas. »England, London. Ich war dort Immobilienmakler und vor drei Jahren habe ich hier Urlaub gemacht und sehr schnell gemerkt, dass wenn man die richtigen Leute kennt hier unten, man sehr schnell viel Macht erlangen kann. Dann habe ich begonnen, mit Martinez zusammenzuarbeiten und nun sitze ich hier.«

Thiago nickt und sieht Martinez einen Moment in die Augen. »Das sehe ich, das sehe ich! Und was sind eure weiteren Pläne? Wie sieht eure Zusammenarbeit aus?« Baxter lacht auf, er klopft auf seinen Schenkel und eine der Frauen setzt sich darauf. Dabei bemerkt er das erste Mal, dass all diese Frauen noch sehr jung sind, sehr jung, vielleicht gerade mal achtzehn, wenn überhaupt und sehr zart. Er scheint auch noch eine perverse Ader zu haben, an einer der Frauen sieht er Striemen und blaue Flecken. Er begegnet Sauls Blick, der das genau wie er entdeckt hat und die Augenbrauen hebt.

»Ich bereite Martinez die Möglichkeit, seine Geschäfte in Ruhe zu machen, wenn man das so will, koordiniere ich alles und habe … Chile in meiner Hand. Ich denke so etwa, wie es auch eure Familia macht …« Er lacht laut auf. »Nur teile ich nicht gerne und mache das lieber selbst oder lasse es von Martinez machen. Wir hatten geplant, uns etwas mehr auszubreiten.« Er hebt die Hände. »Dabei respektiere ich natürlich die Ansprüche von den Fuegos und den Da Silvas, ich würde euch nicht in die Quere kommen, doch ich denke, Lateinamerika ist groß genug für uns alle.«

Thiago steht auf, er hat genug gehört. »Wie du es gesagt hast, Lateinamerika, und wer, wie, was übernimmt, bestimmen die Da Silvas und wir. Chile steht nicht unter deiner Kontrolle und das wird es auch nie, auch wenn hier in letzter Zeit einiges schiefgelaufen ist. Da du ja offenbar einen Teil von dem Erlös des Geldes für die Waffen einbehältst, werde ich das vom Kaufbetrag abziehen, wie viel werden das sein, 30 Prozent? Ich werde dir keinen Cent mehr bezahlen.«

Er wendet sich an Martinez, der auch aufgestanden ist, mit Baxter hat er auf englisch gesprochen, ihn spricht er auf spanisch an. »Wie kannst du so etwas zulassen?« Thiago wird lauter. »Du gibst das Land in die Hände eines Engländers? Was ist los mit dir? Kein Wunder, dass hier nichts mehr funktioniert. Ich habe jetzt keine Zeit, mich darum zu kümmern, aber glaube mir, ich komme zurück und dann hast du das Ganze besser im Griff, oder ich gebe die Macht über Chile in die Hände der Straßenfamilias, die können das garantiert besser als du.«

Martinez senkt den Blick. Baxter mischt sich noch einmal ein. »Ich habe den Präsidenten und die Polizei auf meiner …« Thiago deutet Dallas, die zwei Sporttaschen auf den Tisch zu legen, er öffnet sie und nimmt einige Geldstapel wieder heraus. »Frag mal, was mit Präsidenten bei uns passiert, erkundige dich genau, und hier bei uns bedeutet das Wort Polizei nichts. Es ist schön, mit dir Geschäfte zu machen, Baxter. Willkommen in Lateinamerika!«

Er sieht noch einmal zu Martinez. »Ich erwarte in drei Tagen die Ware und komme nicht auf dumme Gedanken, oder ich zerstöre innerhalb weniger Stunden alles, was du dir aufgebaut hast.« Er wirft Martinez die Taschen zu, der nur nickt.

Thiago sieht noch einmal zu Baxter und den Frauen, die verschämt den Kopf senken. »Ich komme wieder und dann wird sich hier einiges ändern.«

Mit diesen Worten geht er, seine Männer folgen ihm. Als sie das Haus verlassen, ruft Thiago einen der Wachmänner hier auf dem Gelände und deutet auf die Fahne am Eingang. »Nimm die ab und hängt sie nie wieder auf!«

Sie fahren los, ohne sich noch einmal umzudrehen.

Dallas neben ihm lacht laut los und auch Saul muss schmunzeln. »Was zur Hölle war das?«

Statt zurück zur Villa, fahren sie zu der Fabrik, in der die Waffen hergestellt werden. Sie lassen sich von den Arbeitern herumführen und Thiago ist verwundert, wie alt und klein die Maschinen sind, die all diese Waffen herstellen. Er kennt die Waffen, sie sind gut, deswegen hatte er sich viel mehr Maschinen und viel mehr Arbeitsgänge vorgestellt als tatsächlich nötig sind. Es bildet sich ein Plan in seinem Kopf, schon länger hatte er die Idee dazu, doch langsam festigt sich der Gedanke.

Statt am Abend mit den Männern den Tag ausklingen zu lassen, Karten zu spielen und sich zu entspannen, ziehen sich Loris und Thiago zurück. Sie besprechen einiges und planen, holen Informationen ein und fahren ohne Schlaf am nächsten Morgen direkt zu einer großen Hanfplantage, wo sie den letzten Termin haben. Sie lassen sich auch dort herumführen und bestellen eine große Menge. Sie geben Martinez Bescheid, dass der Stoff mit den Waffen zusammen geliefert werden soll. Martinez versucht, alles gut zu reden und ihnen Baxter schmackhaft zu machen, doch Thiago lässt sich auf diese Diskussionen überhaupt nicht ein und beendet das Gespräch wieder.

Auch auf der Plantage passt er genau auf, fragt viel nach und lässt sich alles erklären, dann fahren sie direkt zum Flughafen und fliegen zurück.

Am Abend, als sie wieder in ihren Autos sitzen und kurz vor ihrem Gebiet sind, fährt Thiago vor und leitet die Autos zu dem leeren Stück Land etwas abseits ihres Gebietes. Es ist riesig. Wenn man von der Stadt kommt, fährt man lange Zeit auf einer unbebauten Fläche, bis man zu ihrem Grundstück kommt, was von einem kleinen Stück Wald abgegrenzt und zwischen zwei Felsen liegt, wie eine kleine Bucht. Nach ihrem Grundstück und bevor der Wald beginnt, gibt es aber noch dieses große Stück freies Land, was auch wieder durch den Wald abgegrenzt ist. Raphael hat es nie benutzt, es war aber immer der Plan, es mal auszubauen, um ihr Grundstück damit zu erweitern, wenn die Familia weiter wächst. Es ist leicht abzusichern, früher wurde es als Müllhalde der Stadt genutzt, bis der Gestank auf ihr Grundstück kam und Raphael das verbieten ließ.

Nun steht es immer noch leer da und sie halten genau davor. Er deutet allen auszusteigen. »Was hast du vor? Willst du das Grundstück erweitern lassen?« Alle Männer bis auf Loris, der seinen Plan kennt, sehen verwundert von dem leeren Stück Land zu ihm.

»Nein, wir werden das Stück Land komplett ummauern und absichern lassen. Loris und ich haben recherchiert und zwei der besten Waffenproduktionsanlagen der Welt gefunden. Wir werden die beiden bestellen, so wird hier bald eine kleine Fabrik entstehen. Außerdem hat Loris gestern schon Kontakt nach Europa hergestellt, dort gibt es momentan den besten Markt für Hanfpflanzen und wir haben eine große Anzahl bestellt, die wir hier anbauen werden. Wir werden dafür sorgen, das sie hier optimal wachsen können, all das ist schon in Planung.«

Keiner sagt etwas, niemand hat offenbar damit gerechnet, er sieht jedem einzelnen an, wie es in ihren Köpfen arbeitet.

Mikail findet als Erster seine Worte wieder.

»Ist das dein Ernst?« Thiago nickt. »Es wird dauern, solange haben wir noch die Bestellungen, die wir die Tage bekommen. Es wird mehr Arbeit und wir haben einiges vor, doch es wird sich am Ende auszahlen. Die Fuegos werden von niemandem abhängig sein oder sich mit minderer Qualität zufrieden geben, wir brauchen keine Großhändler mehr, wir werden Großhändler. Wir machen all das in Zukunft selbst und ihr werdet sehen, die Leute werden bei uns Schlange stehen, weil wir von allen die beste Qualität haben werden und wir umgehen diese ganzen Kopfschmerzen und Preis- verhandlungen. Wir werden aufsteigen. Ich habe euch gesagt, dass das hier größer wird als alles, was es bisher gab und das ist der erste Schritt dazu.«

Dallas stellt sich zu ihm und legt den Arm um ihn. »Verdammt, ich wusste immer, dass du das hinbekommst, doch du übertriffst dich selbst.« Auch die anderen sehen anerkennend zu ihnen, allen scheint der Gedanke zu gefallen.

»Dann lass uns allen in den Arsch treten und unser eigenes Ding aufziehen. Die Fuegos kann keiner mehr aufhalten!«

Kapitel 15

Deswegen rufen sie auch sofort nach ihrer Rückkehr ein Treffen ein. Alle Männer der engeren Kreise sind dabei: Malik, Elam, Loris, Esau, Dallas, Aden, Mikail, Isam und auch Saul lässt er in den Besprechungsraum. In den letzten Tagen ist dies der wichtigste Kreis geworden und so wird er es auch erst einmal beibehalten. Seine Brüder haben ihm ihr Einverständnis gegeben, dass mit ihm zusammen nun diese zehn Personen den engsten Kreis bilden. Jedem vertraut er hier blind. Saul und Isam sind noch dabei, dieses zu gewinnen, doch auf dem besten Weg dahin. Sie werden die Säulen, die wichtigsten Stützen dieser Familia werden.

Sie erzählen erst, was sie in Chile vorgefunden haben, welche Ware sie erwarten und dann von ihren Plänen. Auch hier sind alle begeistert von den Plänen, allerdings sind sich auch alle einig, dass sie dann noch mehr Sicherheitsvorkehrungen treffen müssen. Sie brauchen größere Lager und am Ende doch noch mehr Männer, um all das zu bewachen, gleichzeitig die Ware zu verkaufen, auch weit außerhalb von Honduras wird viel mehr Planung benötigt und vor allem Geld. Sie müssen mehr Geld verdienen, noch haben sie einen Puffer, doch der wird nicht für all die Pläne reichen. Er gibt Malik und Isam die Aufgabe, sich mit den kleinen Familias in Honduras zu treffen, um mit ihnen Preise für ihr Cannabis zu verhandeln. Wenn alles gut läuft, werden sie damit schon gut Geld verdienen, doch es wird nicht reichen, sie brauchen mehr Geld. Er wird neben diesen Punkten auch wieder mit der Sicherheit anfangen und teilt alle ein, in den nächsten Tagen loszufahren und ihre alten Kunden abzufahren. Es haben einige schon probiert, Kontakt aufzunehmen, seit sie erfahren haben, dass Thiago zurück ist, doch er hatte bisher keine Zeit und auch nicht vorgehabt, in dieser Branche wieder einzusteigen, nun bleibt ihm aber nichts anderes übrig, sie brauchen mehr Geld.

Erst mitten in der Nacht beenden sie die Besprechung. Thiago geht müde in sein Haus. Er hat die Nacht zuvor nicht geschlafen und auch jetzt kreisen viel zu viele Gedanken in seinem Kopf, als dass er zur Ruhe kommt. Statt direkt duschen zu gehen, geht er erst einmal in seine Küche; alles hier riecht frisch geputzt, es steht Obst auf dem Esstisch und daneben ein frischer Blumenstrauß.

Thiago holt sich eine Dose Limonade und geht in den Garten um durchzuatmen. Automatisch läuft er zum Ende des Gartens, von wo er auf das Meer blicken kann. Er sieht sofort das Licht, was auf der Terrasse des kleinen Häuschens brennt und als er ganz genau hinsieht, erkennt er durch das Licht im Wachhaus auf dem Meer eine Silhouette auf dem äußeren Ende von einem der neu erbauten Stege.

Er sollte schlafen gehen. Er weiß nicht, was er sich davon verspricht, doch Thiago läuft zum Strand, zieht sich die Sneaker aus und läuft auf den Steg. Je näher er kommt, umso deutlicher erkennt er Almas Silhouette in der Nacht. Ihr Haar wird vom Wind zerzaust und sie hat ihre Beine angezogen, während sie auf das Meer hinausblickt.

Um sie nicht zu sehr zu erschrecken, bewegt sich Thiago extra nicht zu leise, sie wendet sich um und auf ihr hübsches Gesicht setzt sich sofort ein Lächeln. »Hey, ihr seid ja schon zurück.« Thiago muss automatisch auch lächeln, als er selbst hier im Dunkeln ihre Augen funkeln sieht und sie automatisch ein wenig zur Seite rückt, damit er sich neben sie setzen kann, was er auch gleich tut.

»Ja, wir sind vor ein paar Stunden angekommen. Es gab noch eine Besprechung. Ist es nicht etwas spät, um hier draußen den Mond zu betrachten?« Er blickt auf den halben Mond vor ihnen. Hier sieht man immer genau zwischen den zwei Felsen auf den Mond. Das Meer ist heute sehr ruhig. »Es ist genau die richtige Zeit dafür. Du siehst müde aus, es ist sicherlich ganz schön schwer, für so viele Männer verantwortlich zu sein.«

Er wendet sich wieder ihr zu. »Nicht das ist so schwer, alles wieder aufzubauen, die Geschäfte wieder neu zu schließen, ich will, dass alles besser und größer wird und das kostet viel Kraft und Geduld.«

Alma lacht leise auf. »Ich schaffe es noch nicht einmal, den neuen Laden zu streichen. Die Vormieter haben mir die Schlüssel gegeben und ich sollte anfangen alles vorzubereiten, doch ich betrete den Laden noch nicht einmal. Kennst du das Gefühl, du weißt, wenn du das machst, dann musst du weitere Schritte gehen und deswegen gehst du den einen erst gar nicht?« Thiago lehnt sich etwas zurück und lacht leise. »Ja, doch ich habe eher die Einstellung, dass ich den ersten Schritt sehe und mit einem riesigen Sprung zu Schritt zehn hüpfen möchte und das am liebsten so schnell wie möglich.«

Nun lacht Alma noch mehr auf. »Und ich stehe tagelang vor dem nächsten Schritt und denke: oh nein, oh nein, Hilfe.« Thiago sieht ihr in die Augen. »Das ist nicht schlimm, ich schätze sogar, dass wenn wir beide das gleiche Ziel haben, du am Ende schneller ankommen könntest, weil ich vorher zehnmal runtergefallen bin und du somit schneller am Ziel bist.« Alma wendet ihren Blick auch komplett zu ihm um. »Nein, das glaube ich nicht. Du wirst nicht fallen, dafür bist du zu sicher in dem, was du tust.«

Thiago würde ihr am liebsten sagen, dass er das nicht ist, dass er viele Zweifel hat, aber niemandem davon erzählen kann, weil, am Ende muss er das, er muss sicher dastehen, selbst wenn er nicht weiß, ob seine Entscheidungen richtig sind. Er blickt ihr in die Augen, einen Moment erwidert sie diesen Blick und er bildet sich ein, in ihren Augen genau diese Neugierde zu erkennen, die auch er für sie empfindet, doch dann schüttelt sie leicht den Kopf und deutet nach hinten in Richtung seines Hauses. »Ich habe gestern frisches Obst vorbeigebracht, die Ernte dieses Jahr ist sehr gut. Der Boden hier ist perfekt.«

Da fällt Thiago natürlich sofort ein, dass er hier quasi mit einem Profi spricht. »Denkst du, man kann auf diesem Boden auch Cannabis anbauen?« Er sollte eine Frau wie Alma so etwas nicht fragen, doch sie scheint nicht einmal sehr verwundert zu sein und nickt. »Ja, sicherlich. Ich habe gehört, er wächst hier sehr gut, man muss nur Planen bauen, um ihn etwas schützen zu können, sonst ist das kein Problem. Möchtest du welchen anbauen?«

Offenbar kennt sie sich wirklich gut aus. »Ja, auf dem leeren Platz beim Wald. Nicht nur ein wenig, ich habe einige Pflanzen bestellt. Wir wollen das verkaufen, wie kommt es, dass du dich damit auskennst?« Alma zuckt leicht die Schultern. »Cannabis ist nicht nur zum Rauchen. Ich kenne einige, die das auch benutzen, um daraus Öl zu machen oder um Schmerzen zu unterdrücken, man kann es vielseitig einsetzen. Ich kenne einen alten Mann, der das eine Weile angebaut hat, nicht viel, nur zwei Pflanzen, um seiner Frau damit helfen zu können, die Schmerzen in ihren Knochen zu lindern, er hat mir auf dem Markt davon erzählt. Seine Frau ist irgendwann gestorben, aber der Mann kommt noch hin und wieder auf den Markt. Ich kann ihn ja mal fragen, was er empfiehlt.«

Thiago setzt sich wieder ganz auf und nun sehen sie sich beide in die Augen. Sie haben nur das Licht des Mondes und das des Wachhauses, doch er kann jedes bezaubernde Detail ihres Gesichtes erkennen. Er mag Alma, er kann es nicht abstreiten und er ist fasziniert von ihrer Schönheit und noch mehr von ihrer Art. Sie wollte ihn am Anfang am liebsten umbringen und jetzt bietet sie ihm ohne mit der Wimper zu zucken an, ihm beim Cannabisanbau zu helfen. »Das wäre … nett, wenn du mir etwas helfen könntest, was den Anbau betrifft, auch wenn ich eine Frau wie dich gar nicht um so etwas bitten sollte …«

Alma dreht ihr Gesicht wieder dem Mond zu. »Ach, nur weil ich jetzt solch ein ruhiges Leben führe, heißt das nicht, dass ich ein Engel bin. Ich habe viele Fehler gemacht und dumme Entscheidungen getroffen, da wird das Beraten beim Cannabisanbau noch zu den milderen Sachen gehören.«

Er sieht etwas Verletzliches über ihr Gesicht huschen und erinnert sich an die Worte ihres Vaters. »Dein Vater hat mir erzählt, dass du kein leichtes Leben hattest, aber er hat auch gesagt, dass du ein sehr guter Mensch bist.« Alma lacht kurz leise auf. »Ich war sehr ungerecht zu ihm. Wenn ich daran denke, wie ich ihn behandelt habe … ich war nur so wütend damals und hilflos. Kennst du das, wenn du enttäuscht von dir selbst bist und du aus Schutz vor deinen Gefühlen anfängst, alle um dich herum zu verletzen?«

Thiago kommt gar nicht dazu zu antworten, Alma sieht ihm in die Augen und fährt fort. »Meine Mutter ist gestorben, bis dahin waren wir eine ganz normale Familie, wir haben in Barado gelebt, am anderen Ende von Honduras. Mein Vater hat auch dort als Fischer gearbeitet und nachdem meine Mutter gestorben ist, ist für mich eine Welt zusammengebrochen. Mein Vater hat viel gearbeitet, er hatte nicht die Zeit und die Kraft, mich aufzufangen. Dann bin ich ausgegangen. Wir waren noch so jung und haben unsere Ausweise gefälscht, Alkohol getrunken und uns super gefühlt.«

Alma sieht wieder zum Mond und Thiago weiter in ihr Gesicht. »Jeder von uns hat so etwas in seiner Jugend gemacht, auch dein Vater hat das sicherlich getan.« Sie nickt. »Ja, natürlich, doch ich konnte nicht aufhören. Wir sind dort immer in den gleichen Club gegangen und haben ältere Männer getroffen. Sie haben uns Getränke spendiert und uns in ihren Autos herumgefahren. Wir haben irgendwelche Pillen und Zeug zum Rauchen bekommen, ich habe alles genommen, Hauptsache, es hat meine Gefühle betäubt.«

Sie atmet tief aus. »Irgendwann habe ich einen Mann kennengelernt: Jakob. Er war fünf Jahre älter als ich und er hat mir alles Mögliche versprochen. Am Anfang war alles toll, wir sind essen gegangen, in teure Clubs, ich habe meine Freundinnen kaum noch gesehen und immer mehr Zeit mit ihm verbracht. Er hat bei der Polizei gearbeitet und ich dachte, dass ich einen Volltreffer gemacht habe. Er hatte eine tolle Wohnung und hat alles für mich getan. Ich war immer seltener zu Hause und mein Vater hat angefangen, sich Sorgen zu machen. Eines Tages kam ich nach Hause und wir hatten einen furchtbaren Streit. Er hatte herausgefunden, dass ich schon ewig nicht mehr in der Schule war und meine Freundinnen haben ihm gesagt, dass sie kaum noch Kontakt zu mir haben. In dieser Nacht bin ich zu Jakob gezogen und ab da fing alles an.«

Sie stockt, offenbar weiß sie nicht, ob sie ihm alles sagen soll, doch Thiago sieht sie weiter an. »Was hat er getan?« Alma wendet ihr Gesicht zu ihm und lächelt matt. »Ich weiß gar nicht, wie es angefangen hat, am Anfang habe ich es nicht richtig wahrgenommen. Ihm ist die Hand ausgerutscht, weil ich einen Teller hab fallen lassen. Er hat sich so sehr dafür entschuldigt und ich habe es nicht wahrgenommen, auch das nächste Mal nicht. Bei einem Streit hat er mich festhalten wollen und mein Kopf ist gegen die Wand geschlagen. Auch damals hat er geschworen, dass es nicht mit Absicht war und dass es nie wieder passiert. Er war danach wieder der ganz Alte wie am Anfang und jetzt denke ich, um diesen Mann wiederzuhaben, den Mann der er am Anfang vorgespielt hat zu sein, habe ich all das verdrängt oder geduldet. Ich habe die blauen Flecken und Schrammen gesehen, aber verdrängt. Ich kann es gar nicht genau beschreiben, ich weiß nur, dass ich meinen Vater lange nicht gesehen habe, und als ich ihn dann wiedergetroffen habe, ist mir das erste Mal bewusst geworden, was passiert. Er hat mich auf die Wunden aufmerksam gemacht und statt Hilfe zu suchen, habe ich mich gegen ihn gewendet, Streit angefangen, ihn von mir gestoßen, weil mir klar wurde, was ich mit mir habe machen lassen, weil ich enttäuscht von mir war und es an ihm ausgelassen habe. Mir tut das so sehr leid. Er ist so ein toller Vater, von dem Tag an ist er jeden Tag zu uns gekommen. Wir wollten ihn nicht, doch er ist jeden Tag gekommen und hat mich auf meine neuen Wunden angesprochen. Er hat nur den Kopf geschüttelt über unsere Erklärungen, doch egal wie verletzend ich und auch

Jakob zu ihm waren, er war am nächsten Tag wieder da. Das hat mich langsam wach werden lassen, doch dann war es nicht so leicht, da herauszukommen. Ich wollte zurück zu meinem Vater ziehen, was mir eine gebrochene Rippe beschert hat. Er hat aufgehört, darauf zu hören, ob ich mit ihm schlafen will, ich habe ihn gehört, er dachte, er kann mit mir machen, was er will, und im Grunde konnte er das in diesem Moment ja auch, doch nach einem riesigen Streit lag ich drei Nächte im Krankenhaus. Mein Vater war an meiner Seite, jede Minute. Er hat mir davon erzählt, wie stark meine Mutter immer war und wie sie auch jetzt noch vom Himmel auf ihr Mädchen hinabsieht. Dort bin ich endgültig wach geworden. Ich weiß nicht mehr, wie ich all das zulassen konnte, doch nach dem Krankenhaus bin ich zurück in die Wohnung meines Vaters.

Jakob hat uns bedroht, er stand jeden Tag vor unserer Tür, aber mein Vater hat ihn nicht reingelassen. Ich bin fast einen Monat lang nicht mehr rausgegangen und mein Vater ist jeden Tag zur Polizei gegangen und wollte ihn anzeigen, nur hat das niemanden interessiert, da er ja dazugehört hat. Jakob hat uns das Leben zur Hölle gemacht, er hat uns terrorisiert, die Boote meines Vaters beschlagnahmt, ihm immer wieder Steine in den Weg gelegt, und sobald ich einmal rausgegangen bin, hat er mich sofort geschnappt und zusammengeschlagen. Wir wussten, dass er zu viel Macht hat, mich nicht gehen lassen wird, ich habe darüber nachgedacht zurückzugehen, nur um dafür zu sorgen, dass mein Vater wieder normal leben kann, doch dann hat er gehandelt.

Wir haben alles zusammengepackt, was uns wichtig war und sind mitten in der Nacht zu einem Bus geschlichen, der uns aus der Stadt gebracht hat. Wir haben erst in einer anderen Stadt gelebt, doch durch Kontakte und das Fischen hat er uns dort nach einem Jahr gefunden, er hat mich immer noch gesucht. Wir haben ihn gesehen, als er uns am Hafen gesucht hat und sind wieder geflohen. Nach zwei Tagen, in denen wir unterwegs waren, haben wir uns hier wiedergefunden, am anderen Ende des Landes. Wir haben das Haus gefunden und ich konnte wieder frei atmen. Das war vor zwei Jahren, uns wurde erzählt, dass die Familie, der das Grundstück gehört, weg war und hier war ich absolut sicher, dass niemand uns findet. Ich bin meinem Vater alles schuldig und er hat nie wieder ein Wort darüber verloren oder mir Vorwürfe gemacht.«

Thiago seufzt leise auf. »Du hast einen sehr guten Vater, er ist ein mutiger Mann und ein gütiger Mann, doch das war auch nicht deine Schuld. Ich kenne viele Männer, die Macht haben und diese Macht gerne gegenüber Frauen ausnutzen. Das gibt es leider oft, je mächtiger die Männer, umso grausamer sind sie oft, doch es gibt auch andere Beispiele, aber glaube mir, ich habe schon vieles mitbekommen, was Frauen ertragen mussten und es tut mir leid, was du mitmachen musstest. Fühlst du dich hier sicher?«

Alma lächelt mild. »Ja, absolut, und das ist ja jetzt auch schon etwas her. Manchmal erschrecke ich mich noch, aber ansonsten geht es. Mein Vater hat aber schon, bevor ihr zurückgekommen seid, gesagt, dass wir in die Stadt ziehen und dort leben sollen. Ich wollte mich hier immer einschließen, hier, wo uns niemand findet, doch er hat gesagt, dass das nicht gesund ist. Ich muss ein richtiges Leben unter Menschen führen, deswegen denke ich, am Ende hätten wir dieses Haus hier so oder so irgendwann verlassen, im Grunde weiß ich ja auch, dass er recht hat, doch das alles hier beruhigt mich und gibt mir Sicherheit.«

Thiago nickt. »Deswegen dein Tattoo, free.« Sie atmet tief aus. »Ja, jetzt bin ich frei.« Er setzt an, etwas zu sagen, doch ein Motor unterbricht ihn. Die Wachen wechseln, es ist also drei Uhr nachts. Auch Alma sieht auf ihre Uhr und steht auf. »Jetzt habe ich dir hier meine halbe Lebensgeschichte erzählt. Es tut mir leid. Ich spreche eigentlich nie darüber, doch manchmal kommt es wieder hoch und dann kommt alles raus. Ich sollte schlafen gehen, ich muss morgen auf den Markt und dann werde ich mich dem Gemüseladen widmen und einen kleinen Schritt nach vorne machen.« Thiago steht auf und hält ihr seine Hände hin, die sie annimmt. Als sich seine Hände um ihre schließen und ihr aufhelfen, spürt er erneut, wie schmal und zart sie ist. Es tut ihm wirklich leid, was sie mitmachen musste.

»Es ist gut, dass du mir das erzählt hast, entschuldige dich nicht dafür.« Sie laufen zusammen vom Steg und Thiago bringt sie bis zu ihrer Hütte. »Manchmal rede ich zu viel ohne nachzudenken, ich wette, nach etwas Schlaf bereue ich das wieder.« Sie lacht und dreht sich zu ihm um. Thiago muss auch lächeln und sieht ihr in die Augen. »Nein, bereue das nicht.« Alma legt den Kopf ein wenig schief und er würde am liebsten nach einer der Strähnen greifen, die der Wind umherweht, doch er hält sich selbst davon ab. »Das nächste Mal erzählst du mir deine düstersten Geheimnisse. Wie gesagt, ich werde mich mal umhören, vielleicht erfahre ich morgen auf dem Markt schon etwas wegen deiner Pläne.« Durch das Licht auf der Terrasse fällt ein weiches Licht auf ihr Gesicht und Thiago würde am liebsten auffluchen, als er wieder bemerkt, wie hübsch und anziehend sie auf ihn wirkt. Es macht ihn nur neugieriger auf sie, jedes Mal, wenn er sie ansieht.

Verstand, nicht mit dem Herzen, nie wieder.

»Das wäre eine große Hilfe. Schlaf gut, Alma.«

Sie lächelt und wendet sich. »Du auch, bis morgen, Thiago.«

Schnell, bevor er auf noch mehr dumme Gedanken kommt, wendet Thiago sich ab und geht zu seinem Haus, wo er duschen geht und sich sofort ins Bett legt.

Das erste Mal seit ewiger Zeit sieht er keine Flammen, wenn er die Augen schließt, sondern dunkle funkelnde Mandelaugen und ein Lächeln, welches ihm den Atem raubt.

Nur der Verstand, niemals wieder das Herz.

Kapitel 16

Auch am nächsten Morgen muss er gleich wieder an Alma und das gestrige Gespräch denken. Er hat lange ausschlafen können und startet entspannt in den Tag.

Nachdem Thiago geduscht und zu Elam zum Frühstücken gegangen ist, sieht er im Gemeinschaftshaus nach, ob alles nach Plan läuft. Malik und Isam kümmern sich hier um alles, während Esau und Dallas mit allen neuen Männern losgefahren sind, um ein spezielles Training in den Bergen durchzuführen. Es ist geplant, sie völlig fertigzumachen und das können die beiden gut.

Er bleibt eine Weile bei Malik und Isam sitzen und unterhält sich ein wenig mit den jüngsten Männern ihrer Familia. Beide sind erst Anfang zwanzig, bei den neuen Männern gibt es auch zwei, die noch so jung sind, während alle anderen so um die Mitte zwanzig sind. Thiago ist sehr stolz auf seinen jüngsten Bruder, er fühlt sich wohl hier und hat die Rolle als Anführer sofort angenommen. Er versteht sich mit allen Männern sehr gut, doch Thiago weiß, dass wenn es ernst wird, Malik keine Probleme haben wird, Entscheidungen zu treffen und die Männer seinen Anweisungen folgen würde.

Im Besprechungsraum sitzen Aden und Loris. Sie planen den Bau von weiteren Lagern und den Bau der Fabrikhallen, um die Waffen herzustellen. Sie haben schon eine Größe, die sie brauchen und können somit auch einschätzen, wie viel Platz ihnen für die Pflanzen bleibt. Sie überschlagen zusammen die Preise, für die Pflanzen und das Fabrikgebäude wird es noch reichen, für die Maschinen müssen sie aber noch mehr Geld verdienen, sie müssen die Ware, die sie bald bekommen, sofort wieder verkaufen. Doch als sie die Einnahmen berechnen, wissen sie sofort, wie sehr sich all der Aufwand lohnen wird.

Aden und Loris fahren dann los, sie treffen die beiden Präsidentenkandidaten, die heute auch vor die Presse treten werden. Thiago hält sich da raus, er weiß, dass die beiden das gut hinbekommen werden.

Stattdessen geht er mit den Bauplänen zum Bauleiter, der heute den Häuserbau beenden will. Es sind noch Straßen fertigzustellen und noch zwei Sportplätze zu bauen. Thiago möchte die Beete von Alma noch stehen lassen, deswegen hat er neue Pläne erstellt. Nun werden die Sportplätze auf dem Verbindungsweg liegen zu dem ungenutzten Stück Land, auf dem die Fabrik stehen soll. Thiago erklärt ihm, was sie sich vorgestellt haben, zudem brauchen sie somit verlängerte Außengrenzen zu allen Seiten, direkte Straßen zwischen der Fabrik und den Lagern und neue Wachhäuser.

Als er all das besprochen hat und der Bauleiter erklärt hat, was wie umsetzbar ist, setzt er sich in sein Auto, um noch die letzten Dinge für abends zu planen. Es ist das erste Mal, dass er alleine unterwegs ist, normalerweise begleitet ihn immer einer der anderen, aber da sie für heute Abend etwas Besonderes geplant haben, sind alle beschäftigt. Thiago dreht die Musik auf, während er ihr Gebiet verlässt, durch die karge Landschaft fährt, und dreht sie erst wieder leiser, als er langsam in die Stadt einfährt. Die Stadt, die vor ihrem Gebiet liegt, ist eine Kleinstadt. Sie hat eine kleine Mall, viele kleinere Geschäfte, eine Kirche und eine kleine Schule. Hier leben einfache Leute, aber sie alle haben ein gutes Leben hier, die meisten leben vom Fischfang, hier gibt es überall Buchten, wo man fischen kann und Thiago ist sich sicher, dass sie hier auch einige Arbeiter für ihre Fabrik und die Plantage finden werden.

Er hält vor der Kirche am Marktplatz, der schon leer ist, der Markt ist vorbei. Schon beim Betreten der Bäckerei bekommt er wieder Hunger. Hier gibt es die allerbesten Backwaren. Die Theke ist nicht sehr voll, er sieht drei Leute hinten arbeiten und als die Inhaberin nach vorne kommt, lächelt sie und führt Thiago nach hinten.

»Wir sind dabei, wollen Sie mal sehen?« Thiago folgt ihr in den hinteren gut gekühlten Teil und sieht beeindruckt auf das Kunstwerk vor ihr. »Sehr schön, wirklich beeindruckend.« Sie lächelt stolz. »Ich bin da, um schon mal das Gebäck und die Brote abzuholen, die werden zum Aufbau gebraucht.« Die Inhaberin nickt und sie tragen zusammen die vielen Körbe und Kisten zu seinem Auto.

Thiago zahlt schon alles und gibt ein gutes Trinkgeld für all die Mühe, dann fährt er zum Getränkeladen und gibt seine Großbestellung auf, die auch gleich geliefert wird. Auf der anderen Straßenseite entdeckt er dann einen geschlossenen Gemüseladen und muss lächeln, als er den alten roten Truck davor stehen sieht.

Es ist alles etwas morsch und braucht einen frischen Anstrich, doch das Haus hat eine schöne Veranda und große Schaufenster, vor denen man die Tische für das Obst aufstellen kann. Er will gerade an der Eingangstür klopfen, da geht diese auf und Alegra rennt fast in ihn hinein. »Oh ... hey, wie geht es dir? Alma, du hast Besuch.« Sie tritt beiseite, damit Thiago eintreten kann. »Sehr gut, ich habe gerade ein paar Sachen für eine Feier heute erledigt und dachte, ich sehe mir mal an, was Alma erwartet.«

Alegra bleibt in der Tür stehen und lächelt. »Es ist schön, es muss noch einiges getan werden, aber das wird sicher am Ende richtig gut aussehen hier. Wir haben heute den ersten Wohnbereich schon gestrichen und es ist nicht ganz so schlimm, wie sie es sich vorgestellt hat.«

Thiago nickt und Alma kommt zu ihnen an die Tür. »Hey, was machst du denn hier?« Alegra hebt die Hand und will gehen, doch Thiago wendet sich noch einmal zu ihr. »Heute Abend gibt es bei uns eine große Feier; nachdem ihr uns auf eure kleine Feier eingeladen habt, seid ihr auch dort eingeladen. Um 21 Uhr kommt die Familia zusammen und ab 22 Uhr kommen auch andere Gäste, es gibt Kuchen, gutes Essen, Musik, einen Pool, bringt einen Bikini mit und viel Spaß.«

Alegra hebt den Daumen. »Du hattest mich schon beim Wort Kuchen, bis später.« Alma lacht und Thiago tritt in den Laden. »Ich war in der Nähe und dachte, ich sehe mir mal an, was hier auf dich wartet.« Alma trägt heute ein weißes bauchfreies Top, eine kurze sexy Latzhose und weiße Flipflops. Ihre Haare hat sie zu einem unordentlichen Knoten gebunden und sie hat weiße Farbe auf der Wange. Thiago hat sie noch niemals so sexy wie in diesen Augenblick gefunden. Sie hebt die Arme. »Ich habe es mir schlimmer vorgestellt. Das ist der Verkaufsbereich, hier muss man nicht viel machen. Nur die Schlösser müssen erneuert werden.« Sie geht vor und durch eine Holztür in einen kleinen Flur zum Wohnbereich, der nach Farbe riecht. Hier steht nichts, nur frischgestrichene weiße Wände.

»Hier werden wir ein kleines Wohnzimmer haben und hier unseren Garten zum Anbauen. Es gibt hier auch einige Bäume, ich werde nächste Woche schon anfangen, mich darum zu kümmern.« Der Garten ist groß, mit etwas Arbeit kann das genauso schön werden wie die Beete bei ihnen. Thiago sieht sich beeindruckt um, Alma deutet ihm mitzukommen. Vom Wohnraum führt eine Treppe nach oben. »Es gibt auch einen Keller, um Sachen zu lagern und für die Wäsche, oben sind zwei Schlafzimmer und ein Bad. Das muss alles gestrichen werden und im Bad sollte einiges erneuert werden.«

Thiago folgt Alma, dabei betrachtet er ihre schlanken Beine und die cremigen Schenkel, sie ist sehr sexy, und durch die Hose kann er auch einen Blick auf ihren flachen Bauch werfen.

»Was sagst du?« Alma sieht ihn neugierig an. Thiago sortiert seine Gedanken schnell wieder, sieht in die beiden Zimmer und in das alte Bad. »Es ist schön, bei uns in den Häusern sind die Arbeiter für die Bäder fertig, ich werde sie morgen hier vorbeischicken, dass sie dir das Bad renovieren.«

Alma tritt in eines der Schlafzimmer und hält einige Farbtafeln an die Wand. »Nein, das musst du nicht. Das ist ...« Thiago öffnet die Terrassentür und tritt auf die kleine Terrasse vor dem Raum. Man kann von hier auf den Garten sehen und auf einige weitere Höfe. »Doch das ist das Mindeste, wenn wir schon dafür verantwortlich sind, dass ihr das Haus verlassen müsst und sieh doch, du hast auch hier eine tolle Aussicht.«

Alma tritt zu ihm und lacht, was auch ihn sofort lächeln lässt. »Ich bitte dich, du kennst meine jetzige Aussicht und du weißt, dass wir auch so dort weggezogen wären.« Sie gehen wieder hinein. »Trotzdem, ich schicke morgen ein paar Männer her. Bist du dann auf dem Markt, wegen des Schlüssels?« Sie nickt und deutet auf eine Falltür, die an der Decke des Flures ist.

»Ja, ich muss auch noch eine Leiter besorgen, ich habe keine Ahnung, was sich da oben noch befindet.« Thiago lacht und streckt sich, um an der Schlaufe zu ziehen und die Klappe auszuziehen. Eine Leiter klappt aus und sie können auf den Dachboden gehen. »Du brauchst keine Leiter, du bist nur etwas zu klein geraten.« Alma lacht und deutet auf die Treppe.

»Na dann, großer starker Thiago, du darfst erkunden, ob da etwas ist, was ich besser nicht sehen sollte.« Er geht die Leiter hoch und sieht auf einen großen leeren Dachboden, man kann hier gerade mal stehen, zumindest er, sonst ist hier nichts weiter. Er stellt sich hin und Alma kommt hinter ihm hoch. »Ich habe nie verstanden, was man hiermit anfangen soll. Was tut man mit solch einem Raum?«

Thiago sieht zum Dach und lächelt. »Ich kenne ein paar Häuser, die haben das gut genutzt, ich zeige dir mal irgendwann, was ich meine.« Er steigt die Treppen wieder hinab und wartet unten auf sie, sie steigt die Treppen hinab und bleibt zwei Stufen hoch auf der Treppe stehen und wendet sich zu ihm um. »Siehst du, du bist nur zwei Stufen größer als ich.« Da sie sich umgewendet hat, steht sie nun genau vor ihm und sie sehen sich direkt in die Augen.

Er weiß es. Als sein Herz schneller schlägt, während er ihr in die Augen blickt und er seine Hand hebt, um mit seinem Daumen über ihre Farbe an der Wange zu streichen, weiß er, dass es schon zu spät ist, um vernünftig zu sein, wenn es um Alma geht. Als er seine Lippen ihren nähert und sie ihre Augen schließt, spürt er, wie auch ihr Herz schneller schlägt, und als seine Lippen das erste Mal ihre berühren, kann er nicht verhindern, dass es sich viel zu gut anfühlt.

Es ist nicht das erste Mal, dass er wieder die Nähe einer Frau zugelassen hat, doch all das war immer nur reiner Sex. Als er seine freie Hand an Almas Hüfte legt und den Kuss vertieft, weil sie viel zu süß schmeckt, um den Kuss einfach zu beenden, weiß er, dass das etwas anderes ist. Als ihre zarten Arme sich um seinen Hals legen und sie ihm entgegenkommt, spürt er, wie perfekt sie in seine Arme passt und statt diese Nähe nach dem Kuss zu beenden, küsst er ihre Wange und danach sofort noch einmal ihre Lippen. Das erste Mal seit ewiger Zeit verschwindet die Kälte in seinem Herzen und Thiago genießt dieses Gefühl, diesen Kuss, bis eine laute Stimme sie auseinanderfahren lässt.

»Alma? Hier ist Bea, ich habe die Farbe dabei ...« Alma lächelt und räuspert sich, als Thiago sie aus seinen Armen entlässt. »Ich komme.« Er klappt die Falltür ein und folgt Alma, die die Farbe entgegennimmt und ihm dann aus dem Laden folgt. Die Frau hat diesen Moment, in dem Thiago alles hat vergessen lassen, so abrupt beendet, dass er einen Moment nicht sicher ist, ob das gerade wirklich passiert ist, oder ob er sich das nur hat eingebildet, bis Alma ihn anlächelt, als sie zu ihren beiden Autos gehen. »Hey, jetzt bist du dran, zeig mir den Ort, wo du das alles anbauen willst.«

Den ganzen Weg zurück zum Gebiet grübelt Thiago darüber nach, was er hier gerade tut. Alma folgt ihm in ihrem roten Truck und er fragt sich, wie schnell er seinen eigenen Leitspruch 'Verstand vor Herz' selbst vergessen hat. Er hält vor dem freien Feld und steigt gleichzeitig mit Alma aus, die sich beeindruckt umsieht. »Wow, das ist viel Platz.« Thiago deutet zum hinteren Teil. »Dort wird eine Fabrik erbaut. Die Arbeiten dazu beginnen in ein paar

Tagen. Es soll schnell gehen, damit wir mit dem Pflanzen beginnen können.« Alma sieht sich den Boden an. »Ich würde jetzt schon neue Erde auslegen und die alte umgraben, damit sie fruchtbarer wird. Der Mann hat mir ein paar Tricks verraten, was man dazumischen soll, damit die Pflanzen gut wachsen. Wenn du möchtest, können wir das am Wochenende machen, dann liegt die Erde einige Tage, das ist wichtig, bevor sie bepflanzt wird. Wenn die Bauarbeiter arbeiten, kannst du Planen darüber legen lassen.«

Thiago nickt. »Ich vertraue der Profigärtnerin.« Sie lächelt und Thiago legt den Arm um sie, er hat gerade fast zwanzig Minuten darüber nachgedacht, was für einen Blödsinn er hier macht, doch jetzt will er nichts anderes als wieder ihre Lippen zu spüren, allerdings klingelt in dem Moment ihr Handy. »Mist, ich habe vergessen, dass der Vermieter noch kommen wollte, oh nein. Ich muss zurück, bin ich nachher auch zu dieser Party eingeladen?« Sie eilt zu ihrem Truck und Thiago sieht ihr hinterher. »Natürlich, dann bis später.«

Thiago sieht noch eine Weile in die Richtung, in die Alma gefahren ist, dann geht er auf das leere Grundstück und atmet tief aus. All das hier ist zu wichtig, er muss einen klaren Kopf behalten. Deswegen schiebt er alles von sich, er hat gelernt, seine Gefühle abzuschalten, sonst wäre er an dem, was passiert ist, kaputt gegangen. Sobald er wieder auf ihr Gebiet einfährt, konzentriert er sich auf alles, was noch zu planen ist.

Kurz bevor alle eintreffen, geht er schnell duschen, zieht sich um und trifft dann mit allen Männern im Gemeinschaftshaus ein. Sie haben das alles innerhalb weniger Stunden sehr gut hinbekommen und genau zur richtigen Zeit, denn sobald sie sich alle versammelt haben, hören sie schon die Motoren der Autos von Esau und Dallas. Wie abgemacht bringen sie die neuen Männer mit, die sie ausgewählt haben.

Saul und seine Männer öffnen sich immer mehr, doch jetzt sieht man ihnen ihre Überraschung wirklich an und das ist selten. Alle sind leise, nur Thiago tritt vor, als die neuen Männer in den Garten zu ihnen treten.

»Ich hoffe, euer Training mit Dallas und Esau war richtig schön anstrengend, damit ihr wisst, was euch in Zukunft erwartet. Ihr habt es geschafft, uns zu überzeugen und unser Vertrauen zu gewinnen. Wir suchen auch zur Zeit nicht weiter, fürs Erste reicht diese Größe und vor allem die Stärke, die wir alle zusammen erreichen. Wir haben uns für euch entschieden ...« Er hebt die neuen Hausschlüssel hoch. »Wir haben hier euer neues Zuhause ...« Er deutet zum Tätowierer, der gekommen ist, um die Familia für immer auf ihren neuen Mitgliedern verewigen zu können. »Und wir haben die Familia für euch, die Frage ist nur, ob ihr euch sicher seid, dass ihr euch dafür entscheidet und bereit seid, für jeden anderen hier euer Leben zu geben und für die Fuegos zu kämpfen. Für die Familia!«

Alle Männer sind ruhig, doch er verspürt Stolz in dem Moment, als die Männer einzeln vortreten und ihm beteuern, dass sie absolut sicher sind und jetzt zur Familia gehören. Er weiß, dass sie zu ihm halten werden und ihm Stärke und Deckung geben werden. Thiago umarmt jeden einzelnen und auch die anderen heißen sie willkommen. Als Letzter steht Saul vor ihm und Thiago muss lächeln. »Ich bin bereit, mein Leben für die Fuegos zu geben und an deiner Seite zu kämpfen.« Er übergibt Saul seinen Hausschlüssel, er ist bei ihm einen Schritt weitergegangen und als einziger Neuer bekommt er ein Haus bei den inneren Kreisen, die gleich nach den Häusern der Anführer kommen. Sein Haus steht zwischen denen von Isam und Mikail und er spürt, dass er auch dorthin gehört.

Thiago umarmt Saul und lässt es sich nicht nehmen, den ersten Buchstaben auf seinen Arm selbst zu tätowieren. Dann erst stellen sie sich auf und eine der Haushaltshilfen, die für das Buffet verantwortlich ist, schießt das erste offizielle Foto der Fuegos. Einmal strahlen sie alle in die Kamera und dann heben sie alle ihr Fuego auf dem Arm stolz in die Kamera.

Das Herz in seiner Brust schwillt an vor Stolz, er sieht seinen Brüdern in die Augen und weiß, dass das der Beginn von etwas ganz Großem ist.

Kapitel 17

Sie bleiben noch einige Minuten unter sich, bevor die Musik lauter gestellt wird, der Kuchen angeschnitten, die Grills angezündet und die Frauen zur Feier gelassen werden. Thiago nimmt sich noch einmal Zeit für alle neuen Männer. Er setzt sich mit jedem von ihnen hin und bespricht mit ihnen die wichtigsten Aufgaben in der Familia und was sie in nächster Zeit erwartet.

Als Letztes setzt er sich zu Saul, der neben Mikail auf einer Poolliege gelegen und ein Bier getrunken hat. Als Thiago kommt, lässt Mikail sie beide alleine.

Thiago hat sich auch ein Bier geholt und lehnt sich zurück, während er einen Schluck nimmt und auf zwei Chicas blickt, die neben dem Pool tanzen und ihre Bikinioberteile ausziehen. »Das gehört nun wohl auch zu unserem neuen Leben.« Saul sieht auch bei dem verführerischen Tanz zu. »Es gibt sicherlich Schlimmeres. Du weißt, dass ich dir einen anderen Platz als den anderen Männern gebe, weil ich denke, dass du für die Familia eine größere Rolle spielen wirst.«

Saul nickt. »Ich hoffe es, ich werde mir Mühe geben und ich bin dankbar, dass du uns diese Chance gegeben hast. Es ist das erste Mal, dass ich meine Männer oder vielmehr Freunde so sehe. Sie genießen dieses Leben, vor zwei Tagen habe ich ihnen etwas gesagt und ihre Antwort war, dass du jetzt ihr neuer Anführer bist, nicht mehr ich.« Thiago und Saul müssen lachen. »Doch damit kann ich gut leben.« Die Frauen haben sie bemerkt und lächeln zu ihnen. »Du solltest auch beginnen, diese Seiten der Familia zu genießen.« Thiago deutet zu den beiden und Saul hebt die Augenbrauen. »Ja, das habe ich auch gerade gedacht. Bei der Armee hatten wir unseren Spaß immer nur auf Reisen in irgendwelchen Bordellen, das hier ist noch einmal etwas ganz anderes.« In dem Moment wird es am Eingang noch einmal lauter und Alegra, Isabel und Alma treten ein. Aden und Dallas begrüßen sie und Thiagos Herz schlägt sofort wieder schneller, als er auf Alma blickt. Alle drei sind zurechtgemacht, doch bei Almas Anblick verblassen für ihn alle Frauen hier. Sie trägt ein enges schwarzes Kleid und hat ihre Haare geöffnet. Bisher hat Thiago sie meistens mit einem Zopf gesehen, nun umrahmen ihre langen Haare ihr hübsches Gesicht.

Thiago räuspert sich leise und muss an ihren Kuss heute Mittag denken. Er weiß nicht, was das zwischen ihnen ist, doch er spürt, dass es mehr ist als eine kleine Affäre und das lässt ihn einige Schritte zurückweichen, wobei sein Herz am liebsten dafür sorgen würde, dass er aufsteht und zu ihr geht.

»Du magst sie, nicht wahr?« Thiago wendet seinen Blick von Alma ab und sieht zu Saul, während die beiden Frauen vom Pool zu ihnen kommen. »Ich versuche es noch zu verhindern. Das ist auch eine wichtige Sache: Habe Spaß, aber versuche nicht, dein Herz einzusetzen. Wir werden immer eine Zielscheibe sein und du wirst die Menschen, die du liebst, auch zu einer machen.« Die beiden Frauen kommen zu ihnen und Thiago deutet zu Saul, auf dessen Liege sich beide Frauen dann setzen, während er aufsteht.

»Hab deinen Spaß und willkommen in der Familia.«

Thiago lässt die drei alleine und geht zu den drei Frauen, die nun mit Esau am Buffet stehen. »Da seid ihr ja, willkommen bei den Fuegos.« Die drei sehen ihn an, als er sie begrüßt. Er weiß nicht einmal, wie er Alma begrüßen soll, ob sie ihren Freundinnen von dem Kuss erzählt hat, oder ob sie sich so viele Gedanken wie er darüber macht. Wahrscheinlich macht er sich hier völlig umsonst alleine so viele Gedanken. Also umgeht er das geschickt und begrüßt einfach alle, wobei er allerdings Alma seine Hand auf den Rücken legt und sich genau neben sie stellt. Wieder schüttelt er über sich den Kopf. Seit wann macht er sich so unsinnige Gedanken?

Alma und ihre Freundinnen sehen zu ihm. Alegra hält ein Glas Champagner in der Hand und deutet zu den Frauen, bei denen einige mittlerweile schon keine Bikinioberteile mehr anhaben. »Wir sind überwältigt.« Thiago muss schmunzeln und deutet zum Buffet. »Gewisse Sachen solltet ihr vielleicht besser ignorieren, doch wir haben den besten Fisch in Honduras und auch der Rest ist sehr lecker.« Sie haben Almas Vater heute seinen halben Fang abgekauft, damit sie frischen Fisch grillen können. Isabel und Alegra wenden sich begeistert dem Buffet zu, Esau schneidet ihnen auch ein Stück von der Torte ab, während Thiago Alma am Arm zurückhält.

»Alles in Ordnung?« Sie lächelt, ihre zarten Finger umfassen auch ein Glas Champagner, doch sie hat noch nichts getrunken. »Ja, alles bestens. Ich war nur etwas im Stress, das Gespräch mit dem Vermieter hat länger gedauert und dann musste ich mich umziehen … wobei ich mir die Mühe auch hätte sparen können.« Nun deutet auch sie etwas belustigt zu den Frauen. »Die Männer sollen heute etwas Spaß haben. Willst du etwas essen?« Alma sieht ihm in die Augen, einen Moment wirkt es fast so, als wolle sie ihm eine bissige Antwort zu seinem Kommentar gerade geben, doch dann nickt sie und Thiago nimmt sich zwei Teller und reicht ihr einen.

Auch er hat Hunger und überredet Alma, von allem zu probieren. Nachdem sie das ganze Buffet abgegangen sind, setzen sie sich zu ihren beiden Freundinnen, Esau, Elam und zwei der neuen Männer. Er mag Almas Freundinnen, beide sind völlig unkompliziert und unvoreingenommen. Sie unterhalten sich sofort mit allen, als würden sie sie schon ewig kennen und sie haben so viel Spaß, dass sich nur kurz danach auch Mikail und Aden dazusetzen. Isabel erzählt von ihrer Heimat und sie erzählen vom Kinderheim. Mikail erwähnt, dass sie einen Kindergarten bauen lassen wollen und sofort kommen Vorschläge, wo er gebaut werden soll.

Thiago fühlt sich wohl, es ist ein schöner Abend. Anders, als wenn die drei Frauen nicht da wären und sie alle sich komplett auf die anderen Frauen einlassen würden, doch Thiago zieht dieses Zusammensitzen sogar vor. Es ist ein wenig verkrampft zwischen Alma und ihm. Er bleibt die ganze Zeit bei ihr, doch natürlich ist das nicht mit der Nähe zu vergleichen, die sie am Vormittag hatten. Sie haben sich geküsst, vielleicht ist sie enttäuscht, dass er das jetzt nicht vor allen zeigt, aber was hat sie erwartet, dass er sie an die Hand nimmt und allen vorstellt? Vielleicht ist sie auch gar nicht enttäuscht und ihn stört das eigentlich. Sein Blick gleitet immer wieder über ihr hübsches Gesicht. Thiago legt den Arm um ihre Lehne und berührt immer wieder ihren Rücken, ja, es ist wohl eher, dass er diese Nähe gerne noch einmal spüren möchte, doch wenn er Alma so ansieht, wirkt auch sie nicht so zufrieden.

Es wird später und später und einige Männer haben die beiden neuen Basketballkörbe entdeckt. Eigentlich sollte der Platz schon gebaut werden, nun durch die Gemüsebeete wird das noch etwas dauern, die Körbe haben sie so lange hier anbringen lassen und nun versammeln sich die Männer darum und schließen Wetten ab. Natürlich erlangt das alle Aufmerksamkeit und Alegra schnappt sich Alma und zieht sie lachend mit zum Korb, während Elam bei Isabel sitzenbleibt. Offenbar können die beiden das ganz gut, behauptet Alegra zumindest, und nachdem sich beide ihre Pumps ausgezogen und die Männer ihnen die Bälle gegeben haben, zeigen sie ihnen in ihren engen Kleidern und barfuß, wie man Körbe wirft.

Thiago lehnt sich neben Dallas an die Wand und sieht stolz zu, wie die beiden Frauen seine Männer auflaufen lassen und alle sich dabei gut amüsieren. »Alma also? Ich habe das schon sehr schnell gemerkt.« Thiago wendet seinen Blick nicht von Alma ab, die den Korb jedes Mal geschickt trifft, er sieht die Blicke der anderen Männer auf ihr und kann es niemandem verdenken, auch wenn es in seinem Magen augenblicklich zu rumoren beginnt. Sie ist etwas ganz Besonderes, wunderschön, ihr Lachen steckt an und sie ist geschickt und schnell.

»Du weißt, dass ich nicht so verrückt bin und noch einmal etwas Festes mit einer Frau anfange und jemanden in Gefahr bringe.« Er spürt Dallas' Blick auf sich. »Was redest du da, Fuego?« Wenn er ernst wird, was bei Dallas nicht sehr oft vorkommt, spricht er Thiago immer mit dem Namen an, wie ihn früher alle gerufen haben. »Soll das heißen, niemand aus der Familia sollte sich jemals binden? Es ist schlimm, was passiert ist und wir werden sehr vorsichtig in Zukunft vorgehen, doch das bedeutet doch nicht, dass du nie wieder glücklich sein darfst.«

Nun blickt Thiago doch zu Dallas und sieht ihm in die Augen. »Ich konzentriere mich nur auf die Familia, ich mag Alma, doch ich bleibe dabei, dass sie in diesem Leben hier nichts verloren hat und im Grunde weißt du das auch. Wenn nicht, geh nur ein paar Schritte zu den Gräbern, sie sind noch nicht einmal drei Jahre alt.« Dallas senkt seinen Blick und Thiago seufzt auf, er reibt sich die Augen, in solchen Momenten spürt er, wie müde er von allem ist, was das Leben ihm schon auferlegt hat. »Ich geh noch was zu trinken holen, willst du auch etwas?« Dallas schüttelt den Kopf, in seinem Blick aber erkennt Thiago, dass für ihn dieses Gespräch noch nicht beendet ist, für Thiago allerdings schon. Er wird seine Meinung dazu nicht ändern, so sehr er Alma auch mag.

Während er zurück zum Buffet geht, sieht er, wie Saul mit den zwei Frauen ins Haus geht, die Arme um beide gelegt. Er holt sich ein Bier und setzt sich einen Moment zu Malik, der mit Isam und einigen anderen Karten spielt, bevor er ins Haus und auf die Toilette geht.

Er ist noch viel zu klar im Kopf und hat noch keine der anderen Frauen richtig angesehen, er wird alt. Thiago wäscht sich sein Gesicht und atmet tief ein, als er sich einen Moment im Spiegel betrachtet. Er hat es sich geschworen, dass niemand, der ihm etwas bedeutet, seinetwegen noch einmal in Gefahr gerät. Seine Brüder hat er nicht aus der Familia halten können, aber er wird den Teufel tun, noch einmal eine Frau in sein Leben zu lassen.

Vielleicht findet er etwas zu rauchen und kann so seinen Kopf etwas ...

Thiago stockt, als er die Treppen zum ersten Stock des Gemeinschaftshauses hinunterkommt und auf Alma blickt, die vor dem großen Bild der alten Familia steht. Bald wird da auch das neue hängen, doch noch sieht sie auf das, was es so nicht mehr gibt.

Erst als er sich direkt hinter sie stellt und auch auf das Bild blickt, bemerkt sie ihn. »Du wirkst auf dem Bild ganz anders, viel glücklicher und freier.« Thiago sieht sich selbst auf dem Bild an, er strahlt neben Dallas und Raphael in die Kamera, er ist völlig sorgenfrei und glücklich. Es liegen knapp drei Jahre zwischen heute und dem Bild, doch Thiago hat das Gefühl, es ist ewig her und er fühlt sich so viel älter als damals.

»Danach ist viel passiert, was mir meine Leichtigkeit genommen hat.« Alma wendet sich zu ihm um. Sie steht nun wieder nah vor ihm und lächelt das Lächeln, das sein Herz jedes Mal aufs Neue schneller schlagen lässt und all seine Gedanken von gerade zunichte macht. »Aber manchmal, da kommt dieses freie Lächeln wieder durch, so wie jetzt in diesem Moment.«

Thiago kann nicht anders, er lacht leise auf und legt seine Hände an Almas Hüften. »Wie gefällt dir die Party?« Sie sieht etwas enttäuscht in seine Augen. »Es ist okay, aber auch sehr voll und ...« Sie beendet den Satz nicht, doch er sieht in ihren Augen die Enttäuschung, die auch er verspürt hat, dass sie keine Zeit füreinander gehabt haben. »Komm mit.« Er greift nach ihrer Hand und bringt sie in den ersten Stock zu der Terrasse. Hier stehen ein paar Terrassenmöbel und ein kleiner Tisch. Thiago bezweifelt, dass einer der Männer schon einmal hier oben war. Man hört die Party, aber hat seine Ruhe.

Thiago legt sich auf einen gemütlichen länglichen Loungesessel und Alma folgt ihm und setzt sich zu ihm. »Besser so?« Sie nickt und sieht in den Sternenhimmel. »Sehr viel besser ...« Wieder streift sie ihre Pumps von den Füßen und macht all seine Pläne zunichte, Abstand zu halten. Alma lehnt sich ein wenig zurück und somit an ihn, er vernimmt ihren süßen Duft und beobachtet, wie sie mit diesen großen schönen Augen und den langen Wimpern zum Himmel sieht.

Thiago seufzt innerlich auf und seine Hände umfassen sie, sodass sie sogar noch ein wenig enger an ihm sitzt, er war heute eh schon unvernünftig, dann kostet er das jetzt auch noch etwas aus und beginnt morgen mit dem vernünftig sein. »Woran denkst du? Du wirkst die ganze Zeit so nachdenklich.« Alma holt ihn aus seinen Gedanken, er setzt sich etwas mehr auf und lässt endgültig los und entspannt sich. »An nichts Wichtiges, obwohl, wenn ich ehrlich bin, habe ich den ganzen restlichen Tag heute daran gedacht ...« Da sie sich zu ihm umgewendet hat, nutzt Thiago die Gelegenheit und führt ihre Lippen endlich wieder zusammen. Er gibt ihr einen kurzen Kuss auf die Lippen, den sie lächelnd unterbricht, sich jedoch nur minimal zurückzieht.

»Wirklich? Hast du das? Das hat man auf der Party aber nicht gemerkt.« Sein Blick wandert zu ihrem süßen Leberfleck unter der Lippe, mit seinem Daumen streicht er darüber. Statt ihr zu antworten, küsst er sie noch einmal und dieses Mal vertieft sie den Kuss auch. Der erste Kuss zwischen ihnen war vorsichtig und genießend, dieser ist einfach nur zärtlich. Thiago mag es, Alma so zu spüren, seine Hand legt sich an ihre Wange und er genießt diese Nähe. Als sie den Kuss trennen, lächelt Alma erneut und ihre Lippen fahren an seine Wange, auf der er eine Narbe von einem seiner ersten Kämpfe trägt.

Er lehnt sich weiter zurück und zieht Alma mit sich. Sie legt ihren Kopf auf seine Brust und muss seinen schnellen Herzschlag hören, doch das ist ihm in diesem Augenblick egal. Seine Hand spielt mit einer ihren langen Strähnen, während er ihr hübsches Gesicht betrachtet. »Elam ist dein Bruder?« Thiago nickt. »Stimmt, ich habe dir gar nicht alle richtig vorgestellt. Er und Malik, er saß am Tisch bei den Kartenspielern, sind meine richtigen Brüder, die anderen auch, aber nicht von denselben Eltern.«

Sie blickt ihn an. »Man merkt, wie eng ihr alle miteinander verbunden seid.« Thiagos Hand ruht auf ihrem Oberschenkel, ihr Kleid ist nach oben gerutscht und er spürt ihre weiche Haut unter seinen Fingerkuppen. »Das müssen wir, es ist wichtiger als alles andere.« Alma sieht wieder verträumt in den Sternenhimmel. »Ich wünschte, ich könnte das auch. Mir fällt es unheimlich schwer, einem Menschen zu vertrauen. Allen Menschen, außer meinem Vater.« Das kann er sich vorstellen, nach allem, was sie schon mitgemacht hat. »Du wirst wieder lernen zu vertrauen, doch es schadet auch niemals, am Anfang immer vorsichtig zu sein.« Sie sieht wieder zu ihm.

»Ich muss viel vorsichtiger sein, nach Jakob hatte ich mir geschworen, nie wieder einen Mann kennenzulernen, der Macht hat und darum einen weiten Bogen zu machen. Mächtige Männer können gefährlich sein, besonders, wenn sie ihre Macht gegen dich verwenden. Ich bin bis heute nicht sicher vor ihm und liege gerade in den Armen eines noch viel mächtigeren Mannes. Ich bin wirklich kein Mensch, der aus seinen Fehlern lernt.«

Alma lächelt, sie meinte das nicht ganz so ernst, doch Thiago ist bewusst, das unter ihrem Lächeln viel Wahrheit versteckt ist und er sieht ihr ernst in die Augen. »Ich weiß, dass wir uns noch nicht lange kennen und du mich noch nicht so gut einschätzen kannst, zudem gibt es tausend Geschichten über mich, die herumerzählt werden, aber eines garantiere ich dir: Ich habe und werde niemals eine Frau verletzen oder meine Macht bei ihr ausnutzen. Das machen nur schwache Männer, ich kann dir auf nichts eine Garantie geben, doch dafür schon.«

Auch sie ist ernst geworden und erwidert seinen Blick und das erste Mal legt dann Alma ihre Hand an seine Wange und führt ihre Lippen zusammen. Dieser Kuss ist anders, er hält sich zurück und lässt Alma komplett die Kontrolle und erst als sie leise in den Kuss hineinseufzt, hält auch er sich nicht mehr zurück und zieht sie noch etwas enger an sich. Seine Hände streichen langsam über ihre Schenkel und sie schmiegt sich noch enger an ihn, bis sie Stimmen vom Flur hören.

»Alma? Bist du hier?« Alegra und Dallas erscheinen am Ende des Flures und Thiago gibt Alma noch zwei Küsse auf die Lippen, bevor sie zusammen die Terrasse verlassen und den beiden entgegengehen.

Offenbar haben sie alle den Spaß am Basketballspielen entdeckt, um drei Uhr morgens und wollen ein Spiel machen. Dieses Mal lässt Thiago seinen Arm um Alma, als sie mit Alegra und Dallas zurück in den Garten gehen. Sie werden eingeteilt und beginnen ein Spiel. Thiago spielt gegen Alma, es macht wirklich Spaß, keiner nimmt das Spiel so ernst und Alma und Alegra halten sie mit all ihrer Kraft davon ab, zu gewinnen. Sie lachen mehr als dass sie wirklich spielen, Thiago wirft sich Alma irgendwann über die Schulter, um sie vom Schummeln abzuhalten und sie haben so viel Spaß, dass sie erst aufhören, als die Sonne aufgeht. Dallas und Elam bringen Alegra und Isabel zu ihren Autos, während Thiago Alma zum Strand bringt.

Sie laufen langsam, er hat den Arm um sie gelegt und sie gähnt immer wieder, am liebsten würde er sie noch in ihr Haus bringen, doch sie sehen von Weitem, dass ihr Vater sein Boot fertig macht und Thiago verabschiedet sich schon vorher.

Er weiß es nicht, er kann nicht sagen, was all das mit Alma werden soll. Er genießt es, gleichzeitig hat er ein schlechtes Gewissen und weiß, dass er nicht noch eine Frau dieser Gefahr aussetzen darf und es dauert auch nicht lange und er wird wieder daran erinnert, was dieses Leben auch noch ausmacht.

Kapitel 18

Thiago bekommt nicht viel Schlaf, er schläft gerade mal ein paar Stunden, dann sitzt er schon mit Loris in seinem Büro und plant die nächsten Lieferungen. Sie warten auf die Pflanzen und müssen vorher noch den Boden vorbereiten. Alma hat ihm einen Zettel mit der besten Erde dafür aufgeschrieben und was sie noch brauchen, er fährt das Zeug gleich besorgen, denn sie wollen so schnell wie möglich damit beginnen.

Jemina hat gestern ihren Sohn Copan zur Welt gebracht. Sie hat ihn nach dem zweiten Namens ihres Vaters und seiner Geburtsstadt genannt. Ein großer bedeutender Name, und die Bilder, die er gesehen hat, sind sehr süß, er ist ein wunderschönes Baby. Thiago wird am Wochenende nach Puerto Rico zur Taufe des Kleinen fliegen und um seinen Patensohn zu begrüßen. Deswegen möchte er davor schon die Erde umgegraben haben.

Nachdem er mit Loris das Wichtigste besprochen hat, fährt er mit Dallas und Saul los, sie werden in die Hauptstadt zum Großbaummarkt fahren und alles bestellen, was sie brauchen und das gleich liefern lassen. Er ist so müde, dass er Dallas fahren lässt. Saul sieht sehr entspannt aus. Thiago verkneift sich die Frage nach den zwei Frauen, man sieht Saul an, dass er eine gute Nacht hatte. Sie fahren in die nächste Stadt ein und über den leeren Marktplatz, da heute kein Markt ist. Als sie die Stadt verlassen, um auf die Schnellstraße zu fahren, bemerkt Thiago im Rückspiegel das erste Mal ein Auto, was ihnen schon eine ganze Weile zu folgen scheint. Sie verlassen die Stadt und das Auto bleibt zurück, doch sobald sie etwas langsamer fahren oder an einer Ampel stehen bleiben müssen, bemerkt er es wieder. Er sieht in den Rückspiegel und bemerkt auch Sauls Blick, auch er hat das Auto bemerkt.

»Da versucht uns jemand etwas zu sagen.« Thiago deutet Dallas zu dem silbernen Mietwagen hinter sich und nun behält auch er ihn im Blick. Das hier ist Honduras und egal wie lange sie weg waren, sie kennen das Land besser als sonst jemand, deswegen verwundert es Thiago nicht, als Dallas kurze Zeit später abbremst und in eine kleine Seitengasse einfährt, wo der Eingang zum Wald ist.

Sie steigen aus und keine halbe Minute später schert das silberne Auto auch in die Straße ein, kommt aber nicht sehr weit, da sie am Straßenrand stehen und ihre gezückten Waffen auf sie richten. Das Auto hält und mit erhobenen Händen steigen zwei Männer aus. »Ganz ruhig, wir wollten uns nur vorstellen.« Thiago ist sauer. »Dann klopft man an der Tür und stellt sich vor und nicht so. Wer seid ihr und was wollt ihr?« Die Männer nehmen ihre Hände herunter. »Wir sind zwei enge Vertraute eines alten Freundes eurer Familia. Er wartet auf euch und ich sollte euch hinbringen, doch wir dachten, erst einmal sehen wir, was ihr so treibt und wohin ihr unterwegs seid.«

Dallas lacht auf. »Freund unserer Familia und verfolgt uns? Wer wartet auf uns? Bringt uns hin, da bin ich sehr gespannt, wer sich bis vor unsere Haustür wagt und sich doch nicht traut anzuklopfen. Kein Freund von uns hat es nötig, so von hinten herum zu kommen.« Die Männer deuten an, sich zurück ins Auto zu setzen. »Wir müssen sicher sein, dass ihr auch noch vertrauenswürdig seid. Aber kommt gerne, wir werden erwartet. Wir fahren vor.«

Thiago hat keine Lust und keine Zeit für solche Spielchen, doch Dallas deutet auf seine Waffe. »Wir verfolgen euch und die Waffe ist weiter auf euren Kopf gerichtet, also auf keine dummen Ideen kommen.« Sie steigen auch in ihr Auto ein und folgen dem silbernen BMW. »Wir hätten genauer fragen sollen, wer auf uns wartet und weiterfahren sollen. Wer weiß, welcher Trottel irgendwo auf uns wartet.« Dallas beobachtet die Männer vor sich ganz genau. »Ich kenne den einen, ich weiß nicht mehr woher, doch wir haben ihn schon gesehen. Die hätten uns doch sonst etwas erzählen können, das müssen wir mit unseren eigenen Augen sehen. Wer sollte es wagen, uns hier in unserem Gebiet aufzulauern? Denkst du, das kommt aus Chile oder aus Venezuela? Die sind beide nicht gut auf uns zu sprechen. Escobar soll ausgerastet darüber sein, wie du Marco behandelt hast, es würde mich nicht wundern, wenn die sich noch etwas einfallen lassen.«

Saul, der hinten sitzt, lädt seine Waffe nach. »Die beiden haben einen mexikanischen Akzent.« Thiago hebt die Augenbrauen. Wie hat er das herausgehört? So etwas wird er sicher in der Spezialeinheit gelernt haben. »Mexiko? Was wollen die von uns?« Der silberne BMW vor ihnen hält vor einem bekannten Restaurant, vor dem zwei bewaffnete Männer stehen und den Eingang bewachen. Nun erkennt auch Thiago Arturos Männer und seufzt leise auf. Dafür hat er weder die Nerven noch die Zeit. »Das ist doch nicht deren Ernst, was wollen die von uns?«

Sie steigen aus und folgen den beiden Männern, die sie hergebracht haben, in das Restaurant. Das Restaurant ist leer, weiter hinten sind mehrere Tische zusammengestellt, und als sie hereinkommen, stehen Arturo und drei seiner Männer auf. Außerdem sitzt seine Schwester Ayla neben ihm, die sich als Einzige nicht erhebt. »Thiago, wie schön dich wiederzusehen.« Arturo breitet einladend die Arme aus, Thiago nickt allen zu und bleibt vor dem Tisch stehen. »Es ist nicht so, dass wir eine Einladung erhalten haben oder euch hergebeten haben, wir wurden von euren Leuten verfolgt … sehr schlecht übrigens. Also, was wollt ihr?« Thiago setzt sich und alle anderen tun es ihm gleich. Er nickt zu Ayla, die ihm in die Augen blickt. Sie kennen sich recht gut. Es ist nicht so, als wären die Mexikaner ihre Feinde. Sie hatten nie Probleme mit ihnen und hin und wieder haben sie Geschäfte mit ihnen abgeschlossen, doch die Mexikaner hatten mehr mit den Da Silvas zu tun. Natürlich weiß er, dass dieses Abkommen nicht mehr besteht und dass die beiden nicht mehr gut aufeinander zu sprechen sind.

»Wir waren gerade in der Nähe, zwei unserer Öllieferanten sind hier und wir müssen einiges besprechen. Wir werden noch für einige Tage hier sein. Nächsten Monat gibt es ein großes Fest in Mexiko. Wir feiern den Jahrestag unserer Familia und wir wollten euch persönlich dazu einladen. Wir präsentieren dort einen Plan und neue Ware, die ihr so noch nie gesehen habt und das nur für unsere engsten Verbündeten. Wir hatten mit Raphael nie Probleme und unsere Geschäfte liefen immer gut.«

Sie bekommen Getränke auf den Tisch. Thiago spürt Aylas Blick auf sich, doch sieht ihren Bruder weiter an. »Raphael ist aber wie du weißt nicht mehr da und nun führe ich die Fuegos. Wir haben keine Probleme mit euch, da habt ihr recht, doch die Art von Waffen, die Raphael bezogen hat, daran haben wir kein Interesse. Trotzdem war es nett, dass ihr an uns gedacht habt.« Thiago will aufstehen, doch Arturo hebt die Hand. »Wie gesagt, wir haben unser Sortiment geändert und es gibt einiges, was wir ändern wollen, was sich in Lateinamerika ändern muss. Ich denke, dass wenn wir beide mehr miteinander sprechen, unsere Familias zu ungeahnter Stärke kommen können, doch das werden wir dann in Ruhe besprechen. Wir haben keine Kontaktdaten mehr zu euch. Ihr seid herzlich eingeladen, unsere Gäste zu sein.«

Thiago sieht zu Dallas, der seine Karte an Raphael weiterreicht. Er nickt nur noch einmal und murmelt eine leise Verabschiedung, er sieht Ayla noch einmal in die Augen, die, seit sie den Raum betreten haben, nicht einmal den Blick von ihm gewandt hat und als er sie jetzt ansieht, muss er an diese eine Nacht denken. Sie hat sich tief in seinen Kopf eingebrannt. Er nickt ihr noch einmal zu und sie verlassen das Restaurant.

»Interessant, offenbar haben die Mexikaner große Pläne mit uns.« Thiago ist nun wach und setzt sich ans Steuer. »Ja, sie haben auf jeden Fall Pläne, wir werden das am Wochenende mit Diego und Dario besprechen. Ich habe kein gutes Gefühl dabei.« Dallas steigt nach hinten und Saul setzt sich neben ihn. »Das muss nicht automatisch gegen sie sein. Wir haben auch früher schon mit den Mexikanern Geschäfte gemacht.« Thiago startet den Motor und fährt in die Richtung, in die sie von Anfang an wollten. »Die Dinge

168

liegen nun aber anders. Es ist viel zwischen Puerto Rico und Mexiko passiert und ich bezweifle, dass das alles ohne Hintergedanken ist, doch wir werden es sehen.«

Dallas lacht auf. »Ayla ist genauso schön wie immer und sie hat dich mit ihrem Blick fast ausgezogen.« Thiago sagt nichts dazu, doch Saul hebt die Augenbrauen. »Ja, das war kaum zu übersehen, kennt ihr euch?« Thiago seufzt leise auf. »Bevor sie sich mit Adrian von den Da Silvas verlobt hat, waren wir auf einer Feier bei den Mexikanern und wir hatten eine Nacht unseren Spaß. Es war nur eine Nacht und kurz danach war sie verlobt und ich verheiratet ...« Dallas lehnt sich entspannt zurück. »Aber diese Nacht scheint sie nicht vergessen zu haben.«

Thiago hatte bei Mexiko noch nie ein gutes Gefühl und nun noch weniger. Er wird das mit Diego und Dario besprechen, er spürt, dass da noch einiges mehr geplant ist, doch erst einmal kümmert er sich weiter um seine Projekte. Thiago kann sich nicht von solchen Sachen ablenken lassen.

Sie fahren in den Baumarkt und bestellen alles, was sie brauchen, und es soll ihnen bereits morgen alles geliefert werden. Er bekommt einen Anruf, dass die Bauarbeiter, die er zu Almas Laden geschickt hat, bereits angefangen haben mit ihren Arbeiten. All das hat sie aufgehalten, sie essen in der anderen Stadt und fahren erst am Abend zurück. Als Thiago dann nach Hause kommt, geht er noch eine Stunde trainieren, bevor er müde ins Bett fällt. Der fehlende Schlaf und all die Dinge, die in seinem Kopf vor sich hinarbeiten, lassen ihn erschöpft bis zum nächsten Morgen durchschlafen.

Da er am Wochenende nach Puerto Rico fliegt, hat er die paar Tage bis dahin einiges zu tun. Sobald er seine Augen öffnet, beginnt es in seinem Kopf zu arbeiten. Er weiß, dass das nicht gut ist und er weiß auch, dass das in der nächsten Zeit nicht aufhören wird, erst wenn er alles zum Laufen gebracht hat und das kann dauern.

Thiago duscht sich ab, er hört, dass die Haushaltshilfen in seinem Haus sind. Als er nur in Shorts nach unten kommt, ist der Frühstückstisch schon gedeckt. Er begrüßt eine ältere Frau, die gerade die Wäsche abgehängt hat und sich verabschiedet, auch die Haushaltshilfe, mit der schon zweimal seinen Spaß hatte, ist da und sieht immer wieder zu ihm herüber, während er seinen Kaffee trinkt und ein Croissant isst und sie den Flur wischt. Sie scheint nur darauf zu warten, dass die andere Frau das Haus verlässt, da kommt sie zu ihm, doch in dem Moment kommt auch Alma durch den Garten zu seiner Terrasse, wo er sich hingesetzt hat.

Die Haushaltshilfe sieht zu Alma und lächelt gekünstelt. »Wir sind fertig, Señor, sollen wir noch etwas machen, oder sollen wir ins nächste Haus?« Thiago sieht Alma entgegen, sie trägt nur ein weites weißes Trägersommerkleid und Flipflops. Sie ist komplett ungeschminkt und ihre Augen sehen ihm müde aber auch sehr aufgeregt entgegen.

»Nein, alles in Ordnung. Ihr könnt weitergehen. Bis zum nächsten Mal.« Thiago sieht nicht noch einmal zur Haushaltshilfe, doch er spürt, dass ihr seine Antwort nicht passt, als sie sich abwendet und geht. Gestern hat er Alma nicht gesehen. Sie haben ihre Handynummern noch nicht ausgetauscht Er wollte sich bei ihr melden, bis ihm das aufgefallen ist.

»Thiago ... ich brauche eines eurer Boote, nur für kurz, ich ...« Er steht auf, als er merkt, wie aufgeregt Alma ist. »Was ist los?« Sie kommt gar nicht erst zu seiner Terrasse, was bedeutet, sie will gleich wieder los. Er sieht ihr an, dass etwas nicht stimmt, steckt sich seine Waffe ein und kommt ihr entgegen. »Mein Vater ist noch nicht zurück. Normalerweise müsste er schon längst zurück sein, manchmal bleibt er länger draußen, doch auch die Zeit ist schon längst verstrichen. Ich mache mir Sorgen und möchte ihn suchen gehen. Dafür brauche ich eines eurer Boote, ich habe keinen eurer Männer am Strand gesehen, und die Wachen auf dem Meer hören mich vom Strand aus nicht.«

170

Sobald Thiago bei ihr ist, läuft sie schon in Richtung Meer und er folgt ihr. »Das Meer ist sehr ruhig heute, er wird sicherlich schon noch kommen, doch wir können auch gerne rausfahren und gucken, ob wir sein Boot finden.«

Sie wendet sich zu ihm um. »Kommst du mit?« Er hält sie am Arm fest, als er merkt, wie angespannt sie ist. »Natürlich, atme mal tief aus. Es wird schon alles gut sein.« Statt allerdings einfach auszuatmen, nickt sie und schmiegt sich an ihn. Thiago spürt ihren aufgeregten Herzschlag an seiner Brust und umfasst sie mit seinen Armen.

»Du hast recht, doch er ist sonst nie unpünktlich.« Thiago schließt einen Moment die Augen, als er ihren süßen Duft wieder wahrnimmt und ihren Scheitel küsst. Sie hat ihm gefehlt und er weiß, dass das nicht gut ist. »Dann lass uns nachsehen, was los ist.« Sie sieht hoch zu ihm und gibt ihm einen Kuss auf den Mund. »Danke.«

Thiago bringt sie zum äußersten Steg, wo einige ihrer Boote angebracht ist. Sie haben schon ein größeres Boot in Auftrag gegeben, auch sie werden bald ihre Ware verschiffen müssen, bis dahin haben sie hier zwei Motoryachten, die ziemlich schnell sind. Sie haben sie gleich, nachdem sie sie erhalten haben, ausgetestet. Thiago hilft Alma auf das Boot. Er kann mit den Booten relativ gut umgehen und startet gleich den Motor, nachdem sich Alma zu ihm gesetzt hat. Thiago steuert das Schiff zu den Wachleuten am Eingang ihrer Bucht. »Habt ihr ihren Vater gesehen, er sollte schon zurück sein?« Zwei neue Männer sind eingesetzt und sitzen mit Angeln und Frühstück da. »Nein, wir haben uns auch schon gewundert, normalerweise ist er schon längst wieder da.« Thiago nickt nur und fährt weiter.

Alma dirigiert ihn die übliche Route, die ihr Vater immer nimmt. Sie haben hier viele kleine Buchten und sie müssen immer wieder in eine einfahren und wieder hinaus, bis Alma in einer Bucht zum Strand zeigt. »Da ist sein Boot.« Thiago schaltet den Motor ab und sie sehen zum Strand, bis Thiago auf ein Strandhaus zeigt, auf dessen Terrasse Almas Vater mit einer Frau in seinem Alter sitzt und zu frühstücken scheint. »Offenbar hatte dein Vater noch andere Pläne.«

Alma sieht sauer zu den beiden. »Das wird die Frau sein, von der er öfter erzählt, er bringt ihr Fisch vorbei und sie wollte ihn dafür immer zum Essen einladen. Offenbar hat sie das heute getan, aber er muss doch wissen, dass ich mir Sorgen mache. Fahr hin, ich ...« Thiago lacht und startet den Motor wieder. »Nein, lass ihn. Ihm ist das sicherlich unangenehm, wenn seine Tochter angefahren kommt und ihn vor seiner neuen Freundin anmeckert. Es geht ihm gut, lass ihn seinen Spaß haben.«

Alma verzieht ihr Gesicht und Thiago fährt sie vorsichtig aus der Bucht heraus, sodass die beiden sie gar nicht bemerken. »Das ist komisch, wenn ich meinen Vater so sehe.« Man hört Alma sofort an, dass sie erleichtert ist, ihren Vater gefunden zu haben. Thiago will zurückfahren, doch Alma deutet auf eine Bucht etwas weiter weg. »Kennst du die Laguna? Mein Vater bringt mich manchmal zum Schwimmen dahin, es ist der schönste Fleck Honduras.«

Er hat viel zu tun, doch er zögert keine Sekunde und fährt ihr Boot in diese Richtung. »Noch nicht davon gehört, da bin ich mal gespannt, was du als schönsten Ort Honduras bezeichnest, da du ja auch unsere Bucht kennst.« Alma steht auf und drängt sich vor ihn, um das Steuer zu übernehmen. Thiago lacht leise auf und seine Hände umfassen sie, während sie mit ihren zarten Händen das Steuer gekonnt in eine der umliegenden Buchten führt.

Nun muss Thiago wirklich zweimal hinsehen. Sie kommen in eine unbewohnte kleine Bucht. Sie hat nur ein wenig Strand, dahinter fängt gleich der Wald an und ein kleiner Wasserfall endet im Meer. Das Wasser ist türkis und am Strand sind viele Schildkröten, das Wasser ist voller bunter Fische. »Wow, das habe ich nicht erwartet.« Thiago stoppt den Motor und lässt den Anker ausfahren, damit ihr Boot stehenbleibt.

»Mein kleines Paradies. Wie sieht es aus, nachdem du mich im Basketball nicht schlagen konntest, vielleicht schaffst du es ja dieses Mal?« Sie steigt an den Rand des Bootes und zieht sich ihr Kleid aus. Thiagos Blick fällt über ihren perfekten Körper. Sie trägt einen weißen BH und einen weißen Tanga, sie ist schmal und doch ist ihr Po wie ein runder Pfirsich geformt, sie öffnet ihren Zopf und dreht sich zu ihm um. Thiago hat noch nie etwas Schöneres gesehen, das wird ihm in diesem Moment bewusst. »Komm schon, Thiago Fuego, du wirst doch die Herausforderung einer Frau nicht abschlagen.«

Alma dreht sich um und springt ins Wasser. Thiago zieht sich seine Shorts und das Shirt aus und lässt es genau wie Alma einfach aufs Deck fallen, bevor er ihr hinterherspringt. Sie ist schon weiter weg vom Boot. Es ist faszinierend mit all den bunten Fischen und den Schildkröten im Wasser zu schwimmen, doch Thiago gibt sich alle Mühe, Alma einzuholen und tatsächlich gelingt es ihm auch kurz vor dem Strand. Sie beide atmen schneller, als sie aus dem Wasser auf den weißen Strand treten und Thiago sieht sich verwundert um. »Das ist wirklich wie im Paradies hier.«

Er legt sich an den Strand und schließt die Augen. Alma legt sich zu ihm, sie legt ihren Kopf auf seine Brust und ihre nassen Strähnen kitzeln über seine Haut, während die Sonne das Wasser auf ihrer Körpern trocknet. Thiago entspannt sich sofort. Seine Finger streichen über Almas weiche Haut und er hat die Augen geschlossen, er hätte Stunden weiter so liegen können, doch Alma setzt sich sobald sie getrocknet sind wieder auf. »Weißt du, was man über den Wasserfall sagt?« Sie steht auf und hält Thiago ihre Hand hin. Etwas widerwillig steht er auf und sie verschränkt ihre Finger miteinander, während sie zum Wasserfall gehen. »Man sagt, dass es heiliges Wasser aus dem Urwald ist. Dass jeder, der sich her runterstellt, gesegnet ist mit der ganzen Kraft Honduras.«

Sie lässt ihn los und stellt sich unter den Wasserfall. Thiago betrachtet, wie das Wasser im Schwall über sie einbricht und Alma die Augen schließt und diesen Augenblick genießt. Er tritt zu ihr, doch statt diesem Wasser die richtige Beachtung zu schenken, senkt er seine Lippen auf ihre und zeigt ihr in einem Kuss, wie sehr er diese Nähe vermisst hat. Automatisch legen sich ihre Arme um ihn und sie erwidert den Kuss, während das heilige Wasser Honduras über sie hereinbricht. Thiago kann nicht genug von ihr bekommen. Seine Hände streichen ihren Rücken entlang, doch bevor er weiterkommt, beendet sie den Kuss, dreht sich schnell um und rennt lachend ins Wasser.

»Dieses Mal aber nicht, Fuego!«

Sie hat ihn so überrascht, dass es ihr tatsächlich gelingt, schneller als er am Boot zu sein. Als er ankommt, hält sie ihm eine Limonade aus dem Kühlschrank hin, aus der auch sie bereits getrunken hat und er hat tatsächlich Durst. Nachdem er getrunken hat, will sie ihm ein Handtuch reichen, doch dann lässt sie das fallen, stattdessen kommt sie näher. Und dieses Mal vereint sie ihre Lippen und schlingt ihre Arme um ihn und das gleich so sehnsüchtig, dass Thiago fast den Halt verliert.

Er will sie und das zeigt er jetzt ganz deutlich, als er ihr Bikinioberteil entfernt und sich ihren perfekten Brüsten widmet, während er sie nach unten in die Kabine bringt. Hier gibt es eine kleine Küche mit einem Kühlschrank, eine Sitzgelegenheit, eine Toilette und ein Bett. Alles ist noch unbenutzt, doch nun übernimmt Thiagos Herz die Führung. Er setzt Alma auf den Tisch und verwöhnt ihre Brüste, während sie den Kopf nach hinten fallen lässt und aufstöhnt. Allein dieses Geräusch bringt ihn fast zum Platzen, diese Frau erweckt Gefühle in ihm, von deren Existenz er noch nicht einmal etwas geahnt hat. So zurückhaltend Alma bisher immer war, als sie sich enger an ihn schiebt und ihre Hand erst an eine Brust und dann in seine Shorts wandert, weiß er, dass noch viel mehr in seiner dunklen Schönheit steckt, als er es bisher gedacht hat.

Sie beide keuchen schwer, als Thiago sie noch einmal hochhebt und sie aufs Bett legt, wobei er ihr gleich den nassen Slip von den Beinen streift. Er kann nichts anders und hält einen Moment ein, um sie anzusehen, nur um noch einmal vor ihrer Schönheit angezogen zu werden. Er beugt sich über sie und streift seine Boxershorts ab. Ihre Lippen finden sich zu einem verführerischen Spiel, bis er es keuchend unterbricht und Küsse bis hinunter zu ihren Brüsten verteilt.

Alma streckt ihren Rücken durch und sich ihm entgegen. Ihre Hände wandern über seine Muskeln und in sein Haar, als er weiter nach unten gleitet und sie laut aufstöhnt, bis sie heiser seinen Namen ruft und er wieder nach oben zu ihren Lippen zurückkehrt und sie endlich vereint, worauf sie beide ungeduldig gewartet haben.

Sie beide stöhnen laut auf und halten ein. Ihre Finger halten sich an seinem Rücken fest, sie beide atmen schnell und wollen mehr, doch sie sehen sich in die Augen und es ist, als wissen sie, dass das hier mehr ist als das, was sie vielleicht am Anfang gedacht haben. Thiago küsst sie erneut, doch dieses Mal genießender, und er beginnt, sich in ihr zu bewegen und ihnen beiden die Erleichterung zu bringen, der sie beide so entgegensehen.

Es summt noch lange danach friedlich in Thiagos Körper und als er seine Augen öffnet, liegt Alma schlafend in seinen Armen. Sie sind nackt und liegen hier mitten in dieser paradiesischen Lagune auf dem Bett, man hört nichts als den Wasserfall und einige Vögel um sie herum. Thiago kann durch das Fenster sehen, dass die Sonne schon viel tiefer liegt, wer weiß, wie lange sie schon hier sind und wie spät es schon ist.

Er sollte sofort losfahren, er hat viel zu viel zu tun, doch er war schon Ewigkeiten nicht mehr so entspannt. Sein ganzer Körper fühlt sich ausgeruht an und sein Herz schlägt im gleichen Takt wie Almas. Er sieht zu ihr und küsst ihre Stirn, in dem Moment öffnet auch sie ihre Augen. Ein leichtes Lächeln legt sich auf ihre Lippen, ihre Hand geht an seine Wange und sie beugt sich zu ihm, um ihm einen kleinen Kuss zu geben, doch Thiago dehnt diesen sofort aus und entlockt ihr ein erneutes Aufstöhnen.

Er muss zurück und sich um all das kümmern, doch erst einmal wird er das hier noch etwas länger genießen.

Kapitel 19

»Es sieht alles sehr gut aus, heute werden wir mit allem fertig werden. Gibt es sonst noch etwas, was wir hier tun sollen?«

Alma versucht, einen Blick in das erste Stockwerk zu erhaschen, doch seit drei Tagen, in denen die Handwerker von Thiago in ihrem neuen Haus am Arbeiten sind, gelingt es ihr nicht so richtig. Thiago sagt, sie soll die Männer arbeiten lassen und die Bauarbeiter drängen sie immer sanft nach unten, als wolle ihr niemand zeigen, was hier passiert. Auch heute gibt sie auf und schüttelt den Kopf. »Nein, dass Sie das Bad machen ist schon mehr als genug. Vielen Dank, ich werde dann mal zurückfahren, wenn etwas ist …« Der Mann lacht und nickt. »Dann sagen wir Bescheid.«

Etwas frustriert verlässt sie ihren neuen Laden wieder. Unten sieht alles schon ganz gut aus. Sie haben begonnen, die Erde umzugraben, genau wie auch beim Gebiet der Fuegos. Sie haben die Räume unten gestrichen, nach oben darf gerade keiner wegen der Bauarbeiter. Alma war den ganzen Mittag auf dem Markt und ist müde. Es ist anstrengend, bei der Hitze den ganzen Tag unter der Plane zu stehen, momentan ist es viel zu heiß in Honduras.

»Wo steckst du?«

Thiago. Alma muss lächeln. Seit ihrem gemeinsamen Nachmittag haben sie sich nicht mehr alleine gesehen. Gestern haben sie zusammen angefangen, die Erde auf dem neuen Fabrikgrundstück umzubauen. Also die Männer haben es gemacht und Alma hat ihnen geholfen und Tipps gegeben, doch da hatte sie nicht viel Zeit mit ihm allein und schon jetzt beginnt sie, diese Nähe zu vermissen.

Alma hatte sich geschworen, nicht mehr so schnell und so einfach ihr Herz zu verlieren, doch sie konnte das gar nicht verhindern. Nicht bei diesem Mann, sie hat sich in seine dunklen, gefährlichen und ja auch leider manchmal sehr kalten Augen verliebt, an das Strahlen, was darin auflodert, wenn er sie erblickt, sein Lächeln, alles. Sie hat sich vollkommen in ihn verliebt, sie ist unter seinen Berührungen dahingeschmolzen und hat noch niemals die Nähe eines Mannes so genossen wie seine.

Es hat sie nicht verwundert, dass er kurz danach wieder etwas auf Abstand gegangen ist, das scheint bei Thiago so zu sein. In einem Moment hält er sie fest in seinem Arm, im nächsten Moment geht er auf Abstand und die Kälte strahlt wieder aus seinem Blick. Als wüsste er nicht, ob er sie von sich stoßen oder in seinen Armen halten soll, doch letztlich meldet er sich immer wieder, zieht sie an sich und küsst sie, schreibt ihr nachts, dass er ihr eine gute Nacht wünscht. Sie kann ihn schwer einschätzen, doch gleichgültig ist sie ihm sicher nicht und sie kann auch nicht erwarten, dass nach so kurzer Zeit ein Mann wie Thiago Fuego seine Mauer um sich herum fallen lässt und alles von sich preisgibt. Sie spürt, dass er immer ein gewisses Misstrauen gegen alle hat, nur seinen eigenen Männern scheint er komplett zu vertrauen.

Heute Nacht fliegt er mit einigen seiner Männer nach Puerto Rico. Er hat sehr viel zu tun gehabt und sie haben sich immer nur ganz kurz gesehen, sie hätte sich gewünscht, dass sie noch etwas Zeit miteinander verbringen können.

'Ich bin auf der Baustelle und fahre jetzt nach Hause. Bist du dort?'

Sie war noch nie richtig in seinem Haus. Immer nur mal unten oder in seinem Garten. Sie sind sich so nah, doch wirklich viel weiß Alma nicht von Thiago, es ist merkwürdig, genau wie sein Verhalten ist auch das an ihm fragwürdig. Er kennt quasi jedes schwarze Kapitel ihres Lebens und sie weiß noch nicht einmal richtig, wer von all den Männern seine Brüder sind. Es ist wie alles an Thiago Fuego: Feuer und Wasser, heiß und kalt, man kann kaum durchatmen, so ein Durcheinander bricht über einem zusammen.

'Nein, wir haben noch zu tun. Ich komme später noch einmal vorbei.'

Alma packt ihr Handy ein und geht zu ihrem Truck, an dem die Bäckerin von gegenüber steht. »Ich wollte gerade vorbeikommen. Du fährst doch zu den Fuegos. Kannst du das abgeben? Das haben wir heute extra gebacken, als Dankeschön für den Bau des Kindergartens. Hast du davon gehört? Meine Schwiegertochter ist so glücklich, so kann sie endlich wieder bei uns mithelfen.« Alma lächelt und nimmt das große Blech mit Kuchen, um es sicher auf dem Beifahrersitz zu verstauen. »Ja, das habe ich. Das freut mich, ich denke, das wird vielen helfen.« Die Bäckerin sieht sie neugierig an. »Wie ist es denn so … unter den Fuegos zu leben?« Alma muss lachen. Sie hat in letzter Zeit immer mehr gemerkt, dass sie angesehen wird, mehr als sonst, auffälliger als sonst. Das hier ist eine Kleinstadt und man muss aufpassen, nicht zum Stadtgespräch zu werden.

»Dazu kann ich gar nicht so viel sagen, wir wohnen ja nicht direkt bei ihnen und wir werden ja auch nicht mehr lange dort sein, aber wenn wir ihnen mal begegnen, sind sie immer sehr höflich zu meinem Vater und mir.« Die Frau lächelt und drückt noch einmal ihre Hand. »Gott segne dich, Alma, und grüß deinen Vater von mir.«

Alma sieht der Frau noch hinterher, wie sie zurück in die Bäckerei geht, dann fährt sie in die Richtung des Gebietes der Fuegos, welches so lange einen Zufluchtsort für sie dargestellt hat. Alma hat leise die Musik an, das Fenster heruntergefahren und lässt ihre Hand den warmen Fahrtwind spüren. Ihr Leben fliegt viel zu schnell an ihr vorbei, die Zeit mit ihrer Mutter kommt ihr so ewig her vor, dann kamen die harten Monate mit Jakob und dann ihre Flucht. Kaum ist sie hier zur Ruhe gekommen und hat langsam wieder frei zu atmen gelernt, taucht Thiago auf und raubt ihr erneut den Atem. Sie wünschte, sie könnte eine Stopptaste drücken und alles anhalten, um einige Momente einfach länger genießen zu können, doch gerade rast die Zeit einfach nur so an ihr vorbei.

Alma fährt durch das Tor, was ihr geöffnet wird. Am ersten Wachhaus hält sie und deutet den beiden Männern, die sie schon oft im Wachhaus gesehen hat, an, sich Kuchen vom Blech zu nehmen. »Von der Bäckerin aus der Stadt, vielen Dank für den Kindergarten.« Die beiden Männer bedienen und bedanken sich. Alma ist immer wieder erstaunt, wie viel diese Männer hier essen können, allerdings sieht sie auch, wie viel sie trainieren. Sie hat sie alle schon trainieren sehen, auch Thiago, und sie wusste, wie gut gebaut er ist, doch als sie Thiago nackt vor sich gesehen hat, war sie erstaunt, wie muskulös und durchtrainiert jeder Millimeter an ihm ist. Sie hat noch nie einen Mann so sexy wie ihn gefunden. Sie weiß, dass sie sich in ihn verliebt hat und wenn sie anfängt, sich selbst so von ihm vorzuschwärmen, ermahnt sie sich, einen kühlen Kopf zu behalten, nicht zu schnell, nicht zu heftig, sie muss alles langsam auf sich zukommen lassen, doch sie bezweifelt, dass das noch aufzuhalten sein wird.

Sie fährt durch das Gebiet und sieht zu Thiagos Haus. Auch wenn sie sich schon näher gekommen sind, wirkt es noch weit weg, dass sie zu ihm fährt und dort auf ihn wartet, das macht diese Kälte und die Mauer, die er zwar auch immer öfter ihr gegenüber fallen lässt, doch trotzdem auch immer wieder aufzieht. Sie kann schwer einschätzen, worauf das, was sie beide haben, hinauslaufen wird.

Alma fährt an den Häusern vorbei und zum Ende des Grundstückes, wo ihre bepflanzten Felder liegen und ihr Haus am Strand ist. Sie hört die Stimmen der Männer von dem großen neubebauten Feld hinter dem Gebiet. Das hier ist das Ende des Gebietes der Fuegos. Dicke Mauern und Zäune schützen alles, doch genau dahinter beginnt der neue Teil, auf dem die Fabrik und die Cannabis-Plantage entstehen. Auch das wird gerade umzäunt und der Zaun hier zwischen wird abgerissen, sodass all das zu einem

Gebiet wird, statt aber einmal außen herum zu müssen, kann man auch bei den Lagern vorbei zum Wald gehen, der hinter dem Strand und den Lagern beginnt. Hier ist noch nichts abgetrennt und man kann durch den Wald auf das neue Feld kommen, was Alma auch gleich macht. Sie weiß, dass die Männer und die Bauarbeiter darüber diskutieren, wie man von der Waldseite aus alles absperrt und schützen kann, ohne den Wald abzureißen, doch das wird kompliziert und soll erst nach der neuen Mauerverlängerung passieren.

Es ist beeindruckend, was hier in den letzten Monaten alles entstanden ist, aber auch wenn es noch nicht fertig ist, kann man jetzt schon erkennen, dass es etwas ganz Großes wird.

Sie hat das Blech Kuchen in der Hand und taucht in den Schatten des Waldes ein, um nur kurz danach aus dem Feld wieder hervorzutreten und an die Männer dort die Kuchen zu verteilen. Sie kennt viele von ihnen mittlerweile durch das regelmäßige Treffen auf dem Gelände, aber auch von der Party. Dallas ist gerade mit Thiagos Bruder Elam hier und beide begrüßen sie und nehmen sich Kuchen.

»Die Leute freuen sich, dass ihr den Kindergarten baut, das sieht ja schon richtig gut aus. Habt ihr die Erde auch mit den Sachen gemischt, die ich aufgeschrieben hatte?« Alma sieht auf die umgepflügte Erde und die neu aufgebrachte. Elam nickt und deutet an die Seite, und erst jetzt bemerkt Alma die vielen hundert Cannabis-Pflanzen, die dort aufgereiht sind. »Wow, die sehen wirklich gut aus. Was haben die Männer gesagt, wann sollen sie eingepflanzt werden und wie lange dauert es bis zur ersten Ernte?« Dallas stellt sich zu ihnen, während Alma die Pflanzen betrachtet. »Wir sollen noch drei Tage warten und wenn sie dann gepflanzt sind, wird es ungefähr vier Wochen dauern. Hier herrschen gerade optimale Bedingungen dafür.« Alma sieht sich die Pflanzen an und schüttelt dann den Kopf. »Ich sollte wirklich nicht so begeistert über Cannabis-Pflanzen sein.« Dallas lacht auf und auf Elams Gesicht legt sich dasselbe Grinsen, welches auch auf Thiagos Gesicht liegt. Die Brüder sehen sich sehr ähnlich, auch wenn Elam viel nahbarer und freundlicher wirkt.

Sie reicht Dallas das Backblech, die Männer scheinen hier langsam fertig zu sein. Einige Arbeiter haben am anderen Ende schon die Grundmauern für die Fabrik erbaut, wenn Thiago sich etwas vorgenommen hat, macht er das auch und dann auch sehr schnell.

Alma verabschiedet sich und geht durch den Wald zurück zu ihrem Haus, genau in den Moment, als ihr Vater mit seinem Boot auf das Meer will. »Wohin so spät noch, Papa?« Er hebt nur schnell die Hand. »Ich werde nochmal gucken wie der Nachmittagsfang ist, bis später.« Alma verschränkt die Arme vor der Brust und blickt ihm hinterher. Wann wird er ihr sagen, dass er sich jetzt offenbar regelmäßig mit einer Frau trifft. Mittlerweile ist er täglich weg, sie stört das überhaupt nicht, im Gegenteil, Alma wünscht ihm alles Glück der Welt, doch sie fragt sich, wann er ihr davon erzählen will.

Einen Moment sieht sie zu den Booten auf der anderen Seite, sie hätte Lust, in die Lagune zu fahren, doch sie kann nicht einfach die Boote nehmen, obwohl Thiago sicherlich nichts dagegen hätte, wenn sie ihn fragen würde. Erst einmal geht sie aber in ihr Haus, schmiert sich ein Brot und geht dann direkt in die Dusche. Es war ein langer Tag, sie lässt das Wasser all den Stress abwaschen, schäumt sich ein und geht schnell wieder hinaus, sobald es zu kalt wird. Dass nach ein paar Minuten immer das warme Wasser verbraucht ist, wird sie definitiv nicht vermissen im neuen Haus.

Also trocknet sie sich ab und cremt sich ein, dann zieht sie eine kurze graue Shorts und ein weißes bauchfreies Top an und trocknet ihre Haare, bis es klopft. Sie blickt überrascht auf Thiago, sie hatte erst später mit ihm gerechnet, kurz bevor er losfliegt, doch er steht vor ihr und sein Blick schweift mit einem sinnlichen Schmunzeln über ihren Körper. »Hier bist du, ich hoffe, du hast nichts vor. Ich wollte dich entführen.«

Alma findet es merkwürdig nach diesem Nachmittag, an dem sie sich wirklich in allen Facetten näher gekommen sind, ist er trotzdem wieder auf Abstand und etwas zurückhaltender, als gäbe es etwas, was ihn immer wieder einige Schritte zurückweichen lässt. Alma lächelt und stellt sich auf die Zehnspitzen, um ihre Arme um seinen Hals zu schlingen und ihm einen liebevollen Kuss zu geben.

»Hallo erst einmal.« Als sie diese kleine Barriere durchbricht, reagiert er allerdings sofort. Seine Hände umfassen sie und er erwidert ihren Kuss und dehnt ihn sogar aus. Sie schmiegt sich an ihn und ihre Hände umfassen seinen Nacken, sie hat diese Nähe vermisst.

»Hallo ...« Er küsst ihre Nase, nachdem sie ihren Kuss beendet haben.. »Also, bist du bereit?« Alma zieht ihre Haustür zu und legt den Schlüssel wieder unter die Laterne auf der Terrasse. Sie haben keine Wertsachen, die man klauen kann, ein Vorteil, so muss man sich keine Gedanken machen. Außerdem sind Diebe auf dem Gebiet der Fuegos eher ausgeschlossen.

»Wohin willst du?« Thiago greift nach Almas Hand und sie verschlingt ihre Finger miteinander. »Lass dich überraschen, hast du Hunger?« Sie laufen über die Treppen zu ihren Feldern und zu ihrem Truck, allerdings hält daneben ein schwarzer teurer Mercedes und lässt ihr altes Baby ziemlich verrostet aussehen.

»Nur noch ein wenig, ich habe gerade etwas gegessen.« Thiago hält ihr die Beifahrertür auf und Alma muss schmunzeln, als sie auf dem Rücksitz einen riesigen braunen Teddybär und viele kleine blaue Geschenke findet. »Ich war im großen Einkaufszentrum und habe ein paar Sachen mitgebracht, die werden dir schmecken.« Alma deutet nach hinten, während Thiago sich neben sie setzt und losfährt. »Du nimmst das mit dem Patenonkel sehr ernst, oder?« Thiago lächelt. »Natürlich, er wird das beste Kind der Welt.« Alma lacht auf, genau dieser Kontrast zu seiner Kälte lässt ihr Herz immer wieder schmelzen. »Das wird er bestimmt.«

Sie verlassen das Gebiet und Alma atmet aus. Thiago fällt es außerhalb des Gebietes leichter, entspannt zu sein, als würde die immense Last, die auf seinen Schultern liegt, ein wenig abfallen. Sie sprechen über die Pflanzen, die heute geliefert wurden und dass Thiago beschlossen hat, eine Schutzmauer und auch einen Zaun durch den Wald zu bauen, an Stellen, wo nicht viele Pflanzen stehen und die man gut bewachen kann. Er möchte keinen Schwachpunkt haben.

Als er dann vor ihrem Laden hält, steigt Alma verwundert aus. »Ich war heute schon hier, sind die Bauarbeiter mit dem Bad fertig? Darf ich es mir jetzt endlich ansehen?« Thiago holt eine Tüte aus dem Kofferraum und legt den Arm um sie. »Ja, dafür sind wir hier.« Sie betreten den Laden und gehen gleich in den ersten Stock. Die letzten Tage konnte sie nicht hier hoch und deswegen geht sie gleich ins Bad, wo sie einen komplett neuen Raum betritt. Natürlich war ihr klar, dass hier viel passieren wird, doch das überrascht sie nun wirklich. Sie haben alles neu gemacht, die Fliesen, die Badewanne, zwei Waschbecken. Es ist sehr luxuriös und Alma streicht über den teuren Marmor. »Das ist doch verrückt, Thiago, das hättest du nicht tun müssen, das …«

Allerdings ist er gar nicht bei ihr im Bad. Thiago zieht die Leiter zum Dachboden heraus. »Ich wollte dir doch noch zeigen, für was diese Dachböden gut sein können.« Er steigt auf die Treppe, Alma folgt ihm und dieses Mal verschlägt es ihr wirklich die Sprache.

Der gesamte Raum wurde mit schönem Boden ausgelegt und gestrichen und in dem Teil des Daches, unter dem sie stehen, ist einfach eine riesige Scheibe in das Dach eingesetzt worden. Mitten in ihrem Haus stehen sie unter dem Sternenhimmel und blicken auf tausende von Sternen.

Eine Matratze liegt auf dem Boden. »Das ist wunderschön, wie hast du das … wann …?« Alma findet keine Worte, sie setzt sich auf die Matratze und lehnt sich zurück, um auf die Sterne zu sehen, Thiago legt die Tüte weg, streift die Schuhe von seinen Füßen und legt seine Waffe ab.

»Ich weiß, dass das nicht mit dem Meer vor deiner Nase mithalten kann, doch es ist ein kleiner Ausgleich ...«

Alma kann den Blick nicht von dem Sternenhimmel über sich wenden. »Es ist wunderschön, Thiago, vielen Dank. Ich werde jetzt sicherlich jede Nacht hier schlafen.« Sie hört sein Lächeln. »Das habe ich mir fast gedacht, deswegen die Matratze.« Alma sieht zu ihm und blickt ihm in die Augen. »Das ... ich weiß gar nicht, was ich dazu sagen soll, du überraschst mich immer wieder.«

Ihre Stimme wird leiser, als der Blick, den sie beide austauschen, intensiver wird. Ihr liegen Worte auf den Lippen, für die es viel zu früh ist, auch wenn es sich richtig anfühlt, und sie hat das Gefühl, dass es ihm auch so geht, als er ein leises »Komm her ...« murmelt und sie sich auf seinen Schoß setzt.

Alma setzt sich auf seinen Schoß und legt ihre Arme um seinen Hals. »Das bedeutet mir viel ...« Alma trennt ihren Blickkontakt nicht und auch er sieht ihr ernst in die Augen, während sich seine Hand an ihre Wange legt. »Mir auch.« Er küsst sie und Alma erwidert den Kuss ohne Zweifel. Sie ahnt, dass diese wiederkommen werden, dass Thiago Fuego sicherlich kein Mann ist, bei dem sie sich jemals komplett sicher sein kann, doch als seine Lippen ihre verlassen und ihren Weg über ihren Hals zu ihrem Schlüsselbein und zu ihren Brüsten finden, seufzt sie auf, zieht sich ihr Top aus und genießt einfach nur diesen Moment zwischen ihnen und schiebt alles, was danach kommen wird, weit von sich.

Kapitel 20

Thiagos Herz rast.

Er sieht auf die Lichtung und die paar Holzhäuser, die nach all den Geschehnissen noch vereinzelt hier stehen. Er wird diesen Tag damals als er hier war niemals wieder vergessen, doch gleichzeitig kann er sich kaum noch daran erinnern.

Er war in Rage, er war so wütend und so schockiert, dass er zwar noch genau weiß, was er gefühlt hat, nachdem er die verbrannte Erde vorgefunden hat, wo sie alle Frauen und Kinder verloren haben, doch er kann sich an keine Details mehr erinnern. Es fällt ihm schwerer als gedacht, nun auf diese Lichtung in El Salvador zu gehen, auf der die Guerillas Jemina gefangengehalten und Raphael getötet haben. Auf dem Weg hierher hat er viele seiner Freunde verloren und auch jetzt noch, all die Jahre später, sieht man es der Erde hier an, dass darauf einiges passiert ist. Die meisten Häuser wurden abgebrannt, einige wenige stehen noch und seine Männer sehen darin nach.

Statt direkt nach Puerto Rico zu fliegen, haben sie einen Abstecher nach El Salvador gemacht und sind dafür mitten in der Nacht losgeflogen. Einige Männer sind mit ihren zwei Booten gekommen, da sie von den Anführern der Aquillas kontaktiert wurden, die ihnen gesagt haben, dass sie mitbekommen haben, wie Baxter und auch Martinez einige ihrer Waffen und anderes nach El Salvador gebracht haben. Jeder weiß, was ihnen hier passiert ist und da sie wissen, dass Thiago vorhat, Chile einzunehmen, haben die beiden offenbar beschlossen, nach El Salvador zu kommen, ihre Ware hier zu verstecken und von hier aus Pläne zu schmieden, wie sie Thiago umgehen oder vielleicht sogar ausschalten können.

Nachdem er das gehört hat, haben sich seine Nackenhaare aufgestellt. Noch einmal ein Angriff aus diesem Land? Aus diesem Gebiet? Allein die Vorstellung hat ihn ausflippen lassen, er konnte sich kaum beruhigen und ist sofort hergekommen. Er wird nicht zulassen, dass noch eimal Gefahr von diesem Land für sie ausgeht.

Die Männer sehen sich alles an, während Elam sich neben ihn stellt. »Die sind doch nicht dumm, die werden das doch nicht hier in den Häusern bunkern.« Thiago blickt auf den Rasen, der noch immer deutliche Brandspuren hat. »Sie denken wahrscheinlich, dass wir nie wieder herkommen werden, was wir auch nicht vorhatten.«

Dallas stellt sich ebenfalls zu ihnen. »Das habe ich mir eh schon oft durch den Kopf gehen lassen, Thiago. El Salvador ist ein kleines Land, aber du hast gesehen, was für eine Gefahr von hier aus ausgehen kann, wir sollten, nachdem wir uns um Chile gekümmert haben, El Salvador einnehmen. Wir kontrollieren es und lassen es zu unserem Gebiet werden, so haben wir all das besser unter Kontrolle.«

Elam neben ihm nickt und auch Thiago muss zugeben, dass das wahrscheinlich die beste Lösung ist, auch wenn er dieses Land immer hassen wird. Wenn er an all das denkt, was sie die nächsten Wochen geplant haben, tun ihm schon jetzt alle Knochen weh. Es ist viel zu viel, doch es führt kein Weg daran vorbei. Er wird wenig Schlaf bekommen.

»Hier!« Sauls Stimme durchbricht die Stille, während seine Männer noch immer die Gegend durchsuchen. Sie gehen zu der Stelle mitten auf der Lichtung, wo er steht. »Mikail, du hast gesagt, in dem Haus waren Schaufeln? Bringt sie alle her!« Saul deutet auf eine Stelle im Gras. »Hier wurde frisch gebuddelt und es ist eine große Fläche, also sollten wir mal nachsehen, was vergraben wurde.« Thiago tritt zu seinen Männern und blickt Dallas in die Augen. Jetzt sieht er das auch, von alleine wäre ihnen das aber niemals aufgefallen. Er wusste, das Saul Qualitäten vom Militär hat, die ihnen in vielen Bereichen helfen werden.

Sie alle beginnen zu graben, auch Thiago und die anderen Anführer helfen und nach einer halben Stunde haben sie zwanzig

Kisten mit Waffen und Munition ausgegraben. Sie waren gut geschützt eingegraben, Saul sieht sich nach weiteren Verstecken auf dem Gebiet um, doch mehr scheint dort nicht zu sein. Keine schlechte Idee, die Waren unter der Erde zu vergraben, doch zu ihrem Glück haben sie Saul.

Thiago lacht auf, wirft die Schaufel weg und deutet auf die Kisten. »Bringt sie auf die Boote und fahrt sie direkt nach Costa Rica. Dort warten sie auf eine Lieferung, das werden ungefähr 400.000 Dollar sein und wenn ich aus Puerto Rico zurück bin, werde ich diesen Baxter aufsuchen. Er wird nie wieder auf den Gedanken kommen, die Fuegos herauszufordern, Martinez hätte es besser wissen sollen. Erzählt es herum. Verbreitet die Tatsache, dass wir das hier gefunden und verkauft haben. Die Leute sollen ein für alle Mal verstehen, dass man sich nicht mit den Fuegos anlegt!«

Kapitel 21

»Er ist so winzig und schon so mächtig.« Thiago muss lächeln, als Diego und er zusammen Copan über das Taufbecken halten und der Padre ihn segnet und tauft. Das wird wohl einigen hier durch den Kopf gehen. Dieses kleine Baby, was Thiagos Herz von der ersten Sekunde an erobert hat, ist schon jetzt mächtiger als die meisten anderen Anführer aller Familias. Zusammen mit seinem Cousin Nael wird er einmal die Da Silvas anführen, und durch Jemina und ihn als Patenonkel wird er dabei immer die Fuegos an seiner Seite haben. Auch so wird das Band zwischen ihren Familias immer stark sein, nun ist es unzertrennbar.

Sie sind gestern Abend aus El Salvador direkt nach Puerto Rico geflogen. Es war spät und sie sind nach einer kurzen Begrüßung direkt in ihr Haus gegangen. Nach Puerto Rico ist Thiago nur mit Dallas, Mikail, Aden, Elam, Malik und Saul gekommen. Dallas, Mikail und Aden, damit die Anführer dabei sind, die wie Brüder für Jemina sind, seine Brüder, damit sie mehr in die Familia der Da Silvas eingeführt werden, und Saul, da er als nun einer der wenigen neuen Männer, die in den oberen Kreisen mitsprechen, noch nicht viel mit den Da Silvas zu tun hatte und sich das ändern soll.

Jemina ist noch bei ihnen gewesen. Es sind zur Taufe nur ein paar wenige Anführer anderer Familias da, auch die Da Silvas trauen nur wenigen. Hermes, der Anführer Kolumbiens, ist da, sie hat schon immer eine tiefe Freundschaft verbunden und auch die Da Silvas verstehen sich sehr gut mit ihm. Noch zwei andere Familias sind da und ansonsten sind es nur Familie und Freunde und die Da Silva-Familia, was allerdings trotzdem dazu führt, dass die Kirche aus allen Nähten platzt.

Sie sind die Einzigen, die ein Haus auf dem Grundstück der Da Silvas zur Verfügung gestellt bekommen haben, was deutlich ihre Zusammengehörigkeit zeigt. Gestern haben sie alle den kleinen

Copan betrachtet. Er ist zu süß und der ganze Stolz seiner Eltern. Er hat die dunklen Haare von Diego und trotzdem auch eine gewisse Helligkeit von Jemina geerbt. Die Augenfarbe kann man noch nicht erkennen, er weigert sich, die Augen lange genug aufzumachen. Neben Jemina und Diego war auch seine Schwester Daria dabei. Sie alle haben lange zusammengesessen und Copan kennengelernt. Man sieht Jemina ihr Glück an und nachdem Thiago wieder an dem Ort war, an dem ihr so viel angetan wurde, hat ihm das am meisten gutgetan zu sehen, wie sie nun strahlend auf ihren kleinen Sohn blickt. Er hat nicht erwähnt, wo er war, er wird das nach der Taufe mit Diego und Dario alleine besprechen, jetzt werden sie erst einmal Copan feiern.

Heute Morgen waren sie bei Dario und seiner Frau Eleonora frühstücken und sind dann alle zusammen in die Kirche gefahren. Es ist eine schöne Feier, sie haben gemeinsam gebetet und nun halten Dario und er Copan, der jetzt getauft wird. Als der Padre Wasser über seine Haare gibt, wird Copan wach und will gerade anfangen zu weinen, doch da ist es schon wieder vorbei. Thiago legt ihn an seine Schulter und hält sein kleines Köpfchen, während Dario dem Padre dankt und sie zu den stolzen Eltern zurückgehen.

Jemina zwinkert Thiago zu und nachdem sie alle Glückwünsche entgegengenommen haben, fahren alle zu der großen Feier im Gebiet der Da Silvas. Sie waren am Morgen bei Dario, sodass sie gar nicht gesehen haben, wie der Garten von Diego und Jemina eingeschmückt ist. Alles ist in blau, weiß und gold gehalten, es gibt eine weiß-blaue Torte mit goldenem Kreuz darauf und passende Kekse, Luftballons in diesen Farben, auch alles andere passt perfekt zusammen.. Thiago weiß, dass Rosa genau so etwas auch zu der Taufe ihres Sohnes geplant hatte, sie hat es geliebt, Feste auszurichten. Seit er Copan auf dem Arm hatte, musste er immer wieder an sie und ihren Sohn denken. Es fühlt sich langsam anders an. Es tut noch weh, auch die Wut ist noch da, doch er kann weiteratmen. Eine Zeit lang, wenn er an die beiden gedacht hat, hatte er das Gefühl, es raubt ihm die Luft zum Atmen, doch so langsam geht das wieder, auch wenn die Wut und die Trauer noch da sind, ersticken sie ihn nicht mehr.

Thiago setzt sich zu Hermes, der den Arm um ihn legt. »Ich weiß, du warst schon immer gut und für mich der beste Mann aus eurer Familia, doch jetzt sehe ich, was du in diesen wenigen Monaten auf die Beine gestellt hast und bin beeindruckt.« Thiago lächelt und lehnt sich zurück, während ihnen mit Lammfleisch und Kartoffeln gefüllte Teller gebracht werden und Wein eingegossen wird. Alle haben sich an die Tische verteilt und sie sitzen zusammen an mehreren großen Tafeln. Saul sitzt ihm schräg gegenüber, neben ihm sitzt Daria und die beiden unterhalten sich. Gestern ist Thiago das schon aufgefallen, da Jemina Saul auch noch nicht kennt, hat sie ihn ein wenig ausgefragt und Daria und sie waren von seiner Geschichte schockiert und fasziniert zugleich. Gestern hat Thiago dem nicht so eine große Bedeutung beigemessen, doch als er die beiden jetzt wieder zusammensitzen sieht und wie Daria lacht, während Saul etwas unsicher mit ihr spricht, denkt er sich, dass das hoffentlich nichts Schlechtes zu bedeuten hat. So gut er mit Diego und Dario auch auskommt, bei ihrer Schwester werden die beiden keinen Spaß verstehen.

Thiago nimmt einen Schluck. »Danke, es ist viel Arbeit, doch ich kann mir einfach kein anderes Leben vorstellen. Auch wenn es noch sehr viel zu tun gibt, du lässt eine Baustelle hinter dir und siehst schon die nächsten drei vor dir.« Hermes lacht leise auf. »Glaub mir, das ändert sich niemals. Ich habe gehört, es gibt Probleme mit Chile und Venezuela?« Thiago zuckt die Schultern. »Chile und El Salvador werden wir bald komplett übernehmen und Venezuela hat seine Chance verpasst, mit uns Geschäfte zu machen, das ist eher ihr Problem als unseres.« Hermes hebt seine Gabel, sie essen bereits alle. »Aus Venezuela bekommen fast alle ihre Waffen, auch wir. Sie sind mit Chile die größten Großhändler und werden immer schwieriger, wenn du willst, rede ich noch einmal mit ihnen.«

Das Essen ist sehr lecker. »Das brauchst du nicht. Ich baue gerade meine eigene Fabrik und wenn es so weit ist, komme ich dich besuchen und dann kannst du dir richtig gute Waffen ansehen und wir machen dir einen Freundschaftspreis. Glaub mir, wenn wir unsere Fabrik aufmachen, stellen sich Chile und Venezuela hinten an.«

Hermes hebt die Augenbrauen. »Die Leute erzählen sich das, doch ich habe gedacht, dass das nur Gerüchte sind, meine Tür steht dir immer offen, ich bin sehr gespannt auf die honduranische Qualität.« Er hebt sein Glas und Thiago weiß, dass er mit den Kolumbianern als Abnehmer, einen der größten Kunden Lateinamerikas hat, nirgendwo sonst sind so viele Waffen im Verkauf wie dort. Sie übernehmen Chile und El Salvador und allein dafür könnte sich Thiago schon zurücklehnen, doch das ist erst der Anfang, und als er Hermes in die Augen blickt, erkennt er auch in ihm einen Partner für seine zukünftigen Projekte.

Sie sitzen bis zum Abend zusammen. Es gibt eine Band, die Musik spielt, es wird getanzt und gelacht und es ist eine schöne Feier unter guten Freunden. Auch alle anderen fühlen sich wohl, sie vermischen sich und feiern bis spät in die Nacht. Dallas und er sitzen mit Jemina am längsten im Garten zusammen. Copan ist in Thiagos Arm eingeschlafen und während Diego noch einige Gäste verabschiedet und dann wieder zu ihnen kommt, legt Thiago den Arm um Jemina, küsst ihre Stirn und dann die weiche Wange von Copan und sieht in den Himmel. »Deine Eltern und alle anderen sind gerade sehr stolz auf dich.« Jemina nickt und lächelt. »Ich weiß, ich wünschte nur, sie wären hier. Deswegen bin ich so dankbar, dass ihr hier seid und ihren Platz einnehmt. Die erste Zeit, als all das vorbei war, dachte ich, ich habe keine Familie mehr, bis auf diesen komischen Onkel, der sich alle paar Wochen wegen Geld meldet. Doch nun habe ich wieder ein Zuhause und weiß, wem ich Bescheid sagen kann, wenn etwas passiert ist oder es etwas zu feiern gibt. Ihr habt keine Vorstellungen, wie viel mir das bedeutet.« Dallas legt nun auch den Arm um Jemina und sie ihren Kopf auf seine Schulter. »Weißt du noch, was dein Vater immer gesagt hat? Für immer … daran hat sich nichts geändert.«

Sie alle drei sehen einen Moment in den Himmel und Thiago weiß, dass es stimmt: Daran, was sie alle verbindet, wird sich niemals etwas ändern und das wird alles andere überstehen.

Als er am frühen Morgen ins Bett geht, blickt er auf sein Handy. Er hat sich vorgenommen, Alma zu schreiben und etwas mehr auf sie zuzugehen. Er spürt, dass auch wenn sie sich näherkommen, Alma unsicher ist, weil er immer wieder auf Abstand geht und wollte sich die Tage wenigstens per Nachricht bei ihr melden, doch bis jetzt hat er es nicht gemacht. Er blickt fast zehn Minuten auf das Eingabefeld, er weiß einfach nicht, ob er noch mehr Schritte zurückgehen oder weiter auf sie zugehen soll. Am liebsten hätte er sie in diesem Moment in seinen Armen und das sollte ihm eigentlich zeigen, dass es für diese Überlegungen vielleicht schon viel zu spät ist. Letztendlich schreibt er ihr einen einfachen 'Guten Morgen', da es ja bereits Morgen ist und ärgert sich über sich selbst, bevor er seiner Müdigkeit nachgibt und bis zum Mittag schläft.

Sie hatten vor, bereits am nächsten Tag zurückzufliegen, doch da sie viel später als geplant angekommen sind, verbringen sie den Tag ganz entspannt mit Jemina, Dania, Diego und einigen anderen aus der Familia bei ihnen. Alma hat ihm auch einen guten Morgen gewünscht. Als er das gelesen hat, war es allerdings schon Mittag und er hat keine Ahnung, was er schreiben soll, er war noch nie der Mann großer Worte, er lässt lieber Taten sprechen und zeigt ihr nach seiner Rückkehr, dass sie ihm gefehlt hat.

Auch seine Männer fühlen sich wohl. Seine Brüder sind die ganze Zeit mit Nicky und Adrian zusammen und er erwischt Saul immer wieder im Gespräch mit Daria. In einer ruhigen Minute zieht er ihn beiseite. »Du weißt, dass das die schlechteste Idee überhaupt ist und wessen Schwester das ist?« Saul sieht ihn überrascht an, als er zu Daria nickt. »Ja, nein … ich meine, natürlich weiß ich das. Ich, wir reden nur miteinander. Sie ist eine tolle Frau und glaub mir, ich weiß, dass ein Mann wie ich nichts für sie ist, da habe ich keine falschen Vorstellungen.« Thiago muss lachen, er mag Saul, wahrscheinlich mehr, als er sich selbst mag. Er hat schon oft mitbekommen, dass Saul sich selbst viel schlechter sieht, als er ist. »Das meine ich damit nicht. Doch ich mag dich mittlerweile und ich würde es sehr bedauern, einen guten Mann wie dich zu verlieren, wenn die Da Silva-Brüder dir deinen Kopf abschneiden.«

Nun muss auch Saul lachen und sieht zu Daria. »Keine Sorge, das wird nicht passieren.« Als Thiago aber den Blick von Saul verfolgt, ist er sich nicht so sicher, wie es Saul offenbar ist, doch vorerst belässt er es dabei, sie sind nicht mehr lange hier und danach werden sie andere Sachen im Kopf haben, sie alle.

Ihnen allen tut diese kleine Auszeit gut. Thiago weiß, was vor ihnen liegt und sie genießen die freie Zeit, doch er sagt Diego, dass sie etwas besprechen müssen, und als sich die Frauen am Abend zurückziehen und Dario zu ihnen kommt, setzen sie sich alle zusammen mit Adrian und Nicky um einen Tisch.

Diego verteilt Bier und Thiago erzählt ihnen genau, was mit den Mexikanern war. »Ich denke, dass sie etwas gegen euch planen, ich habe es nicht unbedingt vor, doch ich kann zu dieser Feier fliegen und mich umhören. Dabei kann ich gleich einige neue Deals abschließen und rausbekommen, ob und was sie gegen euch geplant haben.«

Diego und Dario scheinen nicht sehr überrascht zu sein. »Wir rechnen ehrlich gesagt damit und wollen vorher angreifen. So wie ihr euch um Chile kümmern müsst, werden wir das mit Mexiko tun müssen, um nicht irgendwann überrascht zu werden. Aber wenn du dorthin fliegst, wäre es hilfreich, wenn du deine Ohren für uns aufhalten könntest. Die Mexikaner anzugreifen wird ein sehr harter Kampf werden.«

Thiago nimmt einen Schluck und nickt. »Ihr wisst, dass wir an eurer Seite stehen werden, egal um was es geht, also plant das in euer Vorhaben mit ein, sobald ich mehr weiß, sage ich euch Bescheid. Wir waren in El Salvador, nachdem wir den Tipp bekommen haben, dass dieser Engländer und Martinez das Land einnehmen und als ihr geheimes Lager nutzen wollen. Wir haben alles zerstört und übernommen, was sie dort gebunkert hatten und haben gleichzeitig beschlossen, das Land auch einzunehmen. Es ist zu klein und zu unübersichtlich, als es noch einmal außer Kontrolle zu lassen, wir werden uns auch darum kümmern.« Er sieht zu Diego. »Sag Jemina noch nichts davon, sie soll nicht wieder daran zurückdenken, doch auf Dauer müssen wir dieses Land unter Kontrolle bekommen.« Diego lehnt sich zurück. »Das werde ich nicht. Sie ist noch immer unruhig, sobald man von diesem Land spricht. Es gab das Gerücht, dass sie nicht die einzige Frau ist, die überlebt hat, dass die Guerillas noch andere weggebracht haben, doch das Gerücht hat sich schnell als falsch herausgestellt, aber das Ganze hat sie wieder weit zurückgeworfen und das sollte nicht noch einmal passieren.«

Auch Thiago hat so etwas immer wieder gehört, doch sie alle wissen, dass an solchen Geschichten meistens nichts dran ist, auch er ist einer Spur nachgegangen und sie hat sich als komplett falsch herausgestellt. Um all das, was passiert ist, werden mittlerweile so viele Geschichten erzählt, dass nur diejenigen, die wirklich dabei waren, die Wahrheit kennen.

Dario hebt die Augenbrauen und sieht ihm in die Augen.

»Chile und El Salvador. Ihr habt einiges vor. Passt bloß auf, dass euch nicht alles um die Ohren fliegt, aber genau wie wir auf euch, könnt ihr euch auch jederzeit auf uns verlassen.«

Einen Moment sehen sie alle sich an, sie wissen, dass harte Zeiten auf sie alle zukommen. Chile, El Salvador, Mexiko, die Fabrik und alles andere … sie haben viel vor und Dario hat recht, er muss aufpassen, dass ihnen nicht alles unter den Füßen davongleitet, doch Thiago weiß, dass es nur diesen Weg geben wird, so steinig er auch sein mag.

Kapitel 22

Die wenigen Tage Auszeit in Puerto Rico haben ihnen gutgetan, doch schon, als sie sich am nächsten Mittag ins Flugzeug setzen, hat Thiago ein ungutes Gefühl im Bauch. Während des gesamten Fluges gehen sie zusammen die Papiere und Pläne durch, die Loris ihnen vor dem Abflug hat zukommen lassen, die Fabrik ist fast fertig, die Maschinen kommen bald, die Pflanzen sind alle gepflanzt und alles fertiggestellt und sie haben das Geld aus Costa Rica, alles hat gut geklappt.

Loris hat ihnen Pläne von Chile und El Salvador zukommen lassen und Angriffspläne, die sie erarbeitet haben. Saul ist zufrieden und auch Thiago findet das alles gut durchdacht. Sie werden morgen ein Treffen einberufen und die nächsten Schritte besprechen, doch schon bei der Landung, als ihre Handys allesamt zu klingeln beginnen und ihnen angezeigt wird, dass sie viele Anrufe verpasst haben, ist ihm klar, dass all das nicht so kommen wird. Sie haben während des Fluges keinen Empfang, der Pilot will sich darum kümmern, dass sich das ändert, doch offenbar haben sie einiges verpasst und Diegos Bauchgefühl zeigt, dass etwas nicht stimmt. Er nimmt sofort sein Handy ans Ohr und ruft Esau an, genau wie auch die anderen ihre Handys nehmen und sie fast zeitgleich zu fluchen beginnen und ihre Waffen ziehen.

Ihr Grundstück brennt, sie sind angegriffen worden. Ihre Autos parken am Flughafen und binnen kürzester Zeit sitzen sie in ihnen und geben Gas. Esau erzählt ihnen, dass ein paar Männer über den Wald auf ihr Grundstück gekommen sind. Zuerst haben die Lagerhallen am Wald gebrannt, so sind sie darauf aufmerksam geworden, dann sind alle Männer zum Löschen zu den Hallen gerannt und in dem Moment haben mehrere Wagen versucht, auf das Gebiet zu gelangen, doch sie konnten sie daran hindern.

Thiago hat Esau kaum verstanden, es war laut und hektisch, die Bründe sind noch nicht gelöscht, irgendwann ist das Gespräch abgebrochen und Thiago hat noch mehr Gas gegeben.

Seine Gedanken rasen, sein Puls schlägt so kräftig, dass es in seinen Ohren rauscht. Feuer, sie werden wieder angegriffen und wieder war er nicht da. Es ist still, Saul hört jemandem am Handy zu und legt dann auf. »Es waren insgesamt zehn Männer und sie haben alle erwischt. Sie kamen von Baxter als Antwort für die Ware, die wir ihm abgenommen haben.« Thiago rast bereits durch die Stadt, hier scheint alles wie immer zu sein, auch wenn die Leute sehr nervös zu ihrer Kolonne mit vorbeirasenden Autos sehen. Man sieht bereits von hier die dunklen Rauchwolken und Thiago flucht erneut auf. So etwas hätte nicht passieren dürfen, er hätte damit rechnen müssen. Selbst bei diesem Engländer.

Als sie dann auf ihr Gebiet zufahren, sehen sie schwarze Rauchwolken vom Meer aufsteigen und nicht nur von dort. Über ihrem gesamten Gebiet hängt eine dicke Wolke, sie fahren an liegengebliebenen Wagen vorbei, in denen erschossene Männer sitzen, nicht ihre Männer. Vor dem Wachhaus stehen drei ihrer Männer und öffnen die Tore, sobald sie angerast kommen. Zumindest diese Schutzvorrichtung konnten sie nicht bezwingen. Ihren einzigen Schwachpunkt, den Wald, haben sie genutzt, bevor Thiago auch dort alles errichten konnte. Kein Mann ist im Gebiet. Hier scheint auch nichts weiter passiert zu sein, Thiago fährt bis zum Abhang und von da sieht er, wie die Lagerhallen abbrennen. Zwei Feuerwehrautos stehen neben seinen Männern, die auch mit Schläuchen und Eimern tun, was sie können, doch man erkennt sofort, dass dort nichts mehr zu machen ist. Auch der Wald hinter den Lagerräumen brennt.

Thiago spürt seine Hand zittern, als er mit den anderen aussteigt und seine Waffe wieder einsteckt. Loris und Esau kommen sofort zu ihnen. »Was ist hier passiert?« Sie gehen zusammen zu den anderen Männern und den Feuerwehrleuten. Auch der Polizeipräsident ist hier, er scheint auch gerade gekommen zu sein. »Es hat auf einmal angefangen zu brennen. Sie müssen durch den Wald an die Lagerräume gekommen sein, die Männer sind sofort hin und haben drei Männer erwischt, die abhauen wollten, zur gleichen Zeit kamen Autos und sie haben versucht, über das Haupttor an uns heranzukommen, doch sie hatten keine Chance. Ich weiß, dass das nicht gut aussieht, doch sie haben unseren einzigen Schwachpunkt genutzt, sonst hat alles gehalten und sie sind nicht an uns herangekommen. Die Lagerhallen sind nicht mehr zu retten, doch es waren kaum Waren drin und es hat gezeigt, dass wir von der anderen Seite nicht angreifbar sind.«

Loris versucht sofort, Thiago zu beschwichtigen, er weiß nicht, wie er aussieht, doch er kocht vor Wut und kann es sich gut vorstellen. »Das hier hätte nie passieren dürfen. Das werden ...« Der Polizeipräsident kommt zu ihnen. »Ich bin sofort gekommen, als ich davon gehört habe, das Feuer wird bald unter Kontrolle sein und wir haben einen Privatjet aus Chile am Flughafen beschlagnahmt.« Thiago flucht auf, Esau sieht ihm in die Augen. »Beruhige dich, wir werden das rächen, doch weiter als zum Strand sind sie gar nicht gekommen, unsere Sicherheits ...« In diesem winzigen Moment setzt Thiagos Herz einen Moment aus. Er sieht auf das Feuer und den Strand hinunter. »Alma!« Verdammt. So schnell er kann, läuft er zum Haus am Strand. Ihre Feinde waren hier, es brennt und es kommt ihm so vor, als würde er all das, was er vor drei Jahren gesehen hat, noch einmal durchleben. Er bekommt kaum Luft, als er die Veranda erreicht und die Tür öffnen will, sie ist verschlossen und er tritt sie ein. Wenn einer ihr auch nur ein Haar gekrümmt hat ... Automatisch kommen ihm die Bilder von Rosa vor Augen, wie konnte er das zulassen? Er hatte sich geschworen, das nie wieder zuzulassen.

»Alma!« Thiago geht in das Haus, es sieht alles aus wie immer, auf ihrem Bett liegt ein Buch und in der Küche stehen zwei Töpfe auf dem Herd, der allerdings ausgeschaltet ist. Dallas und Esau sind hinter ihm. »Wo ist sie?« Esau sieht sich auch um. »Ich habe sie heute noch nicht gesehen, vielleicht waren sie gar nicht hier, als das passiert ist.« Dallas deutet zum Meer, wo das kleine Boot von Almas Vater angefahren kommt. »Er hat recht, sie scheinen gar nicht hier gewesen zu sein.«

Erst in dem Moment, als er sieht, wie Alma und ihr Vater auf ihrem Boot zum Strand gefahren kommen und völlig schockiert zu dem Feuer und dem Rauch sehen, schlägt Thiagos Herz weiter. Er hat sich geweigert, sich darüber Gedanken zu machen, was Alma ihm bedeutet, als sie jetzt jedoch auf den Sand tritt und ihr Vater mir Dallas Hilfe das Boot festmacht, kann Thiago nicht anders, als sie fest in seine Arme zu schließen. Ihm fallen Felsbrocken vom Herzen, er hat einen Moment wirklich gedacht, dass sich dieses grausame Schicksal wiederholt.

Er spürt, dass Alma zittert und sich von ihm freimacht, dabei sieht sie ihm schockiert ins Gesicht. Ihre Hände umfassen sein Gesicht und ihre dunklen Augen fahren alles an ihm ab. »Was ist passiert, Thiago, geht es dir gut? Was …?« Er sieht, dass Dallas dem Vater alles erklärt und gibt Alma einen Kuss auf den Mund. Er ist viel zu aufgewühlt, um jetzt noch einen klaren Kopf zu behalten. »Wir wurden angegriffen, doch sie haben es nicht geschafft, weit vorzudringen, es …«

Die Männer an den Lagerräumen werden lauter und Mikail wendet sich zu ihnen um. »Dort hinten ist noch ein Feuer, wir haben etwas übersehen.« Thiago flucht auf und sieht zu Dallas. »Bleib bei ihnen und bring sie hier weg!« Alma hält ihn an seinem Arm zurück. »Warte, bleib hier. Was hast du vor? Rede mit mir, Thiago, ich bleibe hier, ich ….« Nun kann er die Wut, die er die ganze Zeit in sich gespürt hat, nicht mehr zurückhalten. Er dreht sich noch einmal zu Alma um. »Nein! Keinen Tag länger, Alma. Es war von Anfang an klar, dass ihr nicht hierbleiben könnt, ihr dürft hier nicht sein und nun siehst du wieso. Dallas hilft euch, packt alles zusammen, ihr müsst von hier verschwinden, ich will euch hier nicht mehr sehen! Es ist viel zu gefährlich.«

Esau tritt neben ihn und legt ihm die Hand auf die Schulter. »Beruhige dich, lass uns nachsehen, was los ist.« Thiago sieht noch einmal in Almas Augen, in denen sich dicke Tränen bilden, bevor er ein weiteres Mal an diesem schrecklichen Abend aufflucht und sich abwendet, um zu seinen Männern zu kommen, die nun alle die Lagerhallen verlassen und durch den Wald, der noch immer brennt, rennen. Erst jetzt sieht auch er, dass es dort eine weitere Brandwolke gibt.

Sie alle halten sich ihre Shirts vor die Nase und den Mund und sehen erst nach wenigen Minuten, dass auch das gerade erst bepflanzte Feld und die neu erbauten Fabrikhallen, brennen.

Wie in Zeitlupe sieht Thiago, dass die Männer die Feuerwehr zu sich rufen, dass Eimer verteilt werden und sie von den Wasserverbindungen anfangen, Wasser abzuleiten und auch diesen Brand löschen wollen, doch Thiago blickt starr auf die vielen Cannabispflanzen, die lichterloh brennen, bis er von Elam einen Eimer bekommt und wieder wach wird. Er wird sich all das nicht kaputtmachen lassen.

Das nächste Mal, als Thiago durchatmet, geht die Sonne gerade wieder auf. Das erste Mal seit vielen Stunden legt sich eine erleichterte Stille über ihr Gebiet. Er sieht auf die verbrannte Erde vor sich, sie haben es geschafft, alle Brände zu löschen, doch sie haben viel verloren. Die Cannabispflanzen sind komplett verbrannt, genau wie die neu erbaute Fabrik und die Lagerräume und ein großes Stück Wald. Thiago spürt den Rauch in seinen Lungen, doch trotz all seiner Wut fühlt er sich ein wenig erleichtert. Er kennt dieses Gefühl der Ohnmacht, auf verbrannte Erde zu sehen, doch dieses Mal konnte er etwas tun und Schlimmeres verhindern. Aber auch wenn sie viele tausend Dollar verbrannt haben, haben sie keinen ihrer Männer getötet oder sind tief in ihr Gebiet eingedrungen.

Sie haben ihm das immer wieder gesagt und er weiß, dass seine Männer recht haben, trotzdem weiß er, dass nun ein Wendepunkt ist. Er hat die meisten Männer schon schlafen geschickt, die Feuerwehr und alle anderen sind abgezogen. Thiago sieht zu Saul, Aden, Dallas, Mikail, seinen Brüdern und Cousins. Sie alle sind erschöpft, keiner von ihnen trägt mehr ein Shirt, sie alle sind voller Ruß, erschöpft und müde, doch als er ihnen allen in die Augen sieht, erkennt er darin die gleiche Wut, wie auch er sie empfindet. Er schmeißt seinen Eimer auf den Haufen und stemmt seine Hände an seine Hüften. Es sind noch einige Männer bei ihnen und sie alle sehen zu ihm. Er ist es, der jetzt entscheiden und handeln muss und er weiß, dass sie alle handeln wollen.

»Geht schlafen, ruht euch aus. Ich verdopple die Wachen und morgen Mittag treffen sich alle Männer zu einer Besprechung. Diejenigen, die dafür verantwortlich sind, bekommen sofort ihre Antwort darauf und das so heftig, dass auch jede andere Familia das hört und niemand es sich mehr wagt, sich uns in den Weg zu stellen. Die Vorbereitungen sind vorbei, die Fuegos sind da und werden das nicht auf sich sitzen lassen!«

Seine Männer nicken, Thiago wendet sich ab und geht in Richtung seines Hauses. Er spürt, wie alle hinter ihm das Gleiche tun, nur Saul bleibt neben ihm und begleitet ihn noch ein Stück. »Ich denke, ich weiß, wie wir am besten in Chile angreifen können, wir hatten dort einige Einsätze, um entführte Personen zu befreien und ich kann etwas zusammenstellen bis morgen. Ich kenne die besten Wege, unerkannt ins Land zu kommen und auch dort so lange versteckt zu arbeiten, bis wir in Erscheinung treten wollen.«

Thiago bemerkt, dass in dem Haus der Grabstätte Kerzen brennen und blickt Saul in die Augen. »Mach das, aber ruhe dich auch erst einmal aus. Ich denke, nach der Nacht brauchen wir alle etwas Schlaf, um wieder klar denken zu können.« Saul nickt, auch wenn er ihn besorgt ansieht, doch er lässt ihn und geht in Richtung seines Hauses, während Thiago auf die Grabstätten zusteuert.

Er hat damit gerechnet, dass Dallas, Aden, einer der Männer von früher sich hierher zurückgezogen hat, auch er hatte das vor. Dieses Feuer hat ihn die Erinnerungen an damals wieder wie eine bittere Säure auf seiner Zunge schmecken lassen. Doch auch wenn ihn gerade nichts mehr schockieren sollte, bringt das Bild, was er vorfindet, sein Blut wieder zum Kochen. Alma steht vor dem Stein von Rosa und seines Sohnes. Sie hat ihre Hand darauf gelegt und atmet laut aus. Sie muss gespürt haben, dass er kommt, sie wendet sich nicht zu ihm um, doch spricht mit ihm.

»Das ist es … Ich wusste immer, dass es etwas gibt, etwas nicht stimmt … dass da etwas ist, was … du ziehst mich an dich und stößt mich doch weg, du hältst mich in deinen Armen und bist doch nur halb anwesend. Du siehst mich an und doch durch mich hindurch. Ich konnte nie verstehen, was es ist, doch nun verstehe ich es. Wieso hast du mir das nicht gesagt? Wieso hast du sie nie erwähnt?«

Thiago spürt, wie sich alles in ihm verhärtet und sich sofort wieder ein Schild vor sein Herz setzt, seine Augen fahren den Namen Rosa Fuego ab. »Da gibt es nichts zu erzählen.« Er weiß, wie gepresst sich seine Stimme anhört. Es fühlt sich falsch an, die Frau, die ihn so verwirrt und alles, was er sich ständig eingeredet hat, umgeworfen hat, vor dem Grab seiner Ehefrau zu sehen. Am liebsten würde er ihre Hand von dem Stein reißen und als sie seinem Blick folgt, scheint sie das zu begreifen und lässt ihre Hand vom Stein gleiten.

»Da gibt es nichts zu erzählen? Ich habe dir alles von mir erzählt, meine ganze Scheiß-Vergangenheit … und du erwähnst nicht einmal, dass du verheiratet warst und ein Baby erwartet hast? Du trauerst und du bist gar nicht bereit, dein Herz für etwas Neues zu öffnen. Du hättest es mir sagen müssen, bevor ich … Dallas hat mir gesagt, wieso du mich unbedingt schützen willst, wieso du so reagierst, wie sollte ich das verstehen? Ich wünschte nur, mir hätte das jemand vorher gesagt, bevor ich mich auf dich eingelassen habe, damit ich mich besser hätte schützen können, so wie du es die ganze Zeit offenbar getan hast.« Sie lacht bitter auf. »Ich hätte es von Anfang an wissen müssen, doch vielleicht wollte ich es einfach nicht sehen.« Sie wendet sich ab und sieht auf all das, was hier angerichtet wurde, bevor sie sich noch einmal zu ihm umwendet und ihm in die Augen blickt. »Du bist gar nicht in der Lage, mich in dein Herz zu lassen, du hättest es mir sagen müssen, bevor ich dich in mein Herz gelassen habe.«

Die ersten Tränen verlassen Almas Augen, noch nie haben ihn Worte so tief getroffen wie ihre verletzte ruhige Stimme, doch er kann es nicht ändern, er darf sie nicht auch noch in Gefahr bringen.

Sie wendet sich ab und verlässt die Grabstätte. Thiago flucht auf und tritt die brennenden Kerzen um.

Er sollte ihr hinterhergehen und ihr sagen, dass sie ihm nicht egal ist und dass er schon viel zu viel für sie empfindet als dass es gut ist, doch er steht hier inmitten all der toten Seelen, die ihn davon abhalten. Genau deswegen, weil sie ihm schon mehr bedeutet, muss er sie gehen lassen. Wenn er etwas aus all dem gelernt hat, dann das.

Thiago atmet tief aus und sieht durch die Mauern auf das wilde Meer.

Er wusste, dass all das nicht leicht wird, er wusste, dass er mit Rückschlägen rechnen muss. Er wusste, dass er niemanden wieder zu sehr in sein Herz und in dieses Leben lassen darf, doch gerade fühlt sich die Last auf seinen Schultern viel zu schwer an. Er atmet noch ein weiteres Mal aus und sieht zum Himmel. Er wird schlafen gehen und wieder Kraft tanken, er ist noch lange nicht fertig, all das ist nur der Anfang. Er wird aufstehen und Chile erzittern lassen und all das hier rächen, bevor er weitergemacht und die Fuegos zu etwas wachsen lassen wird, was es zuvor noch nicht gab.

Er wird sich nicht aufhalten lassen … Thiago sieht in die Richtung, in die Alma gegangen ist … und er wird sich nicht noch einmal verletzlich machen.

Lesen Sie weiter in …

Fuego
Zwischen Rache und Liebe

Thiago steckt das Handy weg und betritt müde sein Hotelzimmer.

»Ich habe auf dich gewartet.«

Es sollte ihn nicht überraschen, dass in der riesigen Suite, die er betritt, Ayla am Schreitisch gelehnt steht und ihm entgegenblickt. »Wieso überrascht mich das nicht?« Thiago zieht seine Waffe aus dem Hosenbund und legt sie auf dem massiven Holzesstisch ab, der an der Seite des Raumes steht. Er streift sich die Sneakers ab und sieht zu Ayla.

»Weil du mich kennst, weil wir beide gleich denken und handeln, das war schon immer so.« Thiago geht zu der Minibar und gießt sich ein Glas Scotch ein. »Dass wir beide gleich denken, bezweifle ich. Was willst du, Ayla?« Ein leises Auflachen lässt ihn wieder zum Schreibtisch sehen.

Er ist nicht blind, er ist ein Mann und er weiß genau um die Reize von Ayla. Sie ist eine sehr attraktive Frau. Er sieht von ihren roten Pumps über ihre langen braunen Beine zu dem roten kurzen Overall, den sie trägt. Ihre schwarzen Haare fallen ihr in wilden Wellen bis an die Hüften und ihre roten Lippen sind ein Versprechen für die Sachen, die sie tun kann. Thiago weiß das, er kennt Ayla, sie hatten viel Spaß miteinander und es waren Stunden, die er immer in seinen Erinnerungen hatte. Ayla weiß, wer sie ist und was sie kann und er hat keine Frau nach ihr getroffen, die so gut war in dem, was sie tut, doch das ist nicht alles und das hat er schnell begriffen.

»Morgen findet die Feier statt und danach einige wichtige Gespräche, und ich wollte dich nur daran erinnern, was für Vorteile es hat, wenn du über eine Zusammenarbeit mit uns nachdenkst. Wenn du an unserer Seite kämpfst und ...«

Thiago setzt sich auf die Couch und nimmt einen weiteren Schluck. »Das ist schon einmal der erste Fehler, Ayla, für mich gibt es nur die Fuegos und wie du sicherlich weißt, da ich dich kenne und weiß, dass du deine Hausaufgaben machst, sind wir bereits so mächtig, dass wir mit niemandem zusammenarbeiten müssen. Und das, was du mir anbieten willst, hatte ich schon. Wenn du behauptest, mich zu kennen, wirst du wissen, dass ich nichts und niemanden über meine Familia stelle, Ayla. Niemals!«

Sie stößt sich vom Tisch ab und kommt langsam auf ihn zu.

»Das weiß ich. Ich wusste immer, wer du bist, Fuego, und ich bereue es, wie das damals gelaufen ist. Ich wusste, dass du die Kraft der alten Familia warst und diese Zeit mit dir hat noch lange in meinem Körper nachgebrannt. Niemals wieder habe ich einen Mann so genossen wie dich und ich habe danach auch nie wieder einen Mann getroffen wie dich. Doch wir wollten die Da Silvas und ich musste mich um Adrian kümmern und du hast diese Rosa gefunden ... doch jetzt ... einige Jahre später stehen wir hier und alles hat sich geändert ...«

Ihre Stimme wird immer rauer und mit den letzten Wörtern öffnet sie das Band ihres Overalls und streift ihn von ihrem Körper. Sie steht komplett nackt vor ihm, Thiagos Blick streift über ihre Beine, ihren festen Bauch, die perfekten Brüste, zu ihren Lippen. »... Du sollst wissen, was dir Mexiko zu bieten hat.«

Entdecken Sie die atemberaubende Welt von Jaliah J. …

Mira begleitet ihre Mutter von Berlin nach Vancouver, um dort den beliebten Campus der B.C. zu besuchen und ein Jahr im Ausland zu studieren. Freudig stürzt sie sich in dieses Abenteuer, lernt neue Menschen kennen und verliebt sich in die bunte Stadt. Sie ahnt nicht, dass die nächsten Wochen und Monate viel mehr sein werden als nur ein kleiner Abschnitt ihres Lebens und sich für sie alles ändern wird.

Zwei Leben, die unterschiedlicher nicht sein könnten und doch miteinander verknüpft sind.

Folgt Hailey und Selena auf ihrem aufregenden Weg in einen neuen Lebensabschnitt und lauscht dem bittersüßen Herzschlag des Lebens.

Willkommen in der fantastischen Welt von Jaliah J.

Entdecke viele weiter Bücher, tolle Merchandise Produkte und viel mehr...

 @JALIAHJ   @JALIAHJOFFICIAL

 @JALIAHJ_OFFICIAL   JALIAHJ.DE/SHOP

WWW.JALIAHJ.DE